중국인이 노래한
안중근

중국인이 노래한
안중근

최형욱 저

보고사
BOGOSA

"세 발! 마침내 죽었다!"

"그달 24일, 하얼빈 역에 도착했을 때, 조선인 안중근이 그를 저격했다. 세 발. 마침내 죽었다. 중근이라는 자는 예수교도이며, 일찍이 미국에서 공부한 자이다. 체포되어 일본인들이 심문했으나 꺼릴 바 없었으며, 송사가 성립되어 사형을 선고받았다. 왜 도망치지 않았는지 물으니, 자신은 광복군의 한 장관(將官)으로서 의(義)는 도망칠 수 없다고 답했나. 무엇을 하고 싶은지 물으니, 나는 이미 나의 원수를 섬멸하여 나의 일이 끝났으므로, 한번 죽는 것 외에 다른 추구함이 없다고 답했다. 일본인들도 그에게 존경심이 생겼다."[1]

중국 근대 변법유신(變法維新)의 영수 량치차오(梁啓超)가 쓴 「일본병탄조선기(日本倂呑朝鮮記)」라는 제목의 문장 중 한 대목이다. 무심한 제목이 아프게 한다. 아픈 마음으로 읽어 내려가다 만난 위

---

1 "月之二十四日, 抵哈爾濱驛, 韓人安重根狙擊之. 三, 遂卒. 重根者, 耶穌敎徒, 曾學於美國者也. 旣就逮, 日人鞠之, 不諱, 獄成, 得死刑. 問曷爲不逃, 日吾爲光復軍一將官, 義不可逃. 問何欲, 日吾已殲吾仇, 吾事畢, 一死外無他求也. 日人爲之起敬."(梁啓超, 「日本倂呑朝鮮記」, 『飮氷室專集』之二十一, 14쪽)

대목에서 느꼈던 강렬한 느낌은 시간이 지나도 잊히지가 않는다. 연구자로서 해야 할 일이 있다는 생각도 했다. 잘못된 부분도 바로 잡고, 무엇이든 조그마한 공헌이라도 해야겠다고 생각했다. 특히 안중근과 하얼빈 의거를 제재로 한 중국인들의 시가(詩歌)[2]에 눈길이 멈췄다.

1909년 10월 26일, 안중근 의사가 중국 하얼빈에서 의거를 일으켰고, 이듬해 3월 26일 30세 꽃다운 나이에 순국했다. 그해 8월 29일 조선은 국치를 당했다. 중국도 진작부터 제국주의 열강의 침탈에 상처 입고 수모를 겪었다. 반제·애국 및 개혁을 추구하던 중국인들에게 안중근과 조선 그리고 이토 히로부미는 다양한 차원에서 다양한 사유를 하게 하는 화두였다.

자국 땅을 휘젓고 다니던 일제의 수뇌를 처단했으므로 중국인들에게도 당연히 통쾌한 감정을 불러일으켰다. 큰 관심 속에서 일제의 무도한 재판 진행과 이에 임하는 안중근의 정정당당한 모습 그리고 참담한 순국까지 지켜보며 애도와 찬양을 금치 못했다. 중국인들이 지은 안중근 관련 시가의 내용 중 가장 큰 비중을 차지한다.

하지만 중국인들은 제삼자의 입장이었고 중화사상의 성향도 가지고 있었다. 때문에 관련 시가 가운데 조선에 대한 우월의식·종주권의식도 드러냈다. 조선의 부패와 무능을 비판하고 비웃었다. 또

---

2 시와 더불어 중국 운문의 다른 종류인 사(詞)와 곡(曲) 형식으로 지어진 것들도 있다. 시와 사곡을 함께 포괄하여 논의하는 것이 합리적이라고 생각한다. 이에 본서에서는 시보다 포괄적 개념인 시가라는 명칭을 사용한다.

의거를 무모·무익했다고 보는 여론도 반영했다. 나아가 자국 개혁의 롤 모델이 되었던 유신 지도자 이토 히로부미의 죽음을 안타까워하기도 했다. 한국인들이 받아들이기 어려운 내용도 일부 포함하는 복잡 미묘한 인식과 감정들을 표출했다.

또 중국인들이 시가를 지어 소회와 인식을 피력할 때, 표현수법으로서 중국의 수많은 역사 인물 형상과 관련 전고를 자주 사용한 점도 두드러진다. 물론 형상화는 안중근에 치중했지만, 이토 히로부미에게도 적용되었다.

물론 시가에만 국한되지는 않는다. 안중근과 하얼빈 의거는 근대 동아시아의 역사적인 대사건이었음은 물론 문예나 글쓰기의 중요한 제재가 되었다. 같은 시대를 살았던 수많은 중국인들이 관련 문장이나 문예 작품을 전한다. 저명인사로는 량치차오·위안스카이(袁世凱)·쑨원(孫文)·천두슈(陳獨秀)·장제스(蔣介石)·조언라이(周恩來)·차이위안페이(蔡元培) 등등이 그러했다.

중국 지도자들 중에서도 특히 량치차오의 경우는 안중근 의거와 재판·순국 무렵부터 많은 시가와 문장 가운데서 안중근과 그 의거를 기록하고 평가하고 노래했다. 이를 통해 국적과 상관없이 한 나라 국민으로서의 강건한 국민성과 사회지도층으로서의 리더십을 적극 선양하고자 했다. 량치차오 등 정치적·문학적 영향력이 지대했던 인사들이 안중근에 대해 문예 작품화를 선도함으로써 일정한 방향성을 제시한 것으로 생각한다.

중국문학 연구자인 필자는 사실 량치차오에 대한 관심으로부터 안중근 관련 중국 시가에 대해 탐구하기 시작했다. 먼저 근대 중국의 대표적인 계몽주의 사상가·문인이자 정치 지도자인 그의 문학과 사상 그리고 한국과의 관련성 등에 대해 연구하는 과정에서 그가 발표한 십여 편의 한국 관련 문장 및 시가에 대해 살펴보았다. 또한 그중에는 안중근을 제재로 한 「가을바람 등나무를 꺾다(秋風斷藤曲)」[3]라는 상당히 긴 편폭의 시가 있고, 또 여러 편의 문장에서 안중근을 언급했음도 알게 되어 역시 자세히 논의했다.[4]

량치차오뿐만 아니라, 오사운동을 창도하고 중국 공산당을 창당한 천두슈의 안중근 평가도 관심을 끌었다. "진취적이어야지 퇴영적이어서는 안 된다. …… 나는 청년들이 공자(孔子)나 묵자(墨子)가 되기를 원하지, 소부(巢父)나 허유(許由)가 되기를 원하지 않는다. 나는 청년들이 톨스토이나 타고르(R. Tagore, 인도의 은둔시인)가 되기보다는 콜럼버스나 안중근이 되기를 원한다!"[5]라고 했다. 자신의 인생 목표인 '청년계몽'의 주요 덕목 중 하나로 '진취성'을 내세우고 그 표상으로서 안중근을 꼽았다.[6] 이밖에 신해혁명을 일으킨 쑨원은 물론 친일 외교를 전개한 바 있는 위안스카이 같은 최고 지도자들도

---

3 「가을바람 등나무를 꺾다」는 1909년 안중근 의거 이후 얼마 지나지 않은 시기에, 량치차오가 이를 제재로 지은 7언 96구의 장편시이다. 기본적으로 안중근에 대한 동정과 존경의 마음이 담겨 있다. 다만 제삼자이자 혁명가의 입장에서, 일본의 유신을 이끈 이토 히로부미에 대한 선망과 그 죽음에 대한 안타까움도 함께 담아냈다.

4 최형욱, 「량치차오 시문 중의 안중근 형상 연구: 조선 황실 및 지도층 인물과의 대비를 포함하여」, 『동아시아문화연구』 82, 한양대 동아시아문화연구소, 2020.

5 "進取的而非退隱的. …… 吾願靑年之爲孔墨, 而不願其爲巢由; 吾願靑年之爲托爾斯泰與達噶爾(R. Tagore, 印度隱遁詩人), 不若其爲哥倫布與安重根!"(「敬告靑年」, 『靑年雜誌』 創刊號)

6 천두슈는 『신청년(新靑年)』(『청년잡지(靑年雜誌)』의 개명)을 통해 당시 중국 청년들을 계몽하기 위해 노력했고, 주요 덕목으로서 자주·진보·세계·실리·과학적인 정신과 더불어 진취를 강조했다.

안중근을 애도·찬양하는 내용의 시가를 전한다.

1940년대 초에 이르기까지 이들 중국 저명 정치가·문인들뿐만 아니라 많은 일반 지식인 및 학생들도 애국혁명 및 항일국방의 분위기 속에서 언론 매체를 통해 안중근을 추도하거나 그 인물 및 사상을 소개하는 문장들을 발표하고, 시·소설·극본 및 영화 등 문예 작품으로써 그를 찬양했다. 신문·잡지에 투고한 문장 단계에서 더 나아가 전기(傳記)에 이른 것도 많았다. 그중 전기의 경우는 한중 사학계에서, 소설의 경우는 문학계에서 비교적 관심을 가지고 연구를 진행했다. 그러나 다른 장르에 비해 작품 수가 훨씬 많은 시가의 경우는 오히려 관련 정리와 연구가 미미한 편이다. 본서를 통해 안중근 관련 중국 시가의 흐름을 파악하고, 주요 내용과 형상화 문제 등을 분석하여 전모를 논의하고 나아가 그 의미와 가치를 도출해 보고자 한다. 더불어 대표 작품들을 감상해 보고자 한다.

한편, 한 설문조사에 의하면 상하이 홍커우 공원(현 루쉰 공원)에서 이른바 도시락(물통?) 폭탄 의거를 일으킨 인물이 누구인지를 묻는 질문에 중고생 약 40%가 '윤봉길'이 아닌 '안중근' 의사로 잘못 답했다고 한다.[7] 배타적이고 맹목적인 민족주의는 경계해야 하겠지만, '우리'의 역사에 대한 교육은 제대로 해야 한다는 생각도 든다.

중국학을 비롯한 외국학 연구와 교육도 그 자체에 대한 공헌뿐만 아니라, '우리'의 역사와 문화에 대한 이해에 도움이 되어야 한다. '우리' 스스로를 탐구하는 데 있어서 수천 년 유구한 문화교류를 해온 중국을 비롯한 동아시아를 아울러 살피는 동아시아적 시각이 매우

---

7 주진오 교수의 설문조사 관련 논의 참고. (JTBC 뉴스룸, 앵커브리핑, 2016.5.18.)

유효하기 때문에 더욱 그러하다. 찾아보니 항일애국지사 안중근·윤봉길·이봉창·조명하 등은 한국인이었지만 중국인들에게도 공유할 수 있는 기억과 사유 그리고 정서가 있는 역사 인물이고 문예의 중요한 제재였다. 또 앞으로도 시대상황에 따라 다시 소환되어 그들의 입장에서 재평가되고 새로운 문예창작으로 표현될 수 있다. 당연히 우리가 관심을 가지고 지켜봐야 할 일이다.

주지하듯이 중국은 안중근 의거 전부터 이미 제국주의 열강의 침탈로 인해 '중화'의 자존심이 짓밟히며 피동적인 근대화의 길에 들어섰다. 사실 한국 못지않게 큰 수모를 당하고 아픔을 겪은 중국인들의 인식과 정서 속에서 우리의 어떤 항일애국지사들이 어떻게 문예작품으로 승화되었는지 그 자료들을 최대한 발굴하고 정리하고 번역한 후, 이를 바탕으로 의미 있는 연구 및 저술을 할 필요가 있다. 역시 안중근 관련 작품들 특히 시가 가장 많다. 시가부터 시작한다.

구체적인 탐구 방법 및 과정에 관해 간략히 언급하자면, 첫째, 필자가 계속 수집·정리하고 있는 중국인들의 '안중근' 및 하얼빈 의거 관련 시가들을 최대한 보완하여 기초자료로 삼는다. 둘째, 이를 정확히 해독하여 텍스트로 삼는다.[8] 셋째, 텍스트들에 보이는 안중근에 대한 애도·찬양의 내용과 제삼자 또는 특수한 타인으로서의 복잡·미묘한 인식·감정들을 흐름에 따라 분석한다. 더불어 시가 중의 인물 형상 및 전고에 대해서도 세밀히 분석한다. 넷째, 분석을

---

8 본서 제2부에서 50선을 번역·해설하고, 제3부에 당시 매체에 실린 원본의 영인 30여 장도 수록한다.

바탕으로, 안중근과 그 의거에 관해 노래한 중국인들의 시가들을 총체적으로 이해하고, 특히 중국인들이 결국 무엇을 추구했는지 논의한다.

이 작업은 문예면에서는 물론 사료로서 또 문화교류 자료로서 일정한 의미가 있을 것으로 생각한다. 한중일 삼국은 상대방의 시각으로 서로를 비춰보면 스스로를 볼 때보다 오히려 잘 보이거나 새롭게 보이는 부분이 있다. 어려웠던 시기 '우리'와 '이웃'의 모습, 특히 타인의 시각을 이해해 보고자 한다.

차례 ─────────────────────────────

제3부 중국 매체에 실린 원문   ··· 233

제1부

안중근을 노래한 중국 시가 탐구

1. 안중근 관련 중국 여론과 시가

역사적 대사건이 모티브가 된 문예작품에는 여론을 비롯한 사회문화적 상황이 매우 중요한 창작배경으로 작용한다. 쉬단(徐丹)의 연구에 의하면 안중근 및 의거 기사를 보도하여 현재 그 내용을 확인할 수 있는 근대 중국의 신문·잡지 매체는 총 74종이다.

쉬단은 1909년부터 1937년까지 중국의 역사 환경 변화에 따른 관련 기사의 흐름에 대해 자세히 분석했다. 간략히 정리하면 다음과 같다.[1] '사건' 발생 무렵에 많은 중국인들은 조선을 번속으로 인식하고 무시했던 반면에 일본에 대해서는 개혁의 롤 모델로 존중하는 시각을 가지고 있었다. 이에 안중근과 하얼빈 의거에 대해 상당히 복잡하고 미묘한 인식과 감정을 나타냈다. 민족의 대의를 위해 장렬히 희생한 '열사'로 찬양하거나, 반대로 백해무익한 암살 행위를 한 '테러리스트'로 폄하하는 극단의 관점 사이에서 다양한 여론이 형성되었다. 안중근의 희생정신을 찬양하기도 하고, 무익하고 무모한 행위를 한 것으로 비난하기도 하고, 일본의 개혁 공신 이토 히로부미를 애도하기도 하고, 일본의 침략 야욕을 견책하기도 하고, 또 일부는 방관자 입장에서 중일 간 분쟁으로 연결되지 않음을 다행으로 여기기도 했다.

그러다가 1915년 이후 일본의 중국 침탈이 급가속하며 중일 대립

---

[1] 徐丹, 「近代中國人對安重根事件的認識: 以1909~1937年中國報刊的報道爲中心」, 『民國硏究』 29, 2006, 181~195쪽.

관계가 선명해지고 중국의 내우외환이 날로 심화됨에 따라, 중국인들의 일제에 대한 인식과 감정도 완전히 적대적으로 변화하게 되었다. 이에 안중근과 의거에 대한 여론은 점차 '모순'에서 '긍정'으로, '복잡'에서 '일치된 찬양'으로 전환되어갔다. 특히 1937년 중일전쟁 무렵부터 중국인들은 안중근 의거를 '항일애국'을 선양하는 주요 소재로 삼아 중국의 이익과 동아시아 평화를 수호하는 상징으로서 예찬하게 되었다.

베이징대학 역사학과 교수 쏭청유(宋成有)도, 위와 같은 여론 흐름 가운데 1909년 안중근 의거 이후부터 1945년 일제가 패망으로 한중 양국에서 쫓겨날 무렵까지 중국에서 3차례의 '안중근 붐'이 있었다고 분석했다. 요약하자면 '①의거 및 순국 시기', '②오사운동 시기', '③항일전쟁 시기' 세 시기에 안중근에 대한 논의가 특히 활발했고, 여러 장르의 문예작품 및 언론 기사문 등이 다수 발표되었다.[2]

역시 중국 근대사 연구자로서 허난(河南)이공대학 도서관 관장을 맡은 바 있는 쑤취안유(蘇全有)도 같은 기간 『신보(申報)』에 보이는 '안중근' 언급 총 257회를 연도별로 정리한 결과, 위 쏭청유의 통계와 유사한 흐름을 보인다는 견해를 나타냈다.[3] 역사적 인물은 외국인일지라도 자국의 상황과 필요에 따라 평가되고 문예 및 글쓰기에 활용될 수 있음을 의미한다.

구체적으로 살펴보면, 먼저 ①시기에는 무엇보다 많은 중국 언론

---

2 宋成有, 「中國人士所見安重根義擧的視覺和反應」, 『大連近代史研究』 7, 2010, 126~149쪽.
3 蘇全有, 「安重根在中國的百年記憶評析」, 『河南理工大學學報』 18(3), 2017, 86~87쪽.

매체에서 안중근 의거에 대해 상세히 보도했고, 평론이나 논설도 대량으로 발표했다. 안중근과 그 의거에 대해서, 당시 중국도 사건 발생지로서 관련국이었을 뿐만 아니라 날이 갈수록 제국주의의 침탈을 겪는 입장에서 상당한 관심을 나타냈다. 의거 직후부터 각 신문·잡지 매체별로 다양한 기사와 문예작품들을 쏟아냈다. 주요 신문이던『신보』·『민우일보(民吁日報)』·『시보(時報)』·『대공보(大公報)』·『성경시보(盛京時報)』·『신주일보(神州日報)』등은 물론이고 많은 소규모 매체에서도 상세히 보도하고 관련 작품들도 실었다. 마침 신해혁명(1911) 전후 중국에도 애국혁명·살신성인의 기개를 적극 선양할 시대적 요구가 있었기 때문이었다. 또 추이펑롱(崔峰龍)·쉬잉(許盈)에 의하면, 이 무렵 궁샤오친(貢少芹)이 「망국한전기(亡國恨傳奇)」라는 극본을 연재했고,[4] 상하이 극단인 진화단(進化團)이 상하이·난징·우한 등지에서 연극 「안중근이 이토 히로부미를 척살하다(安重根刺殺伊藤博文)」(일명 「동아풍운(東亞風雲)」)를 공연하여 혁명의식을 고취하기도 했다.[5]

다음으로 ②시기 즉 한국에서 삼일운동이 있었고 이어서 중국에서 오사운동이 있었던 시기에는 중국의 청년 학생을 비롯한 일반 국민들에게도 일제의 침탈에 대한 저항의식이 확산되며 그 영향 하에 다시금 '안중근'을 제재로 한 많은 문예 작품들이 창작되었다. 특히 여러 지역의 학교에서 연극 「안중근(安重根)」(일명 「망국한(亡國

---

4 1910년 『대로반월간(大路半月刊)』에 연재.
5 崔峰龍·許盈, 「近三十年來中國史學界對安重根研究綜述」, 『大連大學學報』 36(4), 2005, 26쪽.

恨)」)을 공연했다. 톈진에서 학창시절 연극 활동을 하던 조언라이(周恩來)·덩잉차오(鄧穎超) 부부도 이 극의 공연을 통해 민중들에게 항일애국정신을 고취하고자 했다.[6]

주지하듯이 중국은 1894년부터 이듬해까지의 갑오 청일전쟁에서 일본에게 굴욕적인 패배를 당했고, 이후 스스로 '국치'라 일컫는 1931년의 만주사변을 거쳐 1937년부터 1945년까지 일본과 다시 전면전을 벌였다. 중일전쟁 시기 또는 항일전쟁 시기라고 불리는 이 1937~1945년의 ③시기에 중국의 언론 및 문화·문예계는 다양하고 적극적인 항일·항전 활동을 전개했다. 특히 제2차 국공합작의 기치 하에 사회 참여 성향이 강한 연극계를 중심으로 한동안 좌우익 문단이 함께 항일문학운동을 펼쳤다. 이 무렵 톈한(田漢) 주도로 우한이나 창사 등지에서 「안중근이 이토 히로부미를 척살하다」를 공연했다. '안중근'이 일제의 침략에 맞서 중국 민중들에게 민족의식과 투쟁정신을 북돋우는 데 매우 적합한 제재였기 때문이었다.

시가는 노래이다. 일반 시민·학생들이 상대적으로 더 쉽게 다가설 수 있는 문예 활동이기도 하다. 연극 못지않게 활용될 수 있다. 매체에 발표된 안중근 관련 문예 작품들 중에서도 시가가 가장 많다.[7] 일부 시가는 개인 시문집이나 안중근 전기문에 수록되기도 했다.[8] 서로 중복되기도 한다. 관련 시가들을 최대한 수집했다.[9] 계속

---

6 宋成有, 앞의 논문, 129쪽.
7 1차적으로 중국의 여러 데이터베이스들을 기반으로 조사했다.
8 중국에서 활동하던 박은식의 한문본 『안중근전(安重根傳)』(1912 탈고), 초기에 중국인에 의해 저술된 정위안(鄭沅)의 『안중근(安重根)』(1920경), 정위(鄭洧)의 『안중근전(安重根傳)』(?) 등 전기문에서도 여러 작품들을 찾을 수 있다.

수집 경로도 더 찾고 관련 작품도 최대한 확인할 필요가 있다.[10]

안중근 제재 중국 시가들도 대체로 '①의거 및 순국 시기', '②오사운동 시기', '③중일전쟁 시기' 이 세 시기에 활발히 발표되었다. 다른 장르의 문예나 기사·논설의 흐름과 비슷하다. ①시기에 가장 많이 나왔고 ②시기까지 그 분위기가 이어졌다. 당시 반제·혁명의 분위기가 충만했던 점과 관련이 있다고 생각한다.

잠시 주춤하다가 1931년 만주사변 무렵부터 ③시기까지 특히 항일애국의 분위기가 고조되고 위기의식이 심화되면서 다시 유용한 제재가 되었다. 만주사변 이후, 특히 중일전면전 시기에는 안중근 의거가 일종의 정치적 사건으로부터 항일애국을 선양하는 이데올로기의 상징으로 전환되어 간 것으로 보인다.

뒤에서 자세히 논의하겠지만, 대체로 시가들의 내용은 안중근에 대한 애도와 찬양이 두드러진다. 또 이로부터 출발하여 피해자 한국에 대해 동정하고 동병상련의 연대의식을 피력하기도 했다. 가해자 일본을 비판하는 내용으로도 발전했다.

그와 달리 시가 중에 조선에 대한 속국인식 등 우월의식을 담아

---

9 안중근 연구 또는 중국 현대문학 자료 총서인 김우종(金宇鍾)·최서면(崔書勉)의 『安重根: 論文·傳記資料』(1994)와 화원구이(華文貴)의 『安重根研究』(2009), 김병민(金柄珉)·이존광(李存光) 편 『中國現代文學與韓國資料叢書』(2014) 등에도 일부 수록되어 있다. 상기 여러 경로들을 통해 70여 편의 '안중근' 관련 시가들을 수집했다. 상당수는 당시의 지면도 확보했다.

10 근래 중국의 상하이 푸단(復旦)대학 역사과 쑨커즈(孫科志) 교수가 안중근·윤봉길·이봉창 세 분 항일 의사 관련 중국 시 172편을 발굴·공개했다는 뉴스가 보도됐다.(『KBS』, 2023.3.2.) 본서가 대체로 완성된 후에 관련 출판물을 접했다. (『民國時期關於安重根·李奉昌·尹奉吉詩歌彙編』, 復旦大學出版社, 2024) 그중 안중근 관련 시가는 본서에서 수집한 작품을 포함하여 총 110여 편으로 확인했다.

내기도 했다. 이를 바탕으로 나라를 빼앗긴 조선의 열악한 상황을 비판하거나 조롱하기도 했다. 나아가 중국 개혁의 롤 모델 이토 히로부미를 경모하는 입장에서 그 죽음을 안타까워하고 공적을 기리는 내용도 있다. 제국주의의 핍박을 받으면서도 부국강병의 민족제국주의를 갈망하던 근대 중국인들의 모순적 사유를 그대로 드러냈다.

이 모든 소회와 인식의 귀결점은 안중근을 정면교사로 삼아 중국인들을 각성시키고, 나아가 조선을 반면교사로 삼아 교훈을 추구하는 것이었다. 안중근이라는 제재를 어떻게 소비했든 결국 추구하는 바는 중국의 계몽이었다.

아울러 이때 '안중근'을 다양한 인물 형상으로 비유하여 감동과 계몽의 효과를 제고시키고자 했다. 같은 맥락에서 관련된 다른 인물들 즉 이토 히로부미 등도 형상화했다.

수집한 '안중근' 제재 시가들 중 일부는 중복되거나 내용상 거의 비슷하기도 하다. 정리해서 50작품을 분석 텍스트로 삼았다. 번역한 작품 목록을 아래에 열거한다.

안중근 제재 시가 50선 목록

	제목	작자	출처 및 발표 시기
1	제목 미상	쑨원 孫文	만고의사안중근전(1917)에 수록
2	안중근 의사 安重根義士	위안스카이 袁世凱	여러 전기문에 수록
3	가을바람 등나무를 꺾다 秋風斷藤曲	량치차오 梁啓超	음빙실문집(飮氷室文集) 1910년 2·3월경

4	조선을 애도하는 노래 오율 24수 朝鮮哀詞五律二十四首	량치차오 梁啓超	국풍보(國風報) 1910년 9월 21기
5	제목 미상	차이위안페이 蔡元培	여러 전기문에 수록
6	조선 건아의 노래 朝鮮兒歌	천쟈후이 陳嘉會	선산학보(船山學報) 1932년 1기 (1909년 작?)
7	생사자·안중근을 애도함 生査子·吊安重根	후위에 胡月	창랑잡지(滄浪雜誌) 1910년 3기
8	안중근 安重根	린동 林棟	매호음고(梅湖吟稿) 1910년에 수록
9	한국의 안중근에게 감응하여 지음 爲韓國安重根感作	작자 미상	민심(民心) 1911년 2권
10	한인 안중근 의거에 감응하여 도비 견회시의 운을 차운함 感韓人安重根事次道非見懷詩均	까오쉬 高旭	남사(南社) 1912년 1기
11	안중근시 安重根詩	황칸 黃侃	문예구락부(文藝俱樂部) 1912년 1권 2기
12	조선 의사 안중근을 애도함 哀朝鮮義士安重根	꾸스 顧實	쟝수제삼사범학교교우회잡지 (江蘇第三師範學校校友會雜誌) 1912년 1기
13	이토 히로부미를 애도함 吊伊藤博文	황칸 黃侃	박은식 안중근전 (安重根傳, 1912년)에 수록
14	안중근전을 읽고 讀安重根傳	조우정진 周曾錦	위 전기문에 수록
15	동한열사가 東韓烈士歌	린수성 林樹聲	위 전기문에 수록
16	하얼빈의 총격 소식을 듣고 聞哈爾濱炮擊	신규식 靑邱恨人	위 전기문에 수록
17	뤼순에서의 형 집행을 애도하며 悼旅順受刑	신규식 靑邱恨人	위 전기문에 수록
18	안중근선생전에 삼가 씀 謹題安重根先生傳	뤄허린 羅洽霖	위 전기문에 수록

19	삼가 안선생전에 쓰다 謹題安先生傳	장전칭 張震靑	위 전기문에 수록
20	안중근 선생을 애도함 吊安重根先生	천위안춘 陳鴛春	위 전기문에 수록
21	안중근전에 느낌이 있어 짓다 安重根傳感賦	차스좐 查士瑞	위 전기문에 수록
22	안중근선생전을 읽고 讀安重根先生傳	왕타오 王燾	위 전기문에 수록
23	안 열사를 애도함 悼安烈士	황성아부 皇城啞夫	위 전기문에 수록
24	제목 미상	이광 醒庵	위 전기문에 수록
25	제목 미상	일석 一石	위 전기문에 수록
26	삼가 안중근선생전에 쓰다 敬題安重根先生傳	왕양 汪洋	국민월간(國民月刊) 1913년 1권 1기
27	금루곡·안중근전에 쓰다 金縷曲·題安重根傳	청산즈 程善之	국민월간(國民月刊) 1913년 1권 1기
28	생사자·안중근소전에 쓰다 生査子·題安重根小傳	왕한장 漢章	윈난(雲南) 1913년 1기
29	이토를 애도함 哀伊藤	션루진 沈汝瑾	여러 전기문에 수록
30	안중근 安重根	(천)이랑 (陳)翼郎	숭덕공보(崇德公報) 1915년 1기
31	건아행 - 조선 지사 안중근 사건을 적다 健兒行 - 紀朝鮮志士安重根事	쉬야형 徐雅衡	대하총간(大夏叢刊) 1915년 1권 1기
32	제목 미상	디위 狄郁	정위안(鄭沅)의 전기문 『안중근(安重根)』에 수록
33	제목 미상	왕자오 王照	위 전기문에 수록
34	제목 미상	민얼창 閔爾昌	위 전기문에 수록

35	제목 미상	야오지잉 姚季英	위 전기문에 수록
36	안중근 安重根	예퉁펑 葉舟-필명	위 전기문에 수록
37	조선 자객에게 바침 贈朝鮮刺客	왕샤오눙 汪笑儂	촌심(寸心) 1917년 제5기
38	안중근 安重根	주룽취안 朱榮泉	약한성(요한의 목소리, 約翰聲) 1918년 29권 8기
39	대한 의사 안중근을 애도하며 산려에 보이다 悼大韓義士安重根示汕廬	린징주 林景澍	진단(震壇) 1921년 14기
40	한국 의사 안중근 선생을 애도함 挽韓義士安重根先生	조우지광 周霽光	진단(震壇) 1921년 14기
41	가을바람 등나무를 꺾다 秋風斷藤曲	후원산 胡蘊山	오구월간(五九月刊) 1927년 2월
42	조선 열사 안중근전을 읽고 讀朝鮮烈士安重根傳	장레이 張磊	광대학생(礦大學生) 1931년 1기
43	망국애곡 - 조선을 애도함 亡國哀曲 - 弔朝鮮	호우야오 侯曜	민성주보(民聲週報) 제12기 1931년 3월
44	안중근을 노래함 詠安重根	왕아오시 放溪	사회일보(社會日報) 1931년10월
45	의사 형가를 슬퍼함 - 이웃 나라 영웅에게 바침 傷義士荊軻 - 獻給隣國的一位英雄	야오수펑 蘇鳳	민국일보(民國日報) 1932년 1월
46	꽃다운 혼을 애도함 悼英魂	상성차이 商生才	현촌자치(縣村自治) 1932년 2권 7기
47	안중근을 애도함 弔安重根	왕아오시 王放溪	사회월보(社會月報) 1935년 1권 9기
48	조선인 朝鮮人	차오라이 草萊	문예월간(文藝月刊) 제1권 12기 1938년 6월
49	나는 당신의 조국을 생각합니다 我懷念着你的祖國	완중 萬衆	대로반월간(大路半月刊) 1940년

| 50 | 안중근을 애도함
吊安重根 | 즈위
智蔚 | 자카르타화교공회월간
(吧達維亞華僑公會月刊)
1941년 2권 1기 |

신문·잡지에 발표된 시기나 전기문이 간행된 시기에 따라 차례대로 정리했다.[11] 이를 번역·분석하여 탐구의 기초로 삼았다.

한편, 위에서 보듯이 대부분 의거 소식을 접하고 자신의 소회를 시가로 읊어 신문·잡지에 실은 것들과 전기를 읽고 시정(詩情)을 쓴 제시(題詩)들이다. 또한 작품들 중에는 제목이나 시구 가운데 '안중근'이라는 낱말이 들어 있어 쉽게 파악되는 것들도 있지만 그렇지 않은 것들도 있다. 이 때문에도 앞으로 계속 다각적으로 발굴해야 할 필요가 있다.

대표적인 예가 량치차오의 「가을바람 등나무를 꺾다」이다. 전체 7언 96구의 보기 드문 장편이다. 긴 편폭을 통해 안중근을 예찬하고 자신의 복잡한 소회를 피력했다. 그런데 독특하게도 시구 중에서는 한 번도 '안중근'이라는 이름을 직접 언급하지 않았다. 역시 량치차오의 작품인 「조선을 애도하는 노래 오율 24수」의 경우도 제목만 보아서는 '안중근'과 특별히 관련이 없어 보이지만, 전체적으로 조선의 망국을 폭넓게 다루는 가운데 제18수에서 전적으로 '안중근'을 노래했다. 안중근을 기리는 것과 더불어 이를 통해 조선의 망국에 대한 복잡하고 미묘한 감정을 표출하고 중국을 위한 계몽을 추구했다.

---

11 불명확한 경우에는 작자의 연배를 고려하여 추정했다.

2. 애도, 찬양 나아가 연대의식

앞서 제기했듯이 '안중근' 제재 중국 시가들에서는 안중근과 하얼빈 의거는 물론 '한국'[12]에 대한 중국인들의 복잡하고 미묘한 인식과 감정이 드러난다. 작품들을 전체적으로 보면, 내용상으로 크게 두 가지로 나누어 논의할 수 있다. 하나는 (1)안중근의 의거를 찬양하고 그 순국을 애도한 것이다. 가장 큰 비중을 차지한다. 제국주의 열강들에게 침략당하며 갈수록 위기로 내몰리는 중국인들이 의거를 접한 후 일차적으로 가질 수 있는 소회이다. 안중근 의거에 대해 일종의 주체적 감정을 느끼는 한국인들의 정서에도 상당히 부합하는 내용이다.

다른 하나는 (2)한국을 속국으로 인식하는 특별한 타자의 시각으로 바라보거나, 냉정한 제삼자의 입장에서 미묘한 인식과 정감을 드러낸 내용이다. 한국인들이 공감하기 어려운 내용도 많이 포함된다. ①한국에 대한 우월의식 및 비판, ②한국 종주권 상실에 대한 아쉬움, ③유신 롤 모델 이토 히로부미에 대한 찬양 및 애도, ④중국을 위한 계몽과 교훈 추구 등으로 요약할 수 있다. 안중근 애도와 찬양에 그치지는 않았다. 이 부분은 다음 장에서 자세히 논의한다.

---

12 당시 중국인들은 대체로 시가나 글쓰기에서 '한국'과 '조선'이라는 두 낱말을 특별한 구별 없이 사용했다. 예를 들어 량치차오는 「일본병탄조선기」의 기례(記例)에서, "본문에서 조선으로 칭하기도 하고 한국으로 칭하기도 하는데, 문장의 편의에 따른 것이지 다른 의미는 없다.(本文或稱朝鮮, 或稱韓, 從行文之便, 別無他義.)"라고 밝힌 바 있다.(『飲氷室專集』 之二十一)

1) 애국심, 독립심을 고취하는 롤 모델

의거와 순국 그리고 조선 망국의 여운이 남아있던 1912년 무렵까지 특히 많은 안중근 관련 시가들이 발표되었다. 내용상으로는 안중근에 대한 애도와 찬양이 가장 큰 비중을 차지한다. 대표적인 작품으로는 우선 이 격변기 중국의 주요 정치 지도자들이던 쑨원·위안스카이·량치차오의 시가를 들 수 있다.

국가 지도자들은 애국심·독립심·희생정신과 같은 바람직한 국민성 덕목들이나 국가사회를 위한 리더십의 표상으로서 안중근의 이미지를 선양할 필요성이 있었을 것이다. 위안스카이(袁世凱)[13]와 쑨원(孫文)[14]이 남긴 것으로 전하는 시가들을 차례로 살펴본다.

> 평생 꾀하던 일 그저 이제야 마쳤으니,
> 사지에서 생을 도모함 장부가 아니라네.
> 몸은 삼한에 있다지만 이름 만국 떨쳐,
> 살아 백년 못 누려도 죽어 천년 살리.[15]

> 공적 삼한 덮고 이름 만국 떨쳐,
> 살아 백년 못 누려도 죽어 천년 사네.

---

13 위안스카이(1859~1916): 자 웨이팅(慰廷), 호 롱안(容庵), 허난(河南) 샹청(項城) 사람. 리훙장(李鴻章)의 막료 출신으로, 1882년 임오군란 당시 청군을 이끌고 조선에 파견되어, 특히 1884년 갑신정변을 계기로 두각을 나타내기 시작했다. 이후 청조에 중용되고 북양정부의 최고 지도자가 되었다. 신해혁명 후 중화민국 초대 총통에 올랐다.

14 쑨원(1866~1925): 화명 중산챠오(中山樵), 광둥(廣東) 샹산(香山) 사람. 중화민국의 창시자, 정치인·혁명가로서 신해혁명을 주도하고 국민당을 이끌며 '삼민주의'를 주창했다.

15 "平生營事只今畢, 死地圖生非丈夫. 身在三韓名萬國, 生無百歲死千秋."

나라 약해 죄인 되고 나라 강해 재상 되니,
설령 처지 바뀌었어도 또한 이토가 노렸으리.[16]

두 인용 중 위는 위안스카이가 지은 시 「안중근 의사(安重根義士)」이다. 권력욕으로 친일 외교를 채택하기도 한 위안스카이지만 안중근을 통해 애국심과 희생정신을 강조했다. 다만 아직 일제에 대한 분노나 저항, 같은 피해자로서 한국에 대한 연대의식 등의 정서는 없다.

잠깐 짚고 넘어가야 할 점으로, 이 시는 출처 및 발표 시기가 명확하지 않다. 기존의 여러 연구 및 저술에서는 출처를 밝히지 않거나, 2차 자료 간에 서로를 출처로 제시함으로써 신빙성을 떨어뜨린다. 더구나 이 시의 제4구와 아래 쑨원 시의 제2구가 완전히 일치하는 점도 진위 여부에 대한 의심을 가중시킨다. 두 작품 모두 타인의 가탁을 배제할 수 없다. 아무튼 이 작품에는 특별한 형상화나 전고의 사용은 없지만, 쉬운 표현으로 안중근을 진지하게 예찬했다.

그 아래 인용한 제목 미상의 쑨원 시[17]도 비슷한 경향의 작품이다. 다만 마지막 구와 관련해서는 몇 가지 해석의 여지가 있다. 첫째는 본서의 해석으로, 위와 같이 등(藤)을 '이토', 후(候)를 '기다리다' 또

---

16 "功蓋三韓名萬國, 生無百歲死千秋. 弱國罪人强國相, 縱然易地亦藤候."

17 이 시는 안중근의 국문 약전인 『만고의사 안중근전』에 실려 있다. 이 약전은 1917년 12월 블라디보스토크 신한촌(新韓村) 한인신보사(韓人新報社)에서 석판으로 간행된 『애국혼(愛國魂)』 등 일부 전기문에 수록되어 있다. (약전은 윤병석 역편, 『안중근전기전집』에 수록) 따라서 시기적으로는 초기 작품임이 분명하다. 다만 위안스카이의 작품과 마찬가지로 진위 여부에 대해서 좀 더 고찰해야 할 필요가 있다.

는 '노리다'로 해석할 수 있다. 둘째, "처지가 바뀌었다면 또한 이토도 죄인이 되었으리." 또는 "처지를 바꾸어 보면 그 역시 이토이리라."라고 하는 것이다. 다른 저술들에서 채택한 해석으로 설득력이 부족해 보인다. 확정하기는 어렵다.

초기 중국 지도자의 인식을 대표하는 작품으로는 위 두 작품보다 량치차오(梁啓超)[18]의 장편시 「가을바람 등나무를 꺾다」[19]를 꼽을 수 있다. 량치차오를 전문적이거나 저명한 시인으로 평가하기는 어렵다. 하지만 그는 중국 시의 근대적 변화를 추구한 '시계혁명(詩界革命)'의 창도자로서 『음빙실시화(飮氷室詩話)』 연재를 통해 체계적 시론을 발표하고 개혁 노력을 했다. 이로써 시 분야에 큰 영향을 미쳤고, 창작 면에서도 사(詞)를 포함한 약 5백여 수의 시가를 전한다. 그중 이 작품은 특히 자신의 계몽주의 시론에 잘 부합한다. 무엇보다 정치인·언론인이기도 한 그의 영향력으로 인해 이후 안중근에 대한 문예 창작 및 형상화에 상당한 영향을 미친 것으로 평가한다.

량치차오는 세기의 박학가답게 역대 중국의 다양한 인물 형상과 전고를 대량으로 동원해 가며 안중근 의거를 대하는 자신의 복잡 미묘한 소회를 펼쳐보였다. 물론 전체적으로 보면 애도와 찬양의 비중이 가장 크다. 자국 땅에 개선장군처럼 등장한 일제의 수뇌를 중국인이 아닌 한국인이 응징한 일은 중국인들에게도 일종의 귀감으로 비춰지고 나아가 상당한 감동을 주었을 것으로 생각한다.[20]

---

18 량치차오(1873~1929): 자 주오루(卓如), 호 런공(任公), 필명 인빙스주런(飮氷室主人), 광둥 신후이(新會) 사람.

19 1910년 2·3월경 작으로 추정된다. 『음빙실문집(飮氷室文集)』 45(하)에 수록.

20 량치차오 정론문 중의 언급을 보더라도 "무릇 조선사람 천만 명 중에서 안중근

량치차오는 「가을바람 등나무를 꺾다」 도입 부분에서, 원래 변새 경치와 병사의 정서를 읊은 악부시(樂府詩) 고각횡취곡(鼓角橫吹曲) 「관산월(關山月)」[21]을 상기시키고, "역로의 푸른 등불은 흰 눈을 붉게 물들여 비춘다."[22]라며 안중근이 이토 히로부미를 처단한 늦가을 밤 하얼빈 역의 사후 정경을 비장한 모습으로 연상하게 했다. 이어서 그 잔상이 생생히 남은 가운데 2행부터 잇달아 수많은 고대 중국의 영웅적 인물들로써 비유하며 안중근을 노래했다. 춘추시대 진(晉)나라 장수 선진(先軫)과 삼국시대 촉한(蜀漢)의 충신 양의(楊儀)로부터 시작하여 마지막에 요리(要離)에 이르기까지 유명·무명의 영웅·의협·충신들을 수없이 등장시켜 안중근을 형상화했다. 이를 통해 안중근이 충(忠)·의(義)·용(勇) 및 희생정신 등 이상적인 국민성 덕목들을 가진 것으로 찬양하고 그 죽음을 애도함으로써 중국인들이 본받기를 기대했다. 량치차오는 또 다른 조선 관련 시가 「조선을 애도하는 노래 오율 24수(朝鮮哀詞五律二十四首)」의 제18수에서도 안중근을 기개가 쇠하지 않은 '조선의 남아'로 예찬한 바 있다.[23]

위와 같이 이 시기 중국 지도자들의 시가는, 안중근에 대해 애국

같은 이가 또한 한둘쯤 없지는 않았으니, 내가 어찌 감히 일률적으로 멸시하겠는가?(夫以朝鮮一千萬人中, 若安重根其人者, 亦未始無一二, 吾豈敢一律蔑視." (「朝鮮滅亡之原因」, 『飮冰室專集』 之二十)라고 했고, "일본인들도 그에게 존경심이 생겼다.(日人爲之起敬.)"(「日本倂吞朝鮮記」, 『飮冰室專集』 之二十一)라고도 했다.

21 「관산월」은 이백(李白)이 악부 제목을 빌려 지은 오언고시로도 유명하다.
22 "驛路靑燈照紅雪."
23 "삼한의 수많은 인물 중에, 내게는 두 남아만 보인다.(三韓衆十兆, 吾見兩男兒.)" (『飮冰室文集』 之四十五下) 안중근과 더불어 당시 국치에 분을 참지 못하고 자결한 충청도 금산 군수 홍범식(洪範植)을 함께 찬양했다.

심·독립심·희생정신 등 중국인들에게 필요한 품성 및 리더십을 갖추고 실천한 모범적 대상으로 높이 평가했다. 그러한 차원에서 의거를 성공적으로 마친 후 장렬히 순국함을 진지하게 찬양·애도했다. 다만 한국인과 같은 피해자 의식이나 동조적 입장은 아니었다.

물론 중국도 19세기 들어서서 서구 제국주의의 침략을 받으며 반(半)식민지 상태로 내몰리고 있었지만, 한국이 이미 식민지가 된 것과는 달리 중국은 아직 일제의 본격적인 침탈을 겪기 전이었기 때문에 분노의 반일감정이 고조되고 동조의 감정이입을 불러일으킬 상황은 아니었다. 때문에 량치차오의 경우, 「가을바람 등나무를 꺾다」에서 안중근을 애도하고 찬양하면서도 동시에 유신의 롤 모델이던 이토 히로부미의 죽음도 안타까워했다. 총결 대목에서 안중근과 이토 히로부미를 함께 현자로 받들고, 자신의 인생에서 이토를 학습해 왔지만 안중근도 존중하겠다는 뜻을 피력했다. 안중근에 대한 찬양은 중립의 균형감 내에서였다.

> 천추의 은원을 누가 능히 가릴 수 있으랴,
> 두 현자 각기 태산만큼 중하도다.
> 인생길에 안영(晏嬰)[24]의 편달을 따르고 받들었지만,
> 이웃에 묘혈을 만들어 요리[25]의 무덤으로 삼고자 한다.[26]

---

24 안영(?~B.C.500)은 춘추시대 제(齊)나라의 대부(大夫)로, 경공(景公)의 재상이 되어 근검절약과 무실역행으로 널리 알려졌다. 여기서는 이토 히로부미를 비유했다.

25 요리는 춘추 말기 오(吳)나라의 협사로, 여기서는 안중근을 비유했다. 『여씨춘추(呂氏春秋)』·「충렴(忠廉)」편 등에 의하면, 요리는 오왕 합려(闔閭)를 위해 자기 한쪽 팔과 처자식까지 희생해 가며 정적을 살해한 뒤 마지막엔 자결함으로써 충을 다한 인물이다.

26 "千秋恩怨誰能訟, 兩賢各有泰山重. 塵路思承晏子鞭, 芳鄰擬穴要離冢."

량치차오 등 지도자들이 바랐던 것은 무엇보다 수난의 시기에 중국을 부국강병으로 이끌어가는 굳센 리더십을 세우고 이상적 국민성을 자국 국민들에게 널리 내면화시키는 것이었다. 때마침 안중근은 중요한 모범이 되었다. 동시에 이들은 메이지유신 이후 일본에 체류하거나 친일 정책노선을 취하면서 일본의 경험을 다양하게 참고하고 직간접적인 자극을 받았다. 일본의 개혁뿐만 아니라 무사도 같은 정신문화도 모범으로 삼고자 했다. 일본이 청일전쟁에서 열 배나 큰 중국에게 승리하고 조선을 삼킬 수 있었던 힘은 무사도 정신 즉 상무 정신이 일반 국민들에게까지 내면화되었기 때문이라고 부러워했다.[27] 기본적으로 안중근과 이토는 똑같이 중국에 필요한 정신문화를 제고시키는 표상으로 활용되었다.

　　저명인사들 외에 인적 사항이 잘 알려져 있지 않은 일반 중국인들도 시가로써 안중근을 기렸다. 인물 형상이나 전고를 거의 사용하지 않고, 위 작품들과 비슷한 경향 가운데 자신의 소회를 직설적으로 풀어낸 작품들도 많았다. 예를 들어 작자 미상의 「한국의 안중근에 감응하여 지음(爲韓國安重根感作)」이라는 작품을 살펴본다.

　　　　십 년을 아등바등 풍진 속 달려왔건만,
　　　　당당한 나라 백성 내가 몹시도 부끄럽구나.
　　　　동쪽으로 안중근·우덕순(禹德淳)[28] 바라보노라니,
　　　　이젠 감히 한인을 비웃지 못하겠구나.

---

27 량치차오, 『新民說』·「論尙武」, 『飮氷室專集』 之四 참고.

28 우덕순(1876~950): 일명 연준(連俊). 안중근 의거에 참여한 독립운동가. 공범으로 체포되어 옥고를 치렀다. 6.25전쟁 당시 서울에서 북한군에게 죽임을 당했다.

其二
격앙되어 강개한 법정 진술 토해내고,
바른말 다 펼치며 재판에 대응했네.
훌륭하다 그 목숨 한판 내기에 걸었으니,
중국과 조선에 이와 같은 건아 없었다네.[29]

안중근 의거에 대해, 우덕순 등과 함께한 준비 작업과 진행 과정 그리고 재판 상황 등에 이르기까지 관심을 가지고 살펴본 후 자신의 감정을 시가로써 표출했다. 한중 양국의 누구도 비견할 수 없는 '건아'·'남아'로 총결했다. '①의거 및 순국 시기'의 '안중근 붐'을 대표하는 작품으로 평가한다.

한편 시 못지않게 중국인들이 애호하는 사 장르에서도 안중근을 기리는 많은 작품들이 나왔다. 그중 「생사자·안중근을 애도함(生査子·弔安重根)」[30]이라는 작품이 쉬우면서도 안중근에 대한 애도와 찬양의 취지를 잘 표현했다.

아름답다 안중근이여!
나라 사랑하는 마음 어찌 그리 뜨거웠나?
한국이 망함 차마 보지 못하고,
유관[31]의 눈 속에서 노숙하였네.

---

29 "十年碌之走風塵, 我愧堂堂一國民. 東望重根連俊輩, 而今不敢笑韓人. (其二) 激昂慷慨吐供詞, 發盡危言對讞時. 絶好頭顱拚一賭, 中朝無此健男兒."
30 생사자(生査子)는 사의 곡조 명칭인 사패명(詞牌名)으로, 당나라의 궁정음악 관장 부서 교방(敎坊)의 곡명이었으며 초운심(楚雲深) 또는 매화류(梅和柳)라고도 한다. 작자는 후위에(胡月)라는 필명으로만 되어 있어 인적 사항을 확인하지 못했다.
31 유관은 산해관 즉 북방 변새를 가리킨다.

하얼빈 역에서 피 뿌리고,
참된 영웅이 세상을 떠났구려.
암살로 동방을 진동케 했나니,
천추에 그 이름 영원하리라.[32]

위는 총 4수 가운데 첫 수이다. 특별히 인물 형상이나 전고를 사용하지 않고 직서에 가까운 표현으로 안중근을 예찬했다. 그 다음에 제 2수부터 중국인들이 쉽게 이해할 수 있는 평이한 형상화와 전고의 활용을 통해 안중근의 결연한 의지와 성취를 찬양했다. 역시 안중근을 애국심과 희생정신의 모범으로서 객관적으로 기리는 정서가 두드러진다.

청말의 일반 관리였던 린수성(林樹聲)[33]의 「동한열사가(東韓烈士歌)」도 안중근과 의거 및 당시 정세에 관해 상당한 소견을 지닌 가운데, 비슷한 경향으로 다음과 같이 읊었다.

······
영웅은 천고에 특별한 혼백을 키워냈으니,
뜻한 바에 성패 가리지 않고 삶과 죽음을 바꿨네.
안군은 타고난 지혜가 너무나 탁월했고,
뜨거운 피가 끓어올라 바다 물도 데웠네.
······
안중근은 붉은 옷 입고 늘 두각을 나타냈거늘,
봉화가 관산에 오르니 온 눈에 놀라움이라.

---

32 "美哉安重根, 愛國心何熱. 不忍見韓亡, 露宿榆關雪. 血濺哈爾濱, 死矣眞英傑. 暗殺震東方, 千秋名不滅."

33 린수성: 청조 관리, 광서24년 진사.

공적을 제거하지 않으면 인의를 해치는 것이니,

흩뿌려진 피로써 맹세하며 평화를 이루고자 했다네.

동쪽 숲속 여우와 쥐새끼들 논할 필요도 없지만,

늑약으로 횡포 부려 국내외가 피곤하구나.

열세 가지 죄상을 포탄 한 방에 다스리니,

세상의 꿍꿍이 같던 일들 모두 답답함이 풀렸네.

……

해와 별의 공리가 천지에 빛나니,

만국의 여론에 견고하게 각인되었지.

피를 토하듯 법정에서 투쟁하며 의사는 분노했으나,

재판에선 조작으로 죄에 빠뜨려 검은 속내 드러냈지.

태백의 바른 원기 참으로 왕성하여,

세상에 드문 특출한 이들 길러내니 인물이 몇이었던가.

가슴에 북두칠성 품어 일곱 개 별만큼 고고하니,

이로움으로 꾀고 위협으로 속박해도 끝내 굽히지 않았다네.[34]

　

영웅·지사로서 안중근의 기백을 극찬하고 그 순국을 애도한 부분
들을 인용했다. 재판 당시 안중근의 변론 주장이나 국제 여론까지
반영하며 그 불굴의 의기를 찬양했다. 더불어 안중근이 당당하게 일
제의 무도함에 대해 조목조목 논증했음에도 불구하고, 결국 사형으
로 몰아간 데 대해 통렬히 비판했다. 당시 각종 매체가 안중근에 관
한 다양한 기사와 사설 등을 다수 발표했고, 또 한중 양국의 여러

---

[34] "…… 英雄千古孕寄魄, 志莫敗成生死易. 安君元識卓更超, 熱血蒸騰沸海潮.
…… 紅衣頭角總崢嶸, 烽火關山滿目驚. 公敵不除仁義賊, 血花誓以鑄和平. 東林
狐鼠無須論, 勒約梟張中外困. 十三罪狀一砲彈, 世界葫蘆盡解悶. …… 日星公理
炳乾坤, 萬國輿評印腦堅. 嘔血庭爭義士氣, 裁判周內破盆玄. 白山正氣誠葱鬱,
曠世毓奇幾人物. 胸羅斗宿七星高, 利餂威箝永不屈."

문인들이 전기를 발표함으로써, 관련 정보에 충분히 접근할 수 있었기 때문에 가능한 묘사라고 생각한다. 특히 다른 작품들에서는 보기 어려운 점으로, 무도한 국제 정세 가운데 동양평화 나아가 세계평화를 갈구한 안중근의 고귀한 사상을 인식한 점이 두드러진다. 이 작품도 박은식이 저술한 전기문『안중근전』에 수록되어 있다.

이 시기에는 이러한 한문본의 안중근 전기문들을 읽고 감동하여 지은 제시가 많은 편이다. 대체로 앞서의 작품들과 비슷한 정서를 표현했다. 1913년에 발표된「삼가 안중근선생전에 쓰다(敬題安重根先生傳)」를 예로 들어 살펴본다.

> 총탄 한 발에 남은 유감 아예 없으니,
> 천추에 꽃다운 이름 누리리.
> 삼가 고국을 우러러보고,
> 웃으며 평생을 보냈지.
> 빼어난 기운 언제나 있는 듯하여,
> 강물도 밤중에 소리를 내는구나.
> 송빈[35] 한번 멀리 돌아보면서,
> 애도하니 넘치는 정 못 가누겠노라.[36]

왕양(汪洋)[37]이라는 공무원·교사 출신의 작자가 안중근의 애국적 의거를 찬양하고 영혼을 위로하며 비장미 넘치게 노래했다. 이 작품

---

35 하얼빈에 속한 지명.

36 "一彈無餘恨, 子秋享令名. 側身瞻故國, 含笑送平生. 英氣常如在, 江流夜有聲. 松濱試迴顧, 憑弔不勝情."

37 왕양(1881~1921): 자 즈스(子實), 안후이 징더(旌德) 사람. 국민당 공무원, 교사, 언론인.『중화민보(中華民報)』·『민권보(民權報)』등 주관.

을 포함하여 위의 작품들은 역시 높고 진지한 찬양과 깊고 안타까운 애도를 하고 있지만 분노·절규의 주체적 정서 까지는 느껴지지 않는다. 대체로 일종의 위인전을 읽고 대상과 스스로를 비교하며 반성하고 존경하거나 추모하는 내용이라고 할 수 있다.

2) 항일연대의 동지

위와 같은 작품들이 발표된 이른바 ①의거 및 순국 시기의 안중근 붐이 수그러들고, 한동안 관련 시가들이 뜸하다가 ②오사운동 시기에 이르러 다시 나오기 시작했다. 1차 세계대전과 파리 강화회의를 거치며 중국의 허약한 처지가 더욱 명백해지고 더불어 일본의 교활한 침탈도 피부로 체감하게 됨에 따라, 시대적 요구에 맞춰 중국인들이 안중근을 다시 소환했다. 중국인들의 입장에서 재평가하고 사뭇 새로운 인식과 정감으로써 애도·찬양했다. 오사 분위기가 이어지던 1920년대 초에 나온 두 작품을 살펴본다.

> 장하다 안선생,
> 뛰어난 절개로 나라에 보답했네.
> 굳세게 그 마음 다잡아,
> 동무도 맺지 아니했지.
> 홀로 그 원수 뒤쫓아,
> 일거에 원한 풀었구나.
> 강개하여 그 한 몸 바침에,
> 늠름하고도 용맹스러웠지.
> 아! 우리 후배들이여,

마음 속 뜨거운 열을 어찌 풀까.

모두가 뜻을 모아 굳건히 성을 쌓고,[38]

황룡혈[39]에 이르길 기약하라.

선생은 구천에서,

원수의 피를 통음하리니.[40]

우렁차고 용맹스럽다 범상치 않은 남자,

나라 위해 원수 죽였나니 또한 장하도다.

독립 위한 감화의 공업[41] 뚜렷하지만,

인을 이루고 의를 취함은 고금에 슬픈 일.

나라 재조(再造)에 어찌 뭇사람들의 힘이 필요하랴?

해와 달이 다시 빛남은 준재에게 의지하는 것.

고국의 궁정은 여전하니,

충혼은 멀리 배회하지 말지니.[42]

둘 중 위의 시가는 오사운동에 참여한 사실 정도만 알려져 있는

린징주(林景澍)[13]의 「대한 의사 안중근을 애도하며 산려에 보이다(悼

---

38 '성을 이루다(成城)'는 『국어(國語)』·「주어(周語)하」의 "衆志成城, 衆口鑠金." 구절에 보인다.

39 "金將軍韓常欲以五萬衆內附. 飛大喜, 語其下曰, '直抵黃龍府, 與諸君痛飮爾!'" [『송사(宋史)』·「악비전(岳飛傳)」에 보이는 '통음황룡(痛飮黃龍)' 즉 황룡부에서 승리의 축하주를 통음한다는 구절을 활용했다.]

40 "壯哉安先生, 報國有奇節. 耿耿秉其心, 而不儔侶結. 孑然尾其仇, 一擧而昭雪. 慷慨損其軀, 凜凜復烈烈. 嗟我後生輩, 曷釋肝腸熱. 衆志以成城, 期抵黃龍穴. 先生九原下, 痛飮仇人血."

41 '완렴(頑廉)'은 『맹자(孟子)』·「만장(萬章)하」에 보이는 표현. '완렴나립(頑廉懦立)' 즉 탐욕스러운 자도 청렴하게 되고 나약한 자도 분기하게 된다는 의미로, 남의 높은 기풍에 감화되는 일을 가리킨다.

42 "轟轟烈烈奇男子, 爲國戕仇亦壯哉. 獨立頑廉功業著, 成仁取義古今哀. 何由再造須羣力, 日月重光特俊才. 故國宮庭宛然在, 忠魂縹緲莫徘徊."

大韓義士安重根示汕廬)」이고, 아래 시가는 조우지광(周霽光)[44]이라는 인물의 「한국 의사 안중근 선생을 애도함(輓韓義士安重根先生)」이다. 조국 회복을 위해 원수를 처단한 안중근의 의기와 용맹에 대해, 국외자적(局外者的) 평가나 존경에 머물지 않고 동지적 또는 주체적 입장에서 애도하고 찬양했다. 나아가 후손들이 안중근의 숭고한 기풍에 감화되어 결국 광복을 이룰 것이라고 미래를 기약함으로써 그 정감의 진정성이 배가되었다. "높은 기풍에 감화되어, 약한 자도 분기하게 됨(懦立)"을 갈망하며 자국의 위기에 긍정적 암시를 제시하는 정서라고 할 수 있다.

앞 절에서 논의한 시기의 경우, 한국은 이미 '국치'의 상황에서 일제에 대한 반감과 저항이 극에 달했지만, 중국은 아직 절박한 입장이 아니었다. 그러다가 1차 세계대전 말기에 일본이 참전을 선포하면서 중국 침탈의 야욕을 드러내고, 패전국 독일이 산둥 지역에서 가지고 있던 이권을 승계하는 야욕을 실천에 옮기면서 결국 1919년 오사운동을 불러일으켰다.

그렇게 일제가 중국에 대한 침탈을 본격화하며 중국의 정세가 더욱 위급해지자 중국인들의 일본에 대한 인식과 감정도 극도로 악화되었다. 그러한 변화 가운데 안중근 제재 시가도 분위기가 달라졌다. 작품들을 통해 살펴보기로 한다.

---

43 린징주(1878~927): 자 샤오포(笑佛), 호 즈주린(紫竹林), 오사운동에 적극 참여한 사실이 알려져 있다.

44 조우지광: 후베이(湖北) 사람. 기독교도였다가 불교에 귀의하여 인광(印光)법사라고 불렸다. 『도로월간(道路月刊)』·『오구(五九)』 등을 주관했고, 박은식 등 한인과 교류했다.

하늘도 정이 있다면 눈물 흘리리니,

어찌 진정 생명을 기러기 털처럼 가벼이 했단 말인가?

뒤돌아보니 기세당당했던 동지,

칠 척 사나이가 눈썹과 수염 떨치며 높이 일어났지.

와신상담 나라의 원수를 갚고,

조국을 회복하여 잔치를 벌이리라.

아! 위대한 현인의 호랑이 무늬 같은 변화무쌍을 그 누가 알랴?

한 번 노하여 바로잡으니 불타는 더위도 옮겨갔구나.

마른 등나무는 진창에 시들고 매서운 바람 불어오니,

어떠한가, 천년 열사 꽃다운 이름 드리워짐이![45]

후원산(胡蘊山)[46]이라는 인물이 지은 「가을바람 등나무를 꺾다」 제하의 시가이다. 앞서 논의한 바 있는 량치차오의 「가을바람 등나무를 꺾다」와 같은 제목이다. 내용 비교에 적합하다. 상하이에서 간행되던 『오구월간(五九月刊)』이라는 매체에 실렸다. 「안중근」이라는 제목의 문장 끝에 붙은 시이다. 먼저 문장에서 안중근과 그 의거 과정을 간략히 소개하고, 순국 당시 안중근과 그 모친의 의연한 모습을 함께 예찬하며 말미에 자신이 이미 지어놓은 시가를 덧붙인 것이다.[47]

---

45 "天若有情天應泣, 豈眞性命輕鴻毛. 回頭轉盼昂藏侶, 七尺須鬚奮高擧. 嘗膽臥薪報國讎, 恢復山河奠樽俎. 吁嗟乎大賢虎變誰能知, 一怒直敎炎威移. 枯藤委泥凄風吹, 何如千春烈士芳名垂."

46 후원산(1905~950): 군인, 원명 후궈위(胡國裕). 국민당 황푸(黃埔)군관학교 출신으로 소장까지 올랐다.

47 "高麗安重根, 曾留學美洲, 智神勇沈. 歸國, 憤日本佔其領土, 伊藤助虐, 思欲得而甘心, 以報國破家亡之恨. …… 臨刑之日, 顏色不變, 觀者黃白種人, 皆爲之起敬. 韓國有此母子, 韓不亡矣. 子曾作秋風斷藤曲, 以詠其事. 曲曰:"이러한 문장이 끝나고 시가 시작되며, 위의 인용은 그중 후반부이다. 이 시는 1927년보다 조금

중요한 것은 후원산의 작품이 량치차오 「가을바람 등나무를 꺾다」로부터 제목을 차용하고, 창작 동기나 형상화 면에서 큰 영향을 받은 것이 분명하지만, 일제로부터 압박이 심화되는 시국 속에서 항일의식이 고조된 중국인 특히 군인으로서 일제에 대한 분노, 의거 성공에 대한 극찬, 열사에 대한 동조 등을 드러냄으로써 새로운 시대적 요구를 반영했다는 점이다. 량치차오 작품에 보이는 중립적 입장의 애도·찬양과는 다른 감정이입 단계의 시정(詩情)을 느낄 수 있다.

사실 앞 절에서 논의한 ①의거 및 순국 시기의 안중근 제재 시가에서도 이미 조선에 대한 동정의 한편으로 동병상련의 정서 하에 중국에게도 점차 다가오는 위기의식을 나타내며 일제의 침략행태를 염려하거나 비판하는 내용이 엿보이기는 한다.

> 같은 처지라 슬픈 법,
> 토끼가 죽으면 여우도 슬프거늘.[48]
> 답답한 마음 어찌 견디며 평소 지냈을까.
> 다시 아득히 먼 이별을 원망하노라.[49]
>
> ― 까오쉬(高旭)[50]의 「한인 안중근 의거에 감응하여 도비 견회시의
> 운을 차운함(感韓人安重根事次道非見懷詩均)」[51] 중에서

이전에 지어졌고, 작자는 당시 20대 초반에 황푸군관학교 학생이었을 것으로 추정된다.

48 "兔死狐悲, 物傷其類. 吾與汝皆是各洞之主. 往日無冤, 何故害我?"(明·羅貫中, 『三國演義』) 구절을 활용했다.

49 "物傷其類動狐悲, 那堪鬱鬱常居住, 況復迢迢悵別離."

50 까오쉬(1877~1925): 자 톈메이(天梅), 호 젠공(劍公), 장수(江蘇) 쏭쟝푸(松江府) 진산(金山) 사람, 시인, 남사(南社) 창립자 중의 한 사람. 동생 까오지(高基)가 그 시문을 엮어 『천매유집(天梅遺集)』이라고 했다.

봉화 연기 여태도 꺼지지 않아,
순망치한 온통 근심을 감당하였네.[52]

- 뤄허린(羅冶霖)[53]의 「삼가 안중근선생전에
쓰다(謹題安重根先生傳)」 중에서

이토가 한국을 감독한 지 삼 년이 지나,
입으론 천황의 명을 받들고 손엔 채찍을 들고서,
한국의 산천을 탄압하여 세금 걷고 부역시켰네.
한국의 마을에 한국 군신들 몰아넣고,
한국의 아비와 자식을 속박하니 한인들은 살아도 죽느니만 못했지.
건아는 그 사이에 섞여 있으며 나란히 설 수 없음을 부끄러워했노라.[54]

- 창사 쉬야헝(長沙徐雅衡)[55]의 「건아행 - 조선 지사 안중근 사건을
적다(健兒行 - 紀朝鮮志士安重根事)」 중에서

비슷한 시기의 작품들을 부분적으로 인용했다. 시가들을 진체적
으로 보면 모두 앞부분에서 안중근 의거를 찬양하고 순국을 애도했
다. 그리고 이어지는 뒷부분에서 위와 같이 문득 중국의 현실을 돌
아보며 순망치한의 상황으로 가는 것을 근심하거나 일제에 대한 견

---

51 『천매유집』 중의 「미제려시(未濟廬詩)」에도 수록.
52 "烽烟猶未熄, 唇齒最堪憂."
53 다른 전기문에도 수록되어 있는데, 작자가 뤄쟈링(羅加陵) 여사(1864~1941)로
   되어 있기도 하다. 동일인으로 보인다. 원명 리수이(麗穗), 호 쟈링(伽陵), 상하이
   출생, 부친은 프랑스인. 치우진(秋瑾) 등 혁명파 인사와 교류.
54 "伊公監韓歷三祀, 口銜天憲手鞭箠, 彈壓韓山川租庸. 韓閭里牢籠韓君臣, 羈勒韓
   父子韓人雖生不如死. 健兒蝨其間恥不人類齒."
55 쉬야헝: 후난(湖南) 창사(長沙) 사람.

제와 비난을 표출했다. 다만 이는 토끼를 빼앗긴 여우 마냥 조선에 대한 영향력을 일제에 빼앗기고 스스로도 위협을 느끼는 미묘한 감정이다. 진정 '같은 처지'에서 표현한 동병상련은 아닌 것으로 생각한다.

다시 본론으로 돌아와 1930년대 초의 작품을 보면 그 결이 사뭇 다르다. 상성차이(商生才)[56]라는 작자가 지은 「꽃다운 혼을 애도함(悼英魂)」이다. '안중근과 윤봉길선생(安重根與尹奉吉先生)'이라는 부제가 붙었고 총 4수이다.

> 조선은 나라가 망했지만,
> 아직 독립당이 있구나.
> 지사는 어찌 그리 많은지,
> 호기가 다시 넘쳐흐르네.
> 앞서 때려눕히고 뒤에서 이어가니,
> 남들이 찬양할 만하구나.
> 슬프다 우리 중화,
> 차마 지난날 생각도 못 하겠노라.
> 만주와 몽골은 눈 깜빡할 새에 내주고,
> 상해는 싸움터가 되었지.
> 평민이 수없이 죽건만,
> 당국은 저항하지도 않네.
> 한마디 구국의 소리라도,
> 네 맘껏 목이 터지게 외쳐라.
> 잃어버린 땅 되찾는 일,
> 몽상 될까 너무도 두렵구나.[57]

---

56 상성차이: 1908년(?) 허베이(河北) 한단(邯鄲)시 출생, 유명(乳名) 란위(藍玉).

네 번째 수(首)이다. 이전 수에서 이미 안중근을 중국 고대 인물들에 비유하며 애도·찬양하고 일제의 무도함에 대해 격렬히 비판했다. 그리고는 위와 같이 중국도 만주를 빼앗기는 등 민족 존망의 위기가 시시각각으로 다가오는 급박한 상황에서 독립을 갈구한 안중근과 윤봉길의 호기가 중국에도 더욱 절실함을 토로했다. 한국의 불행이 자화상으로 되어가는 현실을 체감하는 가운데 표출한 찬양의 양상이라고 할 수 있다.

더구나 일제의 중국 침략이 본격화되는 1930~40년대는 의거 시점으로부터 상대적으로 긴 세월이 지났음에도 시가 내용은 오히려 안중근과 한국을 더욱 동정하고 일제에 대해 더욱 분노하고 비판하는 양상을 보였다. 또 더욱 더 연대의식을 피력하며 한중우의를 강조하는 동조적 경향도 나타냈다. 국외자(局外者)가 아닌 당사자의 정서와 경향을 강화했다고 할 수 있다.

「안중근을 애도함(弔安重根)」_ 왕아오시(王敖溪)[58]

만주가 이미 조선의 뒤를 따라가고 있음에,
뜨거운 눈물 가슴 가득 품고 안중근을 애도하노라.
길이 저항하리란 결심 부질없이 말하지만,
충혼을 위로할만한 말이 없어 너무도 부끄럽구나.

---

57 "朝鮮國雖亡, 尙有獨立黨. 志士何其多 豪氣復淙淙. 前撲而後繼, 堪令人贊賞. 哀哉我中華, 不堪思己往. 滿蒙轉瞬空, 上海成戰場. 平民死萬千, 當局不抵抗. 一片救國聲, 任你呼破嗓. 收復失亡地, 深恐成夢想."

58 왕아오시(1894~1932): 원명 쉐이(學奕), 쓰촨(四川) 바중(巴中) 사람. 언론인, 『시민보(市民報)』·『신대륙일보(新大陸日報)』 등 주관. 상하이 『사회월간(社會月刊)』 1935년 1권 9기에 애국시인 왕아오시 기념 특집 '고소집(苦笑集)'이 실렸다.

왜노들은 여전히 이리저리 도적이 되고,
기자에게는 지금 효손이 있도다.
다만 아직 이완용을 베지 못하고,
이토를 다 죽여 없애지 못한 것이 슬프구나.[59]

「조선인(朝鮮人)」[60] _ 차오라이(草萊)[61]

집시들이여, 보헤미안들이여,
우리는 모두 국적 없는 사람들.
떠돌고 떠돌다 또 곤궁하게 떠돌지만,
이 세상에 우리의 집은 없다.
우리의 무덤도 없다.
우리가 푸른 바다 속에서 죽는다 해도,
누가 우리를 동정하랴, 우리를 가엾게 여기랴.
"하느님이?" 하느님은 우리 편이 아니다!
......

조선인이여! 조선인이여!
압록강 슬픈 파도 언제쯤 세차게 울부짖을까?
부산만큼 높은 치욕 언제쯤 씻어낼까?
이완용의 치골은 이미 진흙으로 변했지만,
안중근의 눈은 영원히 뜨고 있는 것.
그이는 당신들이 즉각 일어나,
자신의 핏자국 뒤따라, 한국의 독립 쟁취하길 바라리라.[62]

---

59 "滿洲已步朝鮮後, 熱淚滿懷弔重根. 空說決心長抵抗, 深慙無語慰忠魂. 倭奴依舊
　　爲流寇, 箕子至今有孝孫. 只爲未誅李完用, 可憐殺不盡伊藤."
60 『문예월간(文藝月刊)』 1938년 1권 12기 「항전특간(抗戰特刊)」에 실림.
61 인적 사항 미상.

46

「나는 당신의 조국을 생각합니다 - 조선 김창만 동지에게(我懷念着
你的祖國 - 獻給朝鮮金昌滿同誌)」[63] _ 완중(萬衆)

서글피,

나는 당신의 조국을 생각합니다.

아, 귀신이 유린하는 지옥!

아니, 그보다 천배 백배 비참한 산지옥!

봉건, 제국, 파시즘, 갖가지 잔혹한 압박이 가해지는 오래된 나라!

비통한 고통의 눈물을 참지 못하고,

거꾸로 스스로의 마음속으로 쏟아집니다.

나는 이 비통함이 스며든 마음을 받들어,

그대의 조국에 바칩니다. 본디 우리 형제의 나라에!

그대는 백두산의 흰 구름을 기억하시나요?

이제는 그대가 오셨을 때처럼 그렇게 우중충하지는 않네요.

다시는 고향을 그리는 방랑자의 신음소리 내뱉지 않아요.

그 신음은 벌써 민족의 공분이 되었고,

다시 천만 명의 전투하는 안중근이 되었어요!

천만 안중근의 끓는 피는,

압록강 원수(源水)를 세차게 밀어,

대한이라는 옛 성(城)의 국경으로 붉게 흘러갑니다!

......

---

62 "吉卜西人, 波希米亞人, 我們都是沒有國籍的人. 漂泊, 漂泊, 窮困的漂泊. 這世
界沒有我們的家, 沒有我們的墓穴. 我們就是葬身在滄海裏, 誰來同情我們, 可憐
我們. '上帝嗎?' 上帝不是我們的! …… 朝鮮人! 朝鮮人喲! 鴨綠江上的悲濤, 何時
怒吼? 釜山一般高的恥辱, 何時洗雪? 李完用的恥骨, 已經變成泥土了, 安重根的
眼睛是永遠睜開着的, 他希望你們卽刻起來, 蹈着他的血迹, 爭取韓國的獨立."

63 쟝시(江西) 타이허(泰和)의 『대로반월간(大路半月刊)』 1940년 2권 1기에 실림.
완중이라는 작자는 필명을 사용하여 인적 사항을 확인하기 어렵다. 한편 시를 받
은 김창만은 함경북도가 고향이며, 1928년 중산(中山)대학을 졸업한 중국 유학생
출신이고 독립운동에 참여했다.

빛, 민족 성전의 빛!

백두, 태행, 해남도, 두만강은 ……

한 가닥 방어선이요, 하나의 전장입니다.

중국, 조선, 대만은 ……

하나의 운명이요, 유린당하는 하나의 도살장입니다.

봉화가 노구교[64]의 사자를 일깨우니,

아, 황제의 자손들은 모두 들끓는 쇠붙이 같습니다.

성전을 향해 달려드는 빛, 붉은 미소의 빛이여![65]

중국인들에게 안중근에 대한 기억은 많이 옅어진 시기이지만, 자국이 '국치'로까지 일컫는 만주사변(1931)을 거쳐 중일전면전(1937)의 소용돌이 속으로 빠져들며 민족적 위기가 심화되었고, 그에 따라 새삼 안중근에 대한 애도와 찬양을 통해 중국인들에게 항일투쟁 의식을 북돋는 내용들이 많이 보인다. 더불어 시간이 지나며 문언으로 된 구체시(舊體詩)뿐만 아니라 백화 신체시로도 안중근을 노래하게 되었음을 알 수 있다.

이 작품들은 일제에 대해서도 이전보다 훨씬 격한 언어로 피해자

---

64 베이징 외곽을 흐르는 용딩허(永定河)의 다리로, 1937년 7월 7일 중일전면전이 시작된 장소. 노구교사변은 중일전쟁을 상징한다.

65 "悵然, 我懷念着你的祖國. 呵, 鬼宰割着的地獄! 不, 千百倍悲慘的活地獄! 封建, 帝國, 法西, 種種殘酷的壓迫的古國! 忍不住悲痛的苦淚, 倒涌在自己悲痛的心底. 我將捧着這悲痛侵透了的心, 獻給你的祖國, 原也是我們的兄第之國! 你總記得, 長白山上的白雲? 已不是你來時那樣的低沈, 也再不訴遊子鄕思的呻吟, 那呻吟早化成民族的公憤, 更將化成千萬個戰鬥的安重根! 千萬個安重根的熱血, 沖開了鴨綠江的源水, 濺紅了大韓古城的國門! …… 民族聖戰的光! 長白, 太行, 海南島, 圖們江 …… 是一防線, 是一個戰場! 中國, 朝鮮, 臺灣 …… 是一個運命, 是一個被宰割的屠場! 烽火喚醒了蘆溝橋上的獅子, 呵, 黃帝的子孫, 都像沸鐵一樣. 衝上聖戰的光, 紅笑的光!"

의 분노와 비판을 표출했다. '발 씻는 대야'(脚盆, Japan)⁶⁶ 또는 '왜노'의 야만적 침탈에 공분하고, 그와 야합하는 서구 제국주의의 악행에 대해 울분을 표출했다. 나아가 그들이 지배하는 약육강식의 냉혹한 국제질서 속에서 처참한 고통을 겪는 한국을 동정하면서 동시에 이는 중국도 마찬가지라는 한중 연대의식을 피력했다. 특히 중국의 '이완용'을 경계하고 천만의 전투하는 중국인 '안중근'이 나오기를 바라는 염원을 담아냈다. 안중근을 이어 중국에서 독립투쟁에 헌신하는 김창만 같은 이가 중국인들에게도 자극이 되기를 바라는 절실한 심정을 표출했다. 이 시기 안중근에 대한 애도와 찬양의 내용은 이와 같이 주로 주체적 분노와 동지적 연대의식 하에 표출된 경향이 크다.

안중근의 의거와 순국에도 불구하고 한국의 식민지화는 곧바로 일어나고 말았다. 자연히 일제의 제약으로 인해 한국 내에서는 안중근을 제재로 한 시가를 비롯한 문예 작품을 거의 발표하지 못했다. 반면에 중국에서는 재중 한국인은 물론 많은 중국인들이 큰 관심을 가지고 언론 기사문·사설 등 글쓰기와 다양한 문예 작품들을 만들어냈다. 당시 중국의 저명 정치 지도자·문인들로부터 인적 사항이 잘 알려지지 않은 공무원·교육자·군인·언론인·작가 및 학생 등 일반 지식인들에 이르기까지 많은 중국인들이 안중근을 제재로 다수의 문예작품 특히 시가를 지었다.

---

66 앞서 인용한 상성차이의 「꽃다운 혼을 애도함」 셋째 수에서, "英脚聯盟後, 倭奴逞猖狂"(영국과 일본이 동맹을 맺은 후, 왜노가 성대해져 미쳐 날뛴다)라고 하며 일본을 각(脚)으로 칭했다. 중국어로 脚(쟈오)는 쟈오펀(脚盆)의 준말로 Japan의 역음이다. 국명에 발 각자를 사용하여 비하와 분노의 감정을 표현했다.

당시까지는 중국에서 시 쓰기가 시인들의 전유물이 아니라 보편적인 문화 활동에 속하는 편이었기에, 관련 시가는 일반 중국인들의 인식과 정서를 상당히 대변했다고 할 수 있다. 또 작품들이 대부분 신문·잡지에 실렸으므로, 안중근 의거가 사회적으로 큰 관심을 끄는 문제였음도 알 수 있다.

안중근을 제재로 한 중국 시가들에는 다양한 인식과 정감이 내포되어 있다. 그중 안중근을 애도하고 찬양하는 내용이 가장 비중이 크고, 그 가운데는 당연히 그가 통쾌하게 국가와 민족의 원한을 갚고 장렬하게 자신을 희생했다는 인식과 정서가 주로 담겨있다.

한 단계 들어가 보면, 중국인들은 초기에 안중근이 한국의 원한을 통쾌하게 설욕한 점으로부터 그를 애국심·독립심·희생정신의 롤 모델로서 대상화하여 애도·찬양했다. 그러다가 점차 중국도 일제의 침탈을 체감하고 위기로 내몰리면서, 한국인과 같은 처지의 동병상련·감정이입의 차원에서 스스로를 위로하고 투쟁하게 하는 동지·열사의 모습으로 주체화하여 애도·찬양했다. 다음 장에서 논의할 내용으로서 이토 히로부미를 애도·찬양한다든지 하는 냉정한 제삼자적 인식과 감정 표현에 비하면, 한국인의 입장에서 긍정적으로 평가할 만하다.

다만 안중근이 이토를 처단한 '사건'은 단순히 한 개인이나 국가의 복수·투쟁에만 그 의의가 있는 것이 아니다. 극악하고 무도한 국제 정세 가운데 동양평화 나아가 세계평화를 갈구한 고귀한 '사상'이 그 안에 내재해 있는 점이 더 중요하다고 생각한다. 애초에 중국인들의 시가에서 기대할 바는 아니지만, 이를 담아낸 시가가 많이 보이지 않아 아쉽다.

3. 특별한 타자, 냉정한 제삼자의 표현

1) 특별한 타자의 인식과 감정

앞서 언급했듯이, 중국인들의 시가에는 안중근에 대한 찬양과 애도의 내용이 가장 많이 담겨 있다. 조국을 위해 자신을 희생하며 원수를 갚은 안중근의 기개는 국민성 개조나 리더십 수립 측면에서 모범이 되는 것이었기 때문이다. 또한 절박한 국가적 위기 속에서 투쟁과 위로의 주체로서도 고양할 가치가 충분했기 때문이다.

하지만 한국인들의 감정에는 부합하지 않는 미묘한 인식과 정감도 드러난다. 중국인들이 가지고 있는 중화사상과 조선에 대한 속국의식·우월의식 및 속국 상실감 등이 엿보인다. 이른바 '특별한 타자'의 인식과 감정이라고 할 수 있다. 이는 다음 절에서 논의할 제삼자의 인식·감정 즉 유신 롤 모델 이토 히로부미에 대한 찬양·애도 등과는 구별되는 것이다.

먼저 본서에서 '특별한 타자'라 함은 과거 중국인들이 조선에 가졌던 특별한 인식으로부터 규정한 것이다. 예를 들어 량치차오는 『조선망국사략(朝鮮亡國史略)』(1904) 서두에서 조선이 급격히 망국의 나락으로 빠져들어 가는 데 대해 동정을 표하며 다음과 같이 말했다.

중일전쟁 전의 조선과 중일전쟁 후의 조선을 비교해볼 때, 더욱이 중일전쟁 후의 조선과 러일전쟁 후의 조선을 비교해볼 때, 나는 눈물이 눈썹에 넘쳐흐름을 금치 못하겠다. 이제 조선은 끝났다. …… 삼천 년 오래된 나라가 하루아침에 갑자기 멸망하는데 그와 친속의 관계를 가

진 이로서 어찌 그 종말을 장식하게 된 사실에 대해 기록하지 않을 수 있겠는가?[67]

동정 속에 미묘한 부분이 있다. '친속의 관계를 가졌다'는 것은 조선이 속국·번속이었고, 중국은 그냥 '남'이 아닌 종주권자 즉 '특별한 타자'라는 의미이다.

그러한 특별한 타자라는 인식과 감정은, 안중근 관련 시가에서 약자인 조선을 동정하고 무도한 강자인 일제를 비난하면서도 동시에 조선에 대해 번속으로 낮춰보고 우월의식을 표출하게 했다. 불행의 근본 원인이 조선의 부패와 무능에 있다고 비판하기도 했다. 나아가 조선 종주권을 상실한 것에 대한 아쉬움을 표현한 내용으로도 나타났다.

이는 초기 안중근 제재 시가의 대표작인 량치차오의 「가을바람 등나무를 꺾다」에서부터 의거를 찬양하는 것과 더불어 곳곳에서 함께 드러난다.

> 유민들 기자의 자손임을 슬퍼하매,
> 거친 수레에 비옷 입고 삼한을 여시었네.
> 세파 피해 진(秦)나라 역법 이미 망해 없건만,
> 우문으로 한(漢)나라 의관을 다시 봤지.[68]

---

67 "吾以中日戰爭前之朝鮮與中日戰爭後之朝鮮比較, 吾更以中日戰爭後之朝鮮與日俄戰爭後之朝鮮比較, 以不禁淚涔涔其盈睫也. 今者朝鮮已矣. …… 今以三千年之古國, 一旦溘然長往, 與彼有親屬之關係者, 於其節終之故實, 可以無記乎."(『朝鮮亡國史略』, 『飮氷室專集』之十七.)
68 "遺民哀哀箕子孫, 篳路襏襫開三韓. 避世已亡秦甲子, 右文還見漢衣冠."

시의 3·4행이다. 이 앞인 시의 시작 부분에서 안중근의 장렬한 희생과 충의를 형상화하여 찬양하고, 바로 이 부분에서 조선인들을 위로하며 그 교화와 문치를 칭찬했다. 기자조선(箕子朝鮮)을 기정사실로 하고, 조선이 중국의 번속으로서 중화의 세례를 받았음을 강조했다. 비슷한 내용이 여러 곳에 보이는데, 칭찬으로만 들리지 않는다. 약자 또는 피해자의 불행에 대한 동정에서 벗어났다. 특별한 종속의식 및 우월의식을 가졌기 때문이었다. 안중근 의거를 계기로 보인 조선 동정도 단순히 이웃의 불행에 대한 안타까움이라기보다는 사실 속국 즉 자신의 일부를 잃는 데 대한 아쉬움일 수 있다.

비슷한 인식은 상당히 보편적으로 보인다. 일반 문인들의 작품을 예로 들어본다. 주룽취안(朱鎔泉)[69]의 「안중근(安重根)」이다.

> 나라의 원수 갚으리라 맹세하여 자신을 돌보지 않고,
> 조용히 희생했도다 한국의 유민이여.
> 가련타 기자의 봉토,
> 외로운 충신 남아 옛 인연 말하네.[70]

역시 기자조선설을 기정사실로 하고 조선을 중국의 봉토라고 표현함으로써 속국 인식을 명확히 드러냈다. 동정이든 찬양이든, 옛 인연이든 새 인연이든 한국인의 입장에서는 수용할 수 없다. 이 정도의 표현은 특히 초기 작품들에서 수없이 많이 등장한다.

---

69 주룽취안(1898~1969): 이름이 런(仁)으로도 알려져 있다. 상하이 후장(滬江)대학 문학과 교수를 지낸 인물로 추정된다.

70 "誓報國仇不顧身, 從容就義韓遺民. 可憐箕子分封地, 留有孤忠話舊因."

조우정진(周曾錦)[71]의 「안중근전을 읽고(讀安重根傳)」는 안중근을 찬양하고 한국인을 위로하며 시의 중단에서 다음과 같이 노래했다.

상제께서 세상에 복 내리실 때,
예로부터 뭇사람들 똑같았다네.
하물며 저 기자의 봉토에서는,
후손 하나에도 신명이 베풀어졌지.
예악은 은주(殷周)와 다름없었고,
관가 의례는 한경(漢京)[72]과 똑같았다네.
산천의 신령하고 빼어난 기운,
자욱하게 태백의 정기 되었네.
예로부터 망하잖는 나라 없거늘,
인물을 얻었으니 오히려 영광이로세.
저 유로들에게 말 부치나니,
너무 울지 말고 소리를 삼키소.
참으로 대단하구나 창옹의 문필,
위로는 사마천[73]과 견줄만하네.[74]

창옹 즉 창해노방실(滄海老紡室) 또는 창해노방자(滄海老紡子)라는 필명을 사용한 박은식의 『안중근전』을 읽고 쓴 시가로, 량치차오

---

71 조우정진(1882~1921): 자 진치(晉琦), 쟝수(江蘇) 난통(南通) 사람. 광서 시기에 저쟝(浙江)에서 현감을 지냈다. 『장천보유시(藏天寶遺詩)』 등을 전한다.

72 한(漢)나라의 수도, 시안(西安)이나 뤄양(洛陽).

73 사마천은 출생지인 용문(龍門)으로 불리기도 한다.

74 "上帝之降夷, 萬古同黎烝. 矧伊箕子封, 一裔垂神明. 禮樂猶殷周, 官儀同漢京. 山川靈秀氣, 鬱爲太白精. 古無不亡國, 得人斯猶榮. 寄言彼遺老, 勿過哭吞聲. 大哉滄翁筆, 上與龍門並."

의 인식과 거의 비슷하다. 안중근과 한국에 대한 동정의 취지가 분명하지만, 그 가운데 속국 인식을 드러내면서 나아가 한국에 대한 중국의 영향을 강조하는 내용을 비중 있게 전개했다.

비교적 단순한 속국인식·우월의식의 표출을 넘어, 한국에 대해 서운함과 조롱 나아가 비판적 인식을 표출하기도 했다. 1897년 고종이 칭제하고 대한제국을 선포하며 중국의 영향으로부터 벗어나는 모습을 보인 데 대해 서운해 하고 조롱했던 량치차오의 경우가 그러했다. 「가을바람 등나무를 꺾다」의 관련 대목을 본다.

> 슬프다! 기자 황제[75] 측근들은,
> 낮춰 듣고 아끼잖아 앞뒤가 꽉 막혔네.[76]
> 하늘 밖 근심 구름에 초가(楚歌)는 다해가는데,[77]
> 장막 안 즐거운 일은 진한 술과 같구나.
> 조선은 핍양[78]처럼 멀리 융에 편벽되어 있음을 스스로 다행이라 여기고,
> 우공[79]이 줄곧 진을 자기 종친으로 믿고 의지하듯 마음 놓고 있었지.
> ......
> 백성들과 성곽은 지금도 여전한데,

---

75 고종과 대원군을 가리킨다.
76 '충여유(充如襲)'는 『시경(詩經)』에 보이는 표현으로, 군주 등 통치 계층이 귀를 막고 백성들의 소리를 듣지 않으려고 함을 비유한다. (『패풍(邶風)』·「모구(旄丘)」)
77 '사면초가' 고사를 활용했다. (『사기(史記)』·「항우본기(項羽本紀)」)
78 산둥성에 있었던 춘추시대 국명.
79 춘추 시기 우(虞)나라 제후가 진(晉)나라는 종친이므로 믿을 수 있다고 마음을 놓았다가 정복당했다. 여기서는 조선이 스스로를 중국의 속국으로 여기며 믿고 있었다고 비유했다.

문무 양반의 의관은 옛날과 다르구나.[80]

웃어야 할지 울어야 할지 감히 어찌 할지 모르는 황제,

객에게 과인이 어찌 제사를 지내야 하느냐고 묻네.

……

십만 성에 일본의 욱일기 나부끼는데,

태평시절 심취해 있음이 너무도 가련하구나.[81]

　일본은 이토 히로부미 등이 메이지 유신을 성공시켜 먼저 근대화
하기 시작하고 이미 열강의 대열에 들어선 반면, 조선은 '사면초가'
멸망의 위기로 내몰리면서도 무지와 무사안일에 머물며 대외의존적
인 태도로 일관했다는 의미이다. 특히 황실을 비롯한 양반 지배계층
의 무능과 부패가 멸망의 직접적 원인이 되었다고 비판한 것이다.
조선이 친일 또는 친러 경향으로 바뀌었다는 서운함도 보였다. 이
뒤로는 이러한 상황 가운데 안중근 같은 이가 나온 것은 예외적이고
찬양받아야 한다는 주장으로 이어진다. 안중근 찬양 속에 속국 상실
감에서 비롯된 조롱이 가시처럼 박혀있다.

　황실은 무능하고 지배계층엔 친일파인 일진회(一進會)까지 생겨
개인의 안위만 도모하는 환경 속에서도 안중근을 비롯한 지사들이
조국을 위해 자신을 희생하는 모습이 안타깝다는 식으로 묘사한
것은 찬양이기도 하고 비판이기도 하다. 비슷한 맥락의 작품을 하

80　두보(杜甫)의 「추흥팔수(秋興八首)」 중 제4수에 나오는 "王侯第宅皆新主, 文武衣
　　冠異昔時"라는 구절을 활용했다. '옛날과 달라졌다'는 것은 조선 통치 계층이 청의
　　영향권에서 벗어나 친일 또는 친러 경향으로 바뀌었다는 인식으로 보인다.

81　"嗚呼箕子帝左右, 聽庫不恤充如褻. 天外愁雲盡楚歌, 帳中樂事猶醇酒. 偃陽自幸
　　僻在戎, 虞公更恃晉吾宗. …… 人民城郭猶今日, 文武衣冠異昔時. 笑啼不敢奈何
　　帝, 問客何能寡人祭. …… 十萬城中旭日旗, 最憐深醉太平時."

나 더 예로 든다.

> 어이 알았으랴 의로운 열정 천지에 떨쳤건만,
> 나약한 왕 도리어 반역으로 논하다니.
> 아! 나라 망했건만,
> 임금[82]의 존귀함은 그대로 남았네.
> 전국의 충의문을 막게끔 하니,
> 지사들 목숨 끊어 핏자국 낭자하구나.
> 구천 어드매서 끓는 원한 호소할거나,
> 내가 노래하려 하나 소리 벌써 삼켜진다네.[83]

린동(林棟)[84]이라는 문인이 지은 「안중근(安重根)」의 후반부이다. 위 량치차오의 시가와도 비슷한 인식이다. 량치차오가 「일본병탄조선기」에서, 조선이 멸망함에 일부 군현의 장관이나 해외 유학생 중에 순국한 이가 있었고 지방 농민이나 교포 상공인 중에 광복을 위해 헌신한 이들이 있었으나, 조정의 상류 지배계층은 그렇지 않았다고 비판한 것과 같은 맥락이다.[85]

시가 곳곳에 중국의 속국의식과 일본의 식민사관이 함께 스며들어 있어 순수하고 정당한 비판으로 여겨지지만은 않는다. 다만 당시

---

82 원문의 황옥(黃屋)은 노란 비단으로 싼 황제의 수레 덮개로, 황제의 존칭으로도 쓰인다.

83 "何意義熱震九垠, 孱王轉以叛逆論. 吁嗟乎國滅仍留黃屋尊. 敎塞全國忠義門, 志士絕脰餘血痕. 九闇何處號煩冤, 我歌欲放聲已吞."

84 린동(1856~1920): 자오자오(肇徼)라고도 불렸으며, 자 동무(東木)·파루(法如), 호 룽산(隆山). 푸젠(福建) 소우닝(壽寧) 사람. 『매호음고(梅湖吟稿)』 등을 남겼다.

85 「日本併呑朝鮮記」, 『飮氷室專集』之二十一 참고.

조선인들이 동아시아 정세 및 약육강식의 국제 질서에 적절히 대응하지 못한 데 대한 지적으로는 받아들일 수 있다고 생각한다. 린수성이 「동한열사가」에서 안중근을 열사로 찬양하면서 정세 인식을 함께 피력한 대목을 인용하며 이 절을 마무리한다.

> 바다 동쪽, 고래가 파도를 일으키며 하늘 높이 치솟아,
> 점차 만주와 몽골을 호시탐탐 노렸지.
> 동아시아의 위태로운 국면이 삼한을 절단 내니,
> 이완용과 송병준 원수를 숭상하고 조병세와 민영환 순국했다네.[86]

2) 냉정한 제삼자의 인식과 감정

중국인들은 안중근을 기리면서도 위와 같이 중화사상의 우월적 시각에서 멸망한 '특별한 타자'에 대한 미묘한 인식과 감정을 드러냈다. 그리고 그것과 결을 달리하는 것으로서, '냉정한 제삼자'의 입장에서, 중국 개혁의 롤 모델로 삼았던 이토 히로부미를 찬양하고 그 죽음을 안타까워하는 감정도 표현했다. 중국도 제국주의의 침략을 받으면서 패권주의적 중화사상을 고수하고 나아가 서구 및 일본 제국주의를 동경하는 모순성을 보였다. 그러면서 결국 중국의 계몽을 추구하는 것으로 마무리하는 경우가 많았다.

역시 정치적으로 또 문학적으로 영향력이 컸던 량치차오의 시가 대표적이다. 안중근의 의기에 탄복했지만, 동시에 '변법유신'의 벤

---

86 "瀛東鯨浪掀天起, 逐逐滿蒙眈虎視. 東亞危局畔三韓, 李宋崇仇趙閔死."

치마킹 대상인 메이지유신 주역 이토의 죽음도 깊이 애도했다. 량치차오는 마침 무술정변으로 변법유신에 실패하여 일본에 망명·체류하며 계몽의 사유를 더욱 강화하기 위해 메이지유신 성공신화에 경도되었고, 일본에서 언론활동을 하면서 일본 측의 편파적 조선 인식에 영향을 받아 더욱 그러했을 것이다. 일본의 성공 경험을 학습하는 것이 절실한 가운데 갑자기 발생한 이토의 사망은 그에게 복합적인 감정을 가지게 했을 것으로 생각한다.

「가을바람 등나무를 꺾다」에서 량치차오의 감정을 엿볼 수 있다. 앞서 언급한 바와 같이 도입부는 먼저 안중근에 대한 찬양과 조선에 대한 동정으로부터 시작했다. 하지만 곧바로 멸망의 나락으로 떨어지는 조선, 친속의 종주권을 상실하는 중국, 동시에 메이지 유신으로 앞서 근대화를 이룬 일본을 형상화하여 대비시켰다. 그리고 이어서 일본을 동아시아 강자로 우뚝 서게 한 유신 선구자들을 예찬했다. 특히 이토 히로부미가 서구문명을 적극 수용하여 국가를 발전시킨 공적을 기리고, 나아가 넘치는 자신감에 일본 밖으로 야욕을 펼쳐나갔던 상황에 대해서도 선망의 감정을 표출했다. 이러한 내용이다.

> 곤어의 거센 물결에 해약(海若)이 달아나고,
> 서방 미인들 말머리를 동쪽으로 향하누나.
> 한양의 여러 희(姬)씨[87] 두셋조차 안 남았고,
> 가슴 속의 운몽(雲夢)[88]늪 여덟아홉 삼키려 하네.

---

[87] 한양제희(漢陽諸姬): 주(周)나라와 같은 성씨인 한수(漢水)·이북의 희(姬)씨 제후
국들이라는 의미. 중국의 변속국을 비유한다.

그때에 바다 위 삼신산[89]에서는,

검선과 기객들 때때로 왕래했네.

진단(陳搏)은 천년 꿈에서 이제 막 깨어나고,[90]

도간(陶侃)은 한 나절의 한가로움도 못 훔쳤지.[91]

그 가운데 한 신선이 갖은 변화 멋대로라,

적송자(赤松子)의 술법에다 동방삭(東方朔)을 배웠구나.[92]

요지(瑤池)[93]의 신령스러운 풀 가져다 옮겨와서,

장차 동해 옮겨 심자 섬나라에 뽕밭이 가득하구나.[94]

누대는 잠깐 사이 장엄함이 갖춰지니,

젊은이 고관대작인 듯 참으로 거침없네.

삐져나온 송곳이 어이 옛 주머니 안존할까,

숫돌에 막 칼 갈아 새 서슬 시험하네.[95]

---

88 운몽: 초나라의 큰 늪, 즉 중국을 말한다.

89 일본을 가리킨다.

90 진단(?~989): 오대와 북송 간의 도사로, 무당산(武當山)에 은거했다. 신선한 기를 마시며 한 번에 백여 일씩 잠들어 일어나지 않았다고 한다. 일본이 메이지유신 이후 긴 잠에서 깨어남을 비유한다.

91 도간(259~334): 동진(東晉)의 명신으로, 충순근검하고 시간을 소중히 여길 것을 강조했다. 메이지유신의 여러 신하들을 의미한다.

92 적송자: 진대(晉代)의 황초평(黃初平)이라는 인물이 신선이 되어 개명한 이름. 돌에 크게 소리쳐 양이 되게 할 수 있었다고 전한다.
만천(曼倩): 서한 동방삭의 자. 성품이 익살스럽고 재치 있으며 문사에 뛰어났다. 모두 이토 히로부미를 비유한다.

93 요지: 주(周)나라 목왕(穆王)이 서왕모(西王母)와 만났다는 선경(仙境)으로 곤륜산(崑崙山)에 있다.

94 서구의 문명이 일본으로 이식되었음을 의미한다.

95 "鯤鱚激波海若走, 西方美人東馬首. 漢陽諸姬無二三, 胸中雲夢吞八九. 其時海上三神山, 劍仙畸客時往還. 陳搏初醒千年夢, 陶侃難偸一日閑. 中有一仙擅獝變, 術如赤松學曼倩. 移得瑤池靈草來, 種將東海桑田遍. 樓臺彈指已莊嚴, 年少如卿固不廉. 脫穎錐寧安舊囊, 發硎刀擬試新銛."

서구 열강들이 동쪽으로 침략해 들어와 바다의 신 해약이 밀려나며 환란이 시작되고, 중국은 번속으로 여겨온 조선과 심지어 자국 땅 상당 부분도 속절없이 빼앗기는 처지가 되었다는 비유이다. 반면에 삼신산 즉 일본은 기이한 인물 이토를 비롯한 유신파 선구자들의 노력으로 천년의 꿈에서 깨어나 국가를 근대화시키고 나아가 이토 주도로 예봉을 국외로 펼쳐나갔다며 부러워했다.

다음으로 시의 중반부에서는 중신이 된 이토가 조선의 식민지화에 중추적 역할을 담당한 상황에 대해서 세부적으로 노래했다. 시적 형상화를 통해서 이토가 을사늑약 이후 통감부를 설치하여 조선을 완전히 장악하고 주도면밀하게 식민지화 해나가는 과정을 그렸다. 특히 일진회 등 친일파들을 적절히 활용하는 등 조선을 완전히 농락했음을 연상케 한다. 23~25행의 내용이 해당된다.

> 머리털 하얗게 센 국가의 중신 정원후가 되어,
> 동방의 천여 기에 앞장서서 이끈다.
> 허리춤에 재상의 인장 매달고 도통(都統)이 되니,
> 손으로 수리 호랑이 잡고 날랜 원숭이 낚는구나.
> 원숭이 키우는 늙은이 도토리 나누어 주니 은혜가 높고 두터워,
> 나를 꾸짖음은 아버지 같고 따뜻하게 감싸줌은 어머니 같구나.[96]

개인의 이익과 영달만을 위해 사대(事大)에 거리낌이 없었던 친일파 등 조선의 지배계층은, 도통 즉 통감이 되어 조선의 권력을 장악

---

96 "皤皤國老定遠侯, 東方千騎來上頭, 腰懸相印作都統, 手搏雕虎接飛猱. 狙公賦芧恩高厚, 督我如父煦如母."

한 이토의 교묘한 조삼모사(朝三暮四)식 원숭이 길들이기에 그저 감읍할 뿐이라는 조롱의 상징이다.

시 전체에서 드러나지만, 무도한 제국주의 침략을 그대로 인정하는 태도 하에 조선의 부패와 무능을 조소하고, 연루되어 중국도 청일전쟁에서 패하며 위태롭게 되었다는 인식을 보였다. 제국주의 침략자 이토를 비난하기보다는 그 능력과 수완을 인정하고 선망했다.

짚고 넘어가야 할 것은, 량치차오를 비롯하여 뒤에서 작품을 인용할 개혁 성향의 중국 지식인들이 조선을 바라보는 시각은 상당 부분 망명이나 유학 등 일본 체류 시기에 일본 언론 및 저술을 접하며 일본인들이 왜곡한 '조선관'으로부터 형성되었을 가능성이 크다는 점이다. 이들은 메이지유신 이후의 일본 문화를 직접 접하며 적극 수용하고자 했고, 그 과정에서 당시 일본인들이 가지고 있던 자의적이고 목적의식적인 조선·조선인에 대한 인식과 관련 자료들로부터 영향 받았을 것으로 생각한다.

일본인들은 조선에 대한 침략을 합리화하기 위해 줄곧 조선의 역사 및 한일관계사를 왜곡했다. 메이지 시대(1868~1912)에 특히 활발했다.[97] 일본인들이 침략을 위해 정교하게 만든 조선에 대한 우월주의적 시각과 왜곡된 역사관은 이른바 식민사관으로서 조선인들에게까지 스며들었고 심지어 오늘날까지도 남아있다. 전문적인 연구를 하지는 않았지만, 일본의 발전을 선망하고 타자 조선인들을 위해 시비를 가릴 필요가 없었던 중국 지식인들도 그 영향을 받았을 것이

---

[97] 자세한 내용은 최혜주, 「메이지 시대의 한일관계 인식과 일선동조론」, 『한국민족운동사연구』 37, 한국민족운동사학회, 2003 참조.

다. 그들의 시가 중에도 자연스럽게 표현되었다고 추론한다.

그렇게 형성된 모순되고 제삼자적인 입장에서, 량치차오는 안중근의 기개를 찬양하면서도 동시에 이토의 죽음을 동정하고 아쉬워하여 묘한 조화를 이루었다. 후반부인 37·38행에서 이토를 실은 영구차를 쓸쓸히 바라보며 '유신의 심장'을 떠나보내는 애처로운 감정을 표현한 점이 인상적이다. 끝부분에서 박랑사의 창해객에게 놀라는 대목[98]을 덧붙인 점도 절묘하다.

> 앞길에 영구 실은 마차 말발굽 소리 딸그락 딸그락 하는데,
> 하늘가 구름 기운 바라보니 상복 입은 듯 모두 검은 빛이라,
> 내각에선 이미 무원형(武元衡)[99]을 잃었고,
> 박랑에선 비로소 창해객에게 놀라는구나.[100]

이토에 대한 존경의 마음과 그를 잃은 허탈한 상실감은 시의 종반부로 가면서 더욱 완연해진다. 이토의 공적을 평가하며 동시에 그 덧없음을 노래하고, 일본인들의 슬픔을 묘사하는 것으로 자신의 애도를 드러냈다. 43·44행의 내용이다.

> 세상 뒤덮는 공적과 명예 이루고 늙어서 나라 위해 죽었지만,
> 캄캄한 비바람만 귀로의 돛대를 밀어주네.

---

98 안중근에 대해 폭군 진시황 추살을 시도한 장량과 창해역사로 비유하며 찬양한 내용. 자세한 사항은 본서 제1부 4장 2절 참조.

99 무원형: 당 숙종(肅宗)·덕종(德宗) 시기 중신으로 어사중승(御史中丞)을 지냈다. 이토 히로부미를 비유했다.

100 "前路馬聲聲特特, 天邊望氣皆成黑, 閣門已失武元衡, 博浪始驚倉海客."

구중궁궐에서는 음악을 거두고 원로 빈객들 모시니,
남녀 모두 거리로 나와 무향후를 위해 곡하노라.[101]

무향(武鄕)은 오늘날의 산시(陝西) 몐(勉)현에 해당하는 곳이며,
무향후는 제갈량을 의미한다. 중국 삼국시대 촉의 유선(劉禪)이 즉
위하여 제갈량을 무향후에 봉했다. 불멸의 공적을 기린 것이다. 여
기서는 이토를 상징하고, 그의 죽음에 대해 일본인들이 깊이 애도함
을 묘사했다. 이토를 제갈량에 비유한 것으로부터 량치차오가 그를
얼마나 추숭했는지 가늠할 수 있다.

청말의 저명 학자인 장빙린(章炳麟)[102]도 안중근을 기리는 「안군비
(安君碑)」라는 제목의 묘지명을 지은 바 있는데, 그의 제자이자 특히
언어학에서 큰 성취를 이룬 학자 황칸(黃侃)[103] 또한 「안중근시(安重
根詩)」를 지어 안중근을 찬양하고, 더불어 「이토 히로부미를 애도함
(吊伊藤博文)」도 지어 이토의 죽음을 애도했다. 전체적으로 보아 안
중근도 중요한 제재로 삼은 작품이다. 한 대목을 인용한다.

어느 날,
일본 이토 히로부미가 비명에 죽었다네.
오호애재라!
겨우 백 년도 안 되는 인생,

---

101 "蓋世功名老國殤, 冥冥風雨送歸檣. 九重撤樂賓襄老, 士女空閭哭武鄕."
102 장빙린(1868~1936): 자 메이수(枚叔), 호 타이옌(太炎), 저장(浙江) 위항(餘杭)
사람. 청말민초의 학자이자 혁명가이다. 유신파에 참여했으나 일본에 망명생활
을 하며 쑨원의 동맹회에도 참여했다.
103 황칸(1886~1935): 본명 치아오신(喬馨), 자 지강(季剛), 후베이(湖北) 치춘(蘄
春) 사람. 장빙린의 제자이고, 일본에 유학하며 쑨원의 동맹회에 참여했다.

예로부터 본래 그러했었지.
그대의 죽음을 가여워 하나니,
탄환 두 발에 부서져 하늘에 산산이 퍼졌어라.
그건 국가가 복이 없음인가,
아니면 인생이 다사다난해서이런가.[104]

　일부 연구자들은 위 작품에 대해, 작자가 황칸이 아니라 스승인 장빙린일 것으로 추정하기도 하는데 확정하기는 어려워 보인다.[105] 아무튼 중국이 1894년 청일전쟁에서 일본에게 패하고, 많은 중국인들이 일본을 유람·유학하거나 망명·체류하면서 메이지유신 이후의 일본을 보고 배웠고, 그 중추였던 이토를 경모했다. 이에 당시 그 죽음에 대한 애도는 중국인들에게 있어서 문제가 될 만한 일이 아니었다. 더구나 중국인들이 가졌던 한국에 대한 우월의식으로 인해 특별히 거리낄 필요도 느끼지 않았을 것으로 생각한다. 한편 이 작품의 내용에 대해 반어법적으로 일제의 한국 침략을 비판한 것으로 보는 시각도 있다.
　안중근과 이토를 함께 애도하고 찬양한 대표적인 작품으로는 선루진(沈汝瑾)[106]이라는 인물의 「이토를 애도함(哀伊藤)」을 꼽을 수 있다. 창작 시기는 알려져 있지 않지만, 작자가 1917년 사망했으므로

104　"年月日日本伊藤博文畏死, 嗚呼哀哉. 惟百年之有盡兮, 自前代而固然. 碎彌天以兩丸. 閔夫子之怛化兮, 豈國家之無祿兮, 抑人生之多難."
105　金宇鍾·崔書勉編, 『安重根: 論文·傳記資料』, 遼寧民族出版社, 1994, 234쪽 참고.
106　션루진(1858~1917): 자 공조우(公周), 호 스요우(石友), 쟝수(江蘇) 창수(常熟) 사람.

앞 두 작품과 비슷한 시기에 비슷한 공감대 속에서 시정을 표현한 것으로 볼 수 있다.

> 이토가 일본에서 재상을 함에 일본은 강해졌고,
> 이토가 한국에 들어옴에 한국은 망했네.
> 흥망이 오직 그 한 손에 달려 있어,
> 웅심은 그야말로 사방팔방 온 세상을 집어삼킬 듯.
> 지난날 만주를 전장으로 삼고서,
> 동북 삼성 취하길 주머니 속 뒤지듯.[107]
> 오늘에 이르도록 바삐 지냈지만 세상을 석권하긴 어려워,
> 정좌하고 하루에도 천 가지 생각 마음 복잡했네.
> 질주하는 기선 타고 파도를 헤치며 만 리를 내달리다,
> 하얼빈에 이르러 총탄 맞고 죽었네.[108]

시 전체를 내용상 크게 세 부분으로 나누었을 때 첫 부분이다. 작자 자신의 정감에 앞서 우선 동북아 정세와 더불어 일제 지도자 이토의 야망과 치적 그리고 죽음에 대해 묘사했다.

중반부에서는 한국인의 설욕에 대해 높이 평가하면서도 동시에 시의 주제라고 할 수 있는 이토에 대한 애도의 뜻을 표출했다.

> 벼락이 땅에 내리치듯 지축이 흔들리니,
> 열강들은 혼이 빠져 감히 교만하지 못했지.

---

107 탐낭(探囊), 주머니 속을 뒤지는 일처럼 손쉽다는 의미. 두목(杜牧)의 시 「군재독작(郡齋獨酌)」중 "謂言大義小不義, 取易卷席如探囊."에 보인다.

108 "伊藤相日日本强, 伊藤入韓韓國亡. 興亡祇在一舉手, 雄心直欲吞八荒. 滿洲昔日作戰場, 取東三省如探囊. 至今度熱難席捲, 安坐一日千回腸. 颿輪破浪馳萬里, 到哈爾濱中彈死."

한국은 망했지만 열사가 있어 복수를 했으니,
총탄 한 방에 망국의 치욕을 씻을 수 있었네.
삼한은 손뼉을 치며 군중들 서로 웃고 좋아했지만,
나는 이토 역시 슬퍼할 만하다고 말하노라.[109]

이어서 시의 종반부에서는 특히 이토를 찬양하며 그가 일제를 위해 권모술수도 꺼리지 않으며 벌인 침략행위에 대해 자신의 국가에 충의를 다한 것으로 치부했다. 나아가 중국에는 그와 같은 인재가 없음을 한탄하기에 이른다.

당당한 칠 척 키에 관중(管仲)과 악의(樂毅)의 재주 지녀,
중국에는 이런 동량의 재목이 없거늘,
일세의 영웅은 어디에 있는가?
남의 녹을 먹고 그저 남의 일을 할 뿐,
저 벼슬자리만 차지하고 녹봉만 타먹는 이들을 부끄럽게 했구나.
병가의 음모는 본래부터 꺼리지 않았고,
나라 위해서는 충과 의 다할 줄만 알았지.
쇠와 피의 전쟁터 세계에선 용과 호랑이가 서로 다투어,
영토 분할의 형세가 이미 이루어졌네.
존망이 위급하여 중흥을 생각하노라니,
어찌 변법을 얻고 이토를 살려내리?
아! 이토가 죽었건 죽지 않았건,
이름을 청사에 올리기에 무엇이 부끄러우랴?
그대는 보지 못했는가, 다섯 임금 거친 원신(元臣)이 중수(中帥) 차

---

109 "霹靂震地地軸搖, 列强喪膽不敢驕. 韓亡報仇有烈士, 一彈可雪亡國恥. 三韓撫掌群相哈, 吾謂伊藤亦可哀."

지하고는,
　　뛰어난 공도 없이 아름다운 시호만 얻었으니,
　　이토와 비교하여 누가 어리석고 누가 지혜로운가?[110]

　　이토에 대해 관중이나 악의와 같이 고대 중국에 큰 공헌을 한 영웅호걸에 비견했다. 나아가 이토가 중국 개혁에 롤 모델이 된다는 점을 강조하며 선망의 시각으로 중국 지도자와 비교했다. 구체적으로 말하자면, 위에서 최고 신하란 당시 중국 최고 권력자 리훙장(李鴻章)을 가리킨다. 도광·함풍·동치·광서·선통 다섯 황제에 걸쳐 장기간 권력을 누리면서도 중국을 올바로 이끌어가지 못했음을 비판했다. 자신의 국가에 대한 충의를 다하기 위해 온갖 수완을 다 발휘했던 이토와 대비시켜 놓은 것이다.

　　종합적으로 보아, 한국인의 입장에서는 수용하기 어려운 바이지만, 안중근 관련 중국 시가 중에는 제삼자의 중립적이고 복합적인 인식도 상당한 비중을 차지한다. 안중근을 기리는 한편으로 이토에 대해서도 제갈량이나 안영·관중·악의 등 역대 중국 최고의 정치·군사 지도자들을 동원하여 비견했다. 또한 이토가 '신선처럼 교묘하고 변화무쌍하다'느니 '당당한 칠 척'이니 하는 과장된 표현까지 사용해가며 영웅시했다. 그 역량을 흠모하고 그 죽음에 대해 애도하는 뜻도 분명히 했다. 중국에 대해서도 압박을 가하던 제국주의 침략자

---

110 "堂堂七尺管樂才, 中國無此梁棟材, 英雄一世安在哉. 食人之祿盡人事, 愧彼素餐與尸位. 兵家陰謀本不忌, 爲國猶知盡忠義. 鐵血世界龍虎爭, 瓜分形勢今已成. 存亡危急思中興, 安得變法生伊藤. 嗚呼伊藤死不死, 名氏何慚列靑史. 君不見五朝元臣債中帥, 身無奇功得美諡, 比諸伊藤孰愚智."

를 한국인이 처단한 점도 칭송했지만, 동시에 중국에 이토와 같은 제국주의 지도자가 부재함을 한탄하며 찬양하는 모순을 보였다고 할 수 있다.

물론 중국인들은 안중근을 예찬하면서 대비적으로 이토의 식민 침탈을 비난하기도 했지만, 냉정한 제삼자 입장의 비난이었다. 즉 중국인들의 정서는 한편으론 이토가 지닌 롤 모델 가치와 일본 내 정치적 지위를 인정하고, 한편으론 조선에 대한 식민 침탈을 견책하는 것이었다. 린수성 「동한열사가」의 한 대목에서 엿볼 수 있다.

> 목덜미 피를 옷에 튀기며 겨우 다섯 걸음 걷자,[111]
> 강성한 이웃은 결국 대들보를 잃었구나.
> 국가 흥망의 중임을 맡았어도,
> 남의 종묘 잡아먹는 일은 쉽게 할 수 없었구나.[112]

논의한 바와 같이 중국인들이 지은 안중근 관련 시가들에서는 안중근에 대한 애도와 찬양 외에도, 냉정한 제삼자 또는 중화사상의 오랜 세례 하에 조선을 속국으로 여기는 이른바 특별한 타자 입장의 복잡하고 미묘한 인식·정감이 표현되었다. 그리고 모든 것의 귀착점은 결국 '안중근'이라는 정면교사와 '조선'이라는 반면교사 그리고 이토 히로부미라는 '양면 교사'를 교훈으로 삼아 중국의 계몽을 추구

---

111 '혈천오보(血濺五步)' 고사를 사용했다. 전국시대 조(趙)나라 혜문왕(惠文王)의 신하인 인상여(藺相如)가 강자였던 진왕(秦王)의 무례에 맞서, 다섯 걸음 안에 자신의 목을 찔러 피를 진왕에게 뿌리겠다고 협박하며 조나라로 하여금 위기에서 벗어나게 했다.
112 "頸血濺衣纔五步, 强隣竟已失長城. 興亡國家重任負, 肉食廟堂無以易."

하는 것이었다.

제삼자의 입장에서 안중근 의거와 같은 불행한 사건이 일어날 수밖에 없었던 조선의 열악한 모습을 '전철(前轍)'로 삼자는 중국 계몽의 취지를 설파한 시가들이 많이 보인다. 대표적인 예 하나만 든다.

> 지난 일 뒤쫓을 수 없지만,
> 다가올 일 머물러 둘 수는 있다네.
> 원컨대 우리 신명한 후손들이여,
> 한인의 뒤 따라서는 아니 되리라.
> 국회가 때 되어 열리게 되면,
> 고굉[113]으로 원수(元首)를 지켜야 하리.
> 엎어진 수레 보고 앞 수레 경계하여,
> 강산의 옛 모습 가지런히 하세나.[114]

후위에의 사 「생사자·안중근을 애도함」 제4수이다. 앞 1~3수를 통해 안중근을 애도하고 찬양한 후, 위와 같이 중국인들을 위한 계몽을 추구하는 것으로 마무리를 지었다. 이는 량치차오가 「조선을 애도하는 노래 오율 24수」에서 조선 망국에 대한 동정·서운함·비판·조소 등 복잡한 소회를 표출한 후, 제23수에서 일종의 결론으로 노래한 "약한 자는 먹히고 당연히 강한 자는 먹는다. 누구를 원망하랴! 그저 홀로 탄식하노라. …… 서글피 우리 후손에게 고하노니, 앞 차 엎어진 바퀴 자국 전철을 보라."[115]라고 읊은 소회와 일맥상통

---

113 고굉(股肱)은 다리와 팔 즉 온몸을 말하며, '온힘을 다하여'라는 의미로 쓰였다.
114 "往者不可追, 來者猶堪留. 願我神明裔, 勿步韓人後. 國會及時開, 股肱衛元首. 覆轍戒前車, 整理江山舊."

한다. 안중근과 조선은 제삼자인 중국인들에게 국제 질서의 냉엄함을 일깨우는 매우 유용한 제재였다.

    정리하면, '안중근' 관련 중국 시가들의 내용은 크게 두 종류로 나눌 수 있다. 하나는 안중근을 애도하고 찬양한 것이다. 앞 장의 내용이다. 다른 하나는 이번 장에서 논의한 바와 같이, 피해자도 가해자도 아닌 제삼자 그리고 중화사상의 오랜 세례 하에 조선을 '남'이 아닌 속국으로 여기는 이른바 특별한 타자의 입장에서 복잡하고 미묘한 인식과 감정을 표현했다.

    먼저 특별한 타자의 인식과 감정은 안중근을 제재로 지은 시가에서 약자인 조선을 동정하고 무도한 강자 일제를 비난하면서도 동시에 조선에 대해 번속으로 낮춰보고 우월의식을 표출하거나 불행의 근본 원인이 조선의 부패와 무능에 있다고 비판한 내용, 나아가 조선에 대한 영향력을 상실한 것에 대해 아쉬움을 표현한 내용 등으로 나타났다. 조선인들을 위로하며 그 교화와 문치를 칭찬하는 것들도 조선이 중국의 번속으로서 중화의 세례를 받았음을 강조하는 내용으로 연결되었다. 나아가 우월의식·속국인식은 중국의 영향으로부터 벗어나는 모습을 보인 조선에 대해 서운함과 조롱 나아가 비판으로 표출되기도 했다. 결국 안중근 의거를 계기로 보인 동정도 단순히 이웃의 불행에 대한 안타까움이라기보다는 사실 속국 즉 자신의 일부를 잃는 데 대한 아쉬움일 수 있다고 생각한다.

    아울러 안중근이 제재가 된 일부 시가들은 그의 의기에 탄복하면

---

115 "弱肉宜强食, 誰尤祇自嗟. …… 哀哀告我后, 覆轍視前車."

서 더불어 냉정한 제삼자의 입장에서 중국 개혁의 롤 모델로 여겨온 메이지유신 주역 이토 히로부미도 찬양하고 그 죽음을 깊이 애도했다. 중국이 청일전쟁에서 일본에게 패하고, 많은 중국인들이 메이지 유신 이후의 일본을 보고 배웠고, 그 중추였던 이토를 경모했기 때문이다. 게다가 오랜 기간 가졌던 조선에 대한 우월의식으로 인해 별다른 거리낌 없이 이토를 애도했다.

끝으로 모든 인식과 감정의 귀착점은 결국 '안중근'이라는 정면교사와 '조선'이라는 반면교사 그리고 '이토 히로부미'라는 양면 교사를 교훈으로 삼아 중국의 계몽을 추구하는 것이었다.

아울러 이러한 특별한 타자 및 제삼자적 소회의 바탕이 되는 중국인들의 시각 중 상당 부분은 모순된 중화제국주의와 일본인들이 왜곡한 '조선관' 즉 식민사관으로부터 형성되었을 가능성이 크다. 정당하지 않다. 다만 가장 가까이서 지켜본 타자의 시선을 통해 고난의 시기 '우리'와 '이웃'을 되짚어 볼 필요는 있다고 생각한다. 역사는 반복될 수 있기 때문이다.

4. 형가, 장량의 이미지로 오버랩

앞서 살펴본 바와 같이 많은 중국인들이 안중근 의사를 제재로 자신의 인식과 감정을 담은 시가를 지었다. 그러한 가운데 표현기법 면에서 이 시가들은 대부분 고대 중국의 수많은 인물 형상과 전고를 적극 활용했다. 안중근의 형상화에 활용된 인물들은 두 부류로 나눌 수 있다. 한 부류는 '자객(刺客)'·'협사(俠士)'로 규정할 수 있는 인물들이다. 특히 '자객'이라는 말은 부정적으로 치부되는 경향도 있어 세밀히 살펴볼 필요가 있다. 다른 한 부류는 '영웅(英雄)'·'지사(志士)'로 규정할 수 있는 인물들이다. 오해의 여지가 없는 긍정의 이미지이다.

초기 량치차오의 「가을바람 등나무를 꺾다」는 "가을바람이 등나무를 꺾었다"라는 제목부터 의미심장한 형상화를 보인다. "꽃이나 나무를 꺾었다"라는 표현은 복수의 통쾌함과 더불어 "아쉽다"라는 이중적 느낌을 준다. 작품 전체적으로도 시종일관 수많은 인물 형상 및 관련 전고들을 사용했다. '가을바람'은 안중근을, 꺾이는 '등나무'는 이토 히로부미를 형상화하여 하얼빈 의거를 상징하는 것이 명백하지만, 제목은 물론 장편 시가 전편에 걸쳐 이름조차 언급함이 없이 안중근과 하얼빈 의거 그리고 이토를 연상시킬 수 있게 했다. 이러한 형상화는 다른 작품들에도 다양하게 보인다.

1) '자객'과 '협사'의 이미지로

량치차오의 「가을바람 등나무를 꺾다」부터 자세히 살펴본다. 전체적으로 당시의 세계정세와 조선의 긴박한 상황에 관한 깊이 있는 인식 그리고 안중근과 이토 히로부미에 대한 제삼자적 평가 등등까지 다양하게 표출했다. 그리고 표현방법으로 다량의 인물 형상과 전고를 활용한 점이 특히 두드러진다. 시가의 중후반에 안중근에 대한 형상화를 집중적으로 전개했다.

만 리 끝까지 쫓아오니 예양교[116]요,
천금같이 깊이 감췄나니 서부인의 비수로다.[117]

34행의 내용이다. 예양교(豫讓橋)는 예양, 서부인(徐夫人)의 비수
는 형가(荊軻) 이 두 사람의 상징이다. 이들은 중국을 대표하는 '자
객'이다. 전국시대 진(晉)나라 대부 지백(智伯)의 가신이었던 예양의
충의와 복수는 중국인들에게 자연스럽게 안중근이 하얼빈에서 이토
히로부미를 저격한 사건을 떠올리게 했을 것이다. 지백은 예양을 인
정해주고 보살펴주었다. 지백이 조양자(趙襄子)에게 살해당하자, 예
양은 복수를 결심하고 다리에 매복해 있다가 척살하려 했다. 이 사
건을 안중근 의거에 비유했다. 예양은 『사기』·「자객열전」에 나오
는 자객들 가운데서도 특히 권력자의 사주와 관계없이 충의와 복수
를 실행함으로써 '사(士)'의 윤리를 상징하는 의협이었다.[118]

그 아래 구 역시 자객의 대명사인 형가로 비유한 것이다. 「자객열
전」에 의하면, 전국 말기의 형가는 제(齊)나라 출신으로 각국을 유람
하다 위(衛)나라를 거쳐 연(燕)나라에 정착했다. 전광(田光)에 의해
태자 단(丹)에게 천거되어 극진히 대우받았다. 연나라를 지키고자
염원했던 태자 단의 명을 받들어 진왕(秦王) 영정(嬴政)을 암살하려

---

116 『전국책(戰國策)』·「조책(趙策)」에 의하면, 지백의 가신 예양은 눈썹과 수염을
   깎고 몸에 흙칠을 하여 문둥이처럼 꾸미고 재를 삼켜 벙어리 행세까지 하며 다리
   밑에 숨어 있다가 조양자(趙襄子)를 척살하여 주군을 위해 복수하고자 했으나
   뜻을 이루지 못하고 자결했다. 이후 그 다리를 예양교라 부르게 되었다.
117 "萬里窮追豫讓橋, 千金深襲夫人匕."
118 예양에 대해서는 김광일, 「의리의 탄생: 『사기』「자객·예양」 다시 읽기」, 『중국
   학보』 9, 한국중국학회, 2021, 47~72쪽 참고.

했으나 뜻을 이루지 못했다. 인용 시구에 보이는 '부인비(夫人匕)'는 서부인의 비수를 가리킨다. 태자 단이 이 비수를 구해서 형가에게 주어 진왕 살해를 시도하게 했다.

안중근과 달리 비록 거사에는 실패했지만 그 의기를 높이 평가하는 인물들이다. 그중 형가로의 형상화는 이 시 39·40행에서 의거 후 재판 상황을 비유한 대목에서도 이어진다.

> 여러 사람들 모여들어 형가를 바라보니,
> 조용히 판결문 대함을 평시와 같이 하네.
> 남아의 죽음이야 말해 무엇 하랴,
> 국치를 씻지 않고서 어찌 명예를 이루리.[119]

중국 뤼순에서 진행된 공개재판에서 안중근은 평상시와 다름없이 태연자약했다. 조국을 위해 죽음을 예사로 여기며 자신의 희생을 당언시하는 의연한 기개를 보였다. 이를 형가로 비유했다. 단순한 자객의 형상이 아니라 분명 의협의 형상이다. 참고로 량치차오는 뤼순에서 1910년 2월 7일부터 14일까지 진행된 안중근 재판을 직접 참관한 바 있다.[120] 자신의 실제 경험과 관심을 바탕으로 한 생생한 형상화라고 할 수 있다. 이와 같이 안중근 관련 시가들은 형가의 형상 중에서도 주로 의로움·당당함·희생 등 긍정적인 이미지와 동정·아쉬움 등 안타까움의 정서를 채택했다.[121]

---

119 "萬人攢首看荊卿, 從容對簿如平生. 男兒死耳安足道, 國恥未雪名何成."
120 이태진, 「안중근과 양계초: 근대 동아시아의 두 개의 등불」, 『진단학보』 126, 진단학회, 2016 및 『문화일보』, 2016년 12월 8일 기사 참고.
121 『사기』·「자객열전」에 보이는 형가의 형상은 사실 복합적이다. 폭군을 제거하기

비슷한 이미지의 인물 형상으로서 협사 요리도 중요하게 활용되었다.

> 인생길에 안영의 편달을 따르고 받들었지만,
> 이웃에 묘혈을 만들어 요리의 무덤으로 삼고자 하노라.[122]

요리는 춘추 말기 주군인 오왕 합려를 위해 자신의 모든 것을 희생한 협사로 안중근을 비유했다. 전적에 따라 내용에 차이가 있지만, 『여씨춘추(呂氏春秋)』·「충렴(忠廉)」편에 의하면, 요리는 주군의 정적을 제거하기 위해 처자식과 자기 팔 한쪽까지 희생하고 마지막엔 자결까지 한 인물로 전해진다. 량치차오는 평소 안영을 본받고자 했지만,[123] 최고의 충의와 희생정신을 실천한 요리도 함께 존경한다는 의미이다. 역시 안중근을 중국의 의협 형상으로 비유했다.

「가을바람 등나무를 꺾다」와 비슷한 초기 작품으로 보이는 천쟈후이(陳嘉會)[124]의 「조선 건아의 노래(朝鮮兒歌)」[125]도 같은 맥락의 형

위해 정의롭게 자신을 희생한 의협의 형상과 결국 실패로 끝난 비극적 영웅의 형상이 중요하다. 다만 그 외에 실패 원인을 암시하는 복선이라고 할 수 있는 결단력이 부족한 평범한 사내의 형상도 보인다. (오만종, 「형가 형상에 대한 소고: 초기 문헌 기록과 후대 시가를 중심으로」, 『중국인문과학』 61, 중국인문학회, 2015, 152쪽 참고)

122 "塵路思承晏子鞭, 芳鄰擬穴要離家."

123 안영은 춘추시대 제나라의 재상으로 관중과 함께 나라를 강성하게 이끌었다. 개혁의 롤 모델인 이토 히로부미를 비유한다.

124 천쟈후이(1857~1945): 자 펑광(風光), 호 홍자이(宏齋), 후난(湖南) 샹인(湘陰) 사람, 국민당 주요 정치인. 장즈둥(張之洞)의 막료를 했고, 이후 국민당 활동에 참여하며 쑨원을 적극 지지했다.

125 원문에는 최초 1909년 기유년에 지은 것으로 되어 있다. 『선산학보(船山學報)』 1932년 제1책에 수록.

상화를 통해 안중근을 찬양하고 애도했다.

> 기운은 흰 무지개, 담력은 북두 같다네.
> 조나라 협객처럼 오랑캐 갓끈 늘이지 않았지만,
> 의료 웅의 총 솜씨 갖추어 얻었구나.
> 동쪽으로 바다 숨고 서쪽으로 산에 들어,
> 중요한 길 엿보다 적정 살피는 기병에 어려움 당했지.
> 장량의 철퇴와 형가의 비수이거늘.
> 그대 죽음 함께 못해 마음 더욱 부끄럽네.
> 홀연 일성 번개처럼 치닫더니,
> 원수 심장은 찢기고 온전한 거죽도 남지 않았지.
> 원수와 함께 살지 않고,
> 차라리 원수와 함께 죽었도다.
> 나라 망하면 함께 죽음은 본래 하늘이 내린 직분이니,
> 원수 죽음 보게 되매 내 죽음은 더딜 뿐이로다.[126]

중후반의 내용이다. 작자는 우선 안중근의 기개를 찬양하며 조객
(趙客)에 비유했다. 전국 시기 제후국 중 특히 연나라와 더불어 조나
라가 무를 숭상하고 협사가 많았다고 한다. 이로부터 조객은 일반적
으로 협사를 지칭하게 되었다. 이백의 「협객행(俠客行)」 가운데에도
"조객만호영(趙客縵胡纓)"이라는 시구가 있다. 이를 활용하여 안중
근의 기상을 용맹하고 담대한 모습으로 그려냈다.

이어서 성이 웅(熊)씨이고 주로 의료(宜僚)로 알려진 춘추 시기 초

---

126 "氣湧素霓膽如斗. 不爲趙客縵胡纓, 辦得宜遼弄丸手. 東竄海西入巒, 偶狙要道
偵騎難. 張良椎荊柯匕, 不共汝死心更恥. 忽然一聲電馳, 仇人心裂無完皮. 不
共仇人生, 寧共仇人死. 國亡與亡本天職, 矧見仇死死緩耳."

나라 출신의 걸출한 용사의 형상으로 안중근이 무예에 뛰어났음을 표현했다. 그럼에도 불구하고 안중근이 목적을 달성하는 것은 지난한 일이었다. 하지만 형가나 장량처럼 끝내 조국을 위해 설욕하고자 하는 굳은 의지로 극복하여, 적 수뇌의 목숨을 거두고 자신도 그저 죽음을 재촉하는 의협의 모습으로 묘사했다. 작자가 구상한 정황 묘사와 감정 표현 사이사이에 전형적인 중국적 형상화를 연속적으로 적절히 배치했다.

중국의 또 다른 운문 사 장르에서도 안중근을 기리는 여러 작품들이 나왔다. 그중 앞서 인용한 후위에의 「생사자·안중근을 애도함」은 총 4수의 작품으로, 평이하면서도 절절하게 애도와 찬양의 취지를 표현했다. 특히 제 2수에서 중국인들이 쉽게 이해할 수 있는 형상화와 전고를 활용하여 안중근의 결연한 의지와 성취를 찬양했다.

> 매섭도다 안중근이여,
> 날카로운 비수 품고 손가락 잘랐지.
> 늙은 이토 죽이기로 맹세했나니,
> 가을비 가을바람 휘몰아칠 때였지.
> 평소의 뜻 하루아침에 이루었으니,
> 사해에 견줄 이 없도다.
> 가만히 죄수 수레 들어가서는,
> 웃으며 공업 이룸 이야기했다네.[127]

작품이 실린 원 매체의 인쇄 상태가 불완전하여, 2행 끝 글자가

---

[127] "烈哉安重根, 斷指懷利匕. 誓殺老伊藤, 秋雨秋風裏. 素志一朝酬, 四海無可比. 從容入囚車, 笑說功成矣."

'칠(七)'자로 보이지만 비수를 의미하는 '비(匕)'자로 보는 것이 타당하다. 이어지는 제3수[128]에 나오는 '수중도(手中刀)'라는 표현도 이를 뒷받침한다. 앞서 언급한 형가가 서부인의 비수를 품고 진시황을 살해하고자 했던 고사를 활용한 것이다. 다만 고사와는 달리 안중근은 뜻을 이루고서야 순순히 죄인이 되는 것으로 노래하여 사실을 반영했다.

다음 절에서 논의할 장량과 더불어 안중근 찬양에 가장 많이 활용된 인물은 '자객' 형가이다. 초기 작품인 린둥의 「안중근」에서는 다음과 같이 노래했다.

> 벽력같은 한 소리 천지를 놀래키니,
> 아! 특출한 남아 안중근이로다.
> 형가의 비수쯤 어이 족히 말하랴,
> 한 몸으로 전국의 혼 불러일으켰구려.[129]

시의 전반부 내용이다. 형가와 서부인의 비수로써 안중근과 하얼빈 의거를 상징하고, 이로써 조선 국민의 영혼을 일깨웠음을 표현했다.

형가뿐만 아니라 『사기』·「자객열전」에 나오는 다른 자객들도 안중근의 형상화에 활용되었다.[130] 이러한 경향 가운데 자칫 부정적 형

---

128 제3수는 다음 절에서 인용하고 논의함.

129 "一聲霹靂驚乾坤, 咄咄奇男比安重根. 慶卿匕首曷足云, 隻身喚起全國魂."

130 『사기』·「자객열전」에 나오는 자객 5명 가운데 형가·예양·섭정(聶政) 3명이 안중근으로 자주 비유되었다. 다만 조말(曹沫)과 전제(專諸)를 활용한 경우는 거의 없다. 지명도와 관계있을 것으로 생각한다.

상화로 생각할 수 있는 부분이 있다. 반드시 짚고 넘어가야 할 점이 니 바로 '자객'의 개념 문제이다.

일반적으로 '자객'이라는 말은 '전문적으로 사람을 몰래 죽이는 일을 하는 사람, 암살자' 정도로 해석된다.[131] 의리가 있는 경우도 있지만 대체로 무도한 부정적 인물로서 인식되는 경향이 크다. 오늘 날에는 영화나 드라마에 나오는 잔혹한 '킬러'·'살인청부업자'와 연결되기도 한다. 그러나 중국 시가에서 안중근 형상으로 비유된 자객들은 그러한 부정적이고 편협한 의미의 표상이 아니었다.

좀 더 살펴보면, 의거 이후 중국 언론기사에 보이는 안중근에 대한 인식은 스펙트럼이 넓은 편이었다. 시가들에서의 이미지보다 복잡했다. 자기 민족의 대의를 위해 희생한 '열사'로부터 무모한 암살 행위를 한 '테러리스트'까지 양극단 사이에 다양한 여론이 있었다.[132] 때문에 안중근을 앞서의 자객들로 비유하는 경우, 피상적으로는 암살자를 연상하여 테러리스트로 형상화한 것이 아닌지 오해할 소지가 생긴다. 하지만 중국 시가에서 안중근을 자객들로 비유한 것은 앞서의 경우들과 같이 분명 암살자가 아니라 의협의 형상이다. 사실 전고에 보이는 본래 이미지도 대체로 '의협'으로서의 인품이 중시되는 것이었고, 나아가 '사도(士道)'의 상징으로 쓰인 경향도 다분했다. 이 점을 특히 명확히 하고자 한다,

잇달아 살펴볼 비슷한 시기의 두 시가에서 안중근을 비유한 형가

---

131 『표준국어대사전』의 해석. 『한어사전(漢語詞典)』에서도 '무기를 지니고 암살을 벌이는 사람(懷挾武器進行暗殺的人)'으로 풀이했다.

132 徐丹, 「近代中國人對安重根事件的認識: 以1909~1937年中國報刊的報道爲中心」, 『民國硏究』29, 南京大學中華民國國史硏究中心, 2006, 181~195쪽 참고.

등 자객은 역시 부정적 이미지를 내포하지 않았다.

> 한국은 망했지만 장사의 모범이 나왔음을 새기노라.
> ……
> 용이 울음 울고 호랑이가 뛰노는 듯 그 재주 기이하구나.
> 형가와 섭정에 귀의함에 다른 소원 없고,
> 한 자루 칼로 십만 군사 대적할 수 있기를 바랄 뿐.[133]
>
> 형가가 진왕을 찌른 일,
> 그 뜻 연나라 보존하고자 함이었지.
> 연나라 사직은 비록 끝내 폐허가 되었지만,
> 영혼만은 백성들 마음을 감동시켰네.
> 천년 뒤 우뚝 솟아,
> 계승자가 진번[134]에서 나왔도다.
> 이 이는 나라의 원수를 섬멸했으니,
> 빼어난 공로 해와 달에 기탁하네.
> 손가락 끊으며 엄숙한 기세로 맹세하고,
> 변복을 하고 관문을 넘었지.
> 구리 총알 붉은 빛 발하니,
> 마침내 적의 창자를 뚫었도다.
> 위험한 길 갈 제 어찌 편한 그늘 고르랴만,
> 잠시나마 번민 떨쳐보노라.
> 남의 나라 멸함이 어찌나 쉽지 않은지,
> 어진 이들 다 죽이는 건 유독 어렵다네.
> 힘센 강도 같은 이[135]에게 말 전하노니,

---

133 "記取韓亡壯士規, …… 龍吟虎跳此才奇. 皈依荊聶無他願, 一劍能當十萬師."
134 한사군 중의 하나인 진번군을 말하며. 조선을 상징한다.
135 '강량(强梁)'은 『도덕경』의 "强梁者不得其死." 구절에 보이는 표현이다.

위력으로 다 죽일 수는 없다네.[136]

첫째 인용은 남사(南社) 창립자 중 한 사람인 까오쉬(高旭)[137]의 「한인 안중근 의거에 감응하여 도비 견회시의 운을 차운함(感韓人安重根事次道非見懷詩均)」[138] 첫 구와 마지막 부분이다. 남사는 1909년 수조우(蘇州)에서 까오쉬와 천취빙(陳去病)·리우야즈(柳亞子) 등이 설립하여 신해혁명 시기에 활발히 활동한 진보 색채의 문학단체이다. 조선의 항일애국지사 및 활동에 대해 큰 관심을 가지고 관련 작품들도 발표했다. 이 작품을 간략히 분석하면, 동한(東漢) 말기 건안칠자(建安七子)의 대표 인물인 왕찬(王粲)의 「영사시(詠史詩)」에 나오는 "살아서 뭇 장부의 영웅이 되고, 죽어서는 장사의 모범이 된다."[139]라는 구절을 활용하여 안중근을 귀감이 되는 영웅호걸로 평가했다. 그리고 마지막 부분에서 형가와 섭정(聶政)의 구체적 형상으로 비유했다.

섭정 역시 전국시대의 자객으로 『전국책』·「한책(韓策)」에도 보인다. 지(軹)나라 심정리(深井里) 사람으로 원수를 피해 제(齊)나라로 가서 가축 잡는 일을 하며 지내다 자신을 진심으로 인정해준 엄중자

---

136 "荊軻刺秦王, 其志欲存燕. 燕社雖竟墟, 精爽動民肝. 苕苕千載下, 嗣響在眞番. 伊人殲國仇, 奇功託雙丸. 截指屬勢盟, 變服踰門關. 銅柱發朱光, 遂令虜腹穿. 走險詎擇蔭, 聊以湔煩寃. 滅國豈不易, 盡誅良獨難. 傳語强梁者, 威力不可殫."
137 까오쉬(1877~1925): 자 톈메이(天梅), 호 젠공(劍公), 장수(江蘇) 쏭쟝푸(松江府) 진산(金山) 사람, 시인. 동생 까오지(高基)가 그 시문을 엮어 『천매유집(天梅遺集)』이라 했다.
138 『남사』 1912년 1기에 수록. 『천매유집』 중의 「미제려시(未濟廬詩)」에도 수록.
139 "生爲百夫雄, 死爲壯士規."

(嚴仲子)를 위해 재상 협루(俠累)를 죽이고 자결했다. 형가와 마찬가지로 부정적 암살자의 이미지가 아니라 명분을 위해 한 자루 칼로 두려움 없이 대적하는 장사(壯士) 또는 의협의 형상화로 연결된다.

다음으로 두 번째 인용은 황칸이 지은 「안중근시(安重根詩)」이다. 황칸은 청말 대학자인 장빙린의 제자로서 주로 언어문자학에서 일가를 이루었다. 그는 제삼자의 입장에서 이토 히로부미를 애도하는 「이토 히로부미를 애도함(吊伊藤博文)」이라는 작품도 발표했다.[140] 동시에 의거에 깊이 감명 받아 이 시로써 안중근을 찬양했다. 량치차오와 같은 맥락에서 중국 지식인의 복잡한 속내를 드러냈다.

이 시의 내용에서 알 수 있듯이, 형가가 진시황을 암살하고자 했던 목적은, 자신이 제나라 출신이지만 주로 활동하며 인정받았던 연나라를 보전하기 위함이었다. 또 연 태자 단의 의뢰가 있기는 하지만 이른바 청부 암살이라고 할 수 없다. 작자가 형가를 안중근의 보국충정에 부합하는 형상으로 여기고 활용했다. 특히 형가의 불굴의 정신이 안중근에게 계승되어, 그로 하여금 '힘센 강도'인 일제 침략자에 대해 두려움 없이 맞서게 했다고 노래했다.

박은식이 지은 전기문『안중근전』을 읽고 쓴 비슷한 경향의 작품을 예로 더 든다.

---

140 이토의 죽음에 대해 비통해하는 일본 사람들의 심정을 표현하고, 일본을 변혁과 발전의 길로 이끌어 중국의 롤 모델이 된 이토의 죽음에 대해 안타까움을 드러냈다. 한편 이 작품의 작자가 황칸이 아니라 스승인 장빙린일 가능성이 크다는 설도 있다.

검의 기운 연나라 서울 가로지르고,

몇몇 남아 용 잡는 무예 지녔었건만,

지금은 어느 누가 그러한가?

한 모퉁이 산하에 남은 눈물,

장군의 의기를 알게 하네.

그저 총탄 한 알이면 족하여,

벼락 치니 공연히 산도깨비 달아난다.

태양을 뚫으니 백주에 무지개[141] 드리우고,

다섯 걸음에 피가 천년의 역사에 뿌려졌도다.[142]

청산즈(程善之)[143]의 「금루곡·안중근전에 쓰다(金縷曲·題安重根)」[144]
라는 작품이다. 인명이 나오지는 않지만 '검의 기운'은 형가의 기세
를 의미한다. 마지막에 인상여(藺相如)의 '혈천오보(血濺五步)'[145] 고
사도 보인다. 앞의 작품들과 비슷한 형상화를 사용하여, 안중근의
의거는 형가의 의기와 인상여의 공적처럼 영원히 역사에 기록될 것
이라고 예찬했다.

---

141 무지개가 두 개의 고리 모양으로 뜰 때, 색이 강렬한 안쪽의 것이 수무지개가
되어 홍(虹)이라고 부르고, 색이 옅은 바깥쪽의 것은 암무지개가 되어 예(蜺)라고
부른다.

142 "劍氣橫燕市, 數男兒屠龍身手, 而今誰是? 一角山河餘涕淚, 認取將軍意氣. 只消
得一丸足矣, 霹靂下空魑魅走. 貫太陽白晝垂雌蜺, 五步血千秋史."

143 청산즈(?~1942): 안후이(安徽) 시(歙)현 출신. 남사 성원으로 운어학(韻語學)과
필기소설·불교학 등에 조예가 깊었다. 일부 출처에는 작자명이 없이 전인(前人)
으로 되어 있거나 산즈(善之)로 되어 있는 경우도 있다.

144 금루곡은 사의 곡조 명칭인 사패명(詞牌名)으로 '하신랑(賀新郎)'·'유연비(乳燕
飛)'로도 불린다. 곡패명(曲牌名)으로도 쓰였다. 이 작품은 여러 전기문에 수록되
었다.

145 다음 절에서 상세히 논의.

위와 같이 중국인들은 안중근을 고대 중국의 자객·협사 형상에 투영하고 그 전고를 적극 활용했다. '의'를 숭상하며 호협한 기풍을 애호했기 때문이다. 또한 평소 「자객열전」과 같은 관련 문헌들을 많이 접하고 사마천이 뜻하는 '자객'의 의미를 잘 이해하고 있었기 때문에, 이로써 자연스럽게 의협 안중근을 표상하게 되었다.

조우정진(周曾錦)도 박은식이 지은 전기문을 읽고 감명 받아 「안중근전을 읽고(讀安重根傳)」라는 제시를 지었는데, 그 가운데 다음과 같이 노래했다.

> 일찍이 「자객열전」 읽고 나서는,
> 임협 명성 자못 사랑했었지.
> 옛 사람이 될 수는 없다 하여도,
> 강개함은 넘치는 정이 있었네.
> 눈과 귀로 보고 들은 것 중에,
> 안중근이 있다고 하지 않았지.
> 분을 내어 나라의 원수 죽였으니,
> 일격으로 사람들 놀라게 했네.
> 어찌 그저 사람들만 놀라게 했을까,
> 호걸들 거리낌 없이 눈물 흘렸지.[146]

안중근 관련 내용이 집중된 시의 전반부이다. 안중근에 대해 보고 들은 적은 없었지만, 의거로 인해 중국의 자객들에 대해서보다 더 깊은 감명을 느꼈음을 말하고 있다. 유가적 도덕체계에 영향을 받고

---

146 "嘗讀刺客傳, 頗愛任俠名. 古人不可作, 慷慨有餘情. 耳目所聞見, 不謂有安生. 奮臂殺邦讎, 一擊使人驚, 豈惟使人驚, 豪傑涕縱橫."

동시에 호협한 기풍을 흠모하는 중국 문인들에게 충·의·용·희생정신 등 덕목들을 구현한 안중근은 고대 중국의 진정한 자객 즉 의협의 형상과 잘 부합되어 서로 자연스럽게 연결된다.

　물론 중국에서 안중근 의거에 대해 무모하고 무익한 행위로 조선의 식민지화를 재촉할 뿐이었다고 비판한 인식도 있었다. 이를 일축하는 내용의 깊이 있는 시가를 지으며 형가의 형상을 활용한 경우도 있었다.

　　　형가가 진왕 찌르려던 일 이루어지지 못하여,
　　　연나라 망하게 한 재앙 이로써 빨라졌지.
　　　육국이 다 망하자 천하가 분노하고,
　　　변방 군사가 한번 부르짖자 진나라 족속을 이겼다네.
　　　사물이 극에 이르면 이내 반대로 나아감은 하늘의 도리가 그러함이라,
　　　……
　　　한국이 끝내 망함에 혹자는 그를 책망하지만,
　　　그 말은 기괴하고 그릇되어 나는 기록하지 않노라.
　　　다섯 나라에 처음엔 자객행위가 없었지만,
　　　연나라가 하나의 예를 만들어 같이 망했다는 말.
　　　안군이 이룬 공적 형경을 뛰어넘어,
　　　이 빼어난 문장도 기쁘게 사마천을 이었구나.[147]

　제목 미상, 인적 사항 미상인 디위(狄郁)라는 작자의 작품이다. 형가의 자객행위가 연나라의 멸망을 재촉했다고들 비난하기도 했지

---

[147] "荊軻刺秦事不成, 亡燕之禍由玆速. 六國盡亡天下憤, 戌卒一叫嬴秦族. 物極乃反天道然, …… 韓國遂亡或咎君, 斯言奇謬吾弗錄. 五國初無刺客行, 燕台一例同傾覆. 安君成績過荊卿, 奇文喜有龍門續."

만, 이로써 결국 무도한 진(秦)나라를 멸망으로 이끌었다는 것이다. 안중근 의거도 결코 무익한 것이 아니라 중대한 의미를 지닌 사건이 었다는 비유이다. 일제 패망의 사필귀정을 떠올리게 한다. 또 안중 근이 훌륭하게 의거에 성공함으로써, 이를 기록한 박은식의 전기문 도 사마천의 「자객열전」을 잇는 빼어난 문장이 될 수 있었다고 찬양 했다.

시간이 흘러 1930년대 들어서서는 백화로 된 시가들도 여럿 보이 는데, 역시 형가의 형상을 활용한 경향이 많이 보인다. 수펑(蘇鳳)[148] 의 「의사 형가를 슬퍼함 – 이웃 나라 영웅에게 바침(傷義士荊軻 – 獻 給隣國的一位英雄)」[149]이라는 시가 그 예이다.

> "바람은 맑고 역수(易水)는 차갑네.
> 장사 한번 떠나면 다시 돌아오지 않으리."[150]
> 약자의 비수 한 자루,
> 진왕의 간담 서늘케 했구나.
> 일이야 비록 성공하지 못했지만,
> 장사 이름 긴 세월 영원토록 드리우네.
> 어렴풋이, 진왕에게 "두 다리 쭉 뻗고 앉아 꾸짖던"[151] 때,
> 그 거칠고 웅장한 외침 생각나게 하는구나.
> 진왕 어전의 구리기둥에,

---

148 야오수펑(姚蘇鳳, 1905~1974): 본명 겅쿠이(賡夔), 별호 제갈부인, 쟝수(江蘇) 수조우(蘇州) 사람. 언론인, 영화평론가.
149 이 작품은 1932년 1월 15일에 처음 발표되었다. 시기적으로 보거나 또는 의거가 실패한 내용상으로 볼 때 이봉창의사를 기렸을 가능성도 있다.
150 역수: 허베이(河北) 서부에 있는 강.
151 '기거이매(箕踞以罵)'는 『사기』・「자객열전」의 '형가' 부분에 나오는 성어.

남겨진 지울 수 없는 분개도 상기시키네.

……

의사 형가여!

나는 왜 또 당신 때문에 눈물 흘리는가?

두고 보라!

어느 날 아침,

끝내 비수 한 자루로 바다같이 깊은 원한 갚게 될 것을.[152]

형가를 '의사'로 규정하고, 그 형상과 고사를 생동감 있게 묘사했
다. 시작 부분 두 구는 형가 본인이 읊었다는 이른바 「형가가(荊軻
歌)」의 앞 두 구를 그대로 사용했다. 진왕을 암살하기 위해 떠날 때
연 태자 단이 전별했다는 쓸쓸한 역수의 정취가 비장한 느낌을 돋운
다. 형가 스스로의 입을 통해 돌아올 생각을 하지 않고 떠나는 결연
한 의지를 강조했다. 형가가 진왕을 암살하려던 뜻을 이루지는 못했
지만 끝까지 당당한 자세로 꾸짖던 모습도 담았다. 모두 의거와 더
불어 재판에 임하던 안중근의 비장함과 당당한 태도를 함께 상상하
게 한다.

형가처럼 안중근도 비록 '약자'였지만 '의사'로서 영원히 역사에
남을 것이며, 나아가 희생이 헛되지 않고 후대에 원한을 갚게 되리
라는 희망의 메시지도 더했다. 일부 작품들에 보이는 단순하고 피상
적인 형상화와는 달리 인물 형상 및 전고가 작자의 시정(詩情)에 세

---

152 "'風蕭蕭兮易水寒, 壯士一去不復還.' 弱者的一把匕首, 寒了秦王的膽. 事情雖然
沒有成功, 壯士永垂於千載. 仿佛還想起'箕踞以罵'的時候, 那種粗暴的雄壯的吶
喊; 仿佛還想起秦王殿上的銅柱, 留着不可磨滅的憤慨. …… 義士荊軻呵! 我又
何必爲你流淚! 瞧着吧! 一朝, 終有一把匕首報了沈仇如海."

밀하게 융화되어 독자의 상상력을 자극한다.

1932년 4월 상해에서 윤봉길 의거가 나고 나서는 두 의사를 함께 애도·찬양한 작품도 나왔다. 상성차이(商生才)의 「꽃다운 혼을 애도함(悼英魂)」이 대표적이며, 역시 비슷한 형상화 양상을 보인다.

>   – 안중근·윤봉길 선생 –
> 역수의 냉기 뼈에 스미고,
> 가을바람 맑고 서늘하게 이네.
> 성난 머리카락 갓 뚜껑을 뚫고,
> 흰 무지개 태양을 꿰뚫는구나.
> 연 공자와 영원히 이별하니,
> 다시는 고향에 돌아오지 않으리.
> 장사는 비수 품고,
> 천리 떠나 진왕을 찌르리라.
> 지도 다 하자 날카로운 비수 드러나고,
> 빙빙 화당을 도는구나.
> 공을 이룸이 촌각에 달렸는데,
> 대기하던 신하들 벌떼처럼 달려드네.
> 폭군의 목숨 빼앗으려 했건만,
> 호걸이 칼 아래 죽는구나.
> 부질없이 영웅의 뜻 짊어졌건만,
> 선혈만이 모래밭을 물들였네.[153]

애처롭다 고점리,

---

[153] "安重根與尹奉吉先生: 易水寒透骨, 秋風起蕭涼. 怒髮衝冠蓋, 白虹貫太陽. 長別燕公子, 不復還故鄉. 壯士懷匕首, 千里刺秦王. 圖盡尖刀現, 團團繞畫堂. 功成在片刻, 待臣如蜂忙. 奪得暴主命, 豪傑刀下亡. 空負英雄志, 鮮血染沙場."

진나라 조정 계단에 곧게 서있네.

좋은 벗 죽음을 목도하니,

울부짖음 금할 길 없구나.

폭군은 그 눈동자 도려내고,

궁중에서 축[154] 타라 명하네.

가슴 속 한풀이 할 마음 품고,

수치와 굴욕 참았지.

어느 날 아침 진나라 조정으로 달려가,

납덩이 손에 움켜쥐었지.

두 눈은 이미 멀었지만,

두 귀는 콧바람 소리 듣네.

폭군의 심장을 겨누고,

힘껏 내리쳤건만.

소원을 이루지도 못하고,

다시 칼끝을 피로 물들였구나.[155]

전체는 오언배율 총 8수로 된 장편이다. '안중근·윤봉길선생'이
라는 부제가 붙어있고, 주로 위에 인용한 앞 2수에서 인물 형상의
활용이 두드러진다. 제 1수에서는 형가의 고사를 구구절절 세밀하게
사용하여 마치 연환화(連環畵)가 눈앞에 펼쳐지는 듯 생생하다. '장
사' 형가는 서늘하여 비장한 역수에서 결연한 의지를 다지며 연 태자
와 이별하고 사지로 떠난다. 장면이 바뀐다. 마침내 드러난 비수로
진왕을 찌르려는데 신하들이 달려들어 거사가 실패로 돌아가고 죽

---

154 축(筑), 거문고 비슷한 현악기.
155 "哀哉高漸離, 端站秦庭階. 目睹良友死, 不禁號陶哭. 暴主剜其睛, 宮中命敲筑.
胸懷雪恨心, 忍羞而含辱. 一旦赴秦庭, 鉛塊手中握. 兩目雖已盲, 雙耳聞鼻息.
對準暴主心, 盡力猛拚擊. 不但願未隨, 復染刀頭血."

임을 당한다. 자객·영웅 그리고 폭군의 형상화가 선명하다.

두 번째 수에서 고점리(高漸離)의 형상을 활용한 비유도 핍진하면서 생동감이 넘친다. 간략히 살펴보면 고점리는 전국시대 말기 연나라 사람으로 현악기 축의 고수였다. 형가의 친구로, 함께 진시황 살해를 도모했다. 실패하여 형가가 죽자 이름을 바꾸고 머슴살이를 하다 발각되어 눈을 멀게 하는 형벌을 받았다. 후에 치밀한 계획 하에 진시황을 위해 축을 연주하다 그 속에 넣어둔 쇠망치로 다시 그를 죽이려 했지만 또 실패하고 끝내 죽임을 당했다. 자주 등장하는 인물은 아니지만 역시 충의와 집념의 표상으로 활용했다. 제1수에서 주로 안중근을 형상화하고, 2수에서는 윤봉길을 형상화한 것으로 볼 수도 있고, 두 수에서 함께 두 의사를 찬양한 것으로 볼 수도 있다.

위와 같이 중국인들은 대체로 추호도 죽음을 두려워하지 않고 의거한 안중근의 기개를 담대하고 집념이 있는 인물과 고사로써 형상화하여 찬양하고 그 죽음을 애도했다. 가장 많이 비유한 인물이 형가였다. 형가 외에도 비슷한 이미지의 자객 및 협사들인 예양·요리·섭정·고점리·의료 등등이 안중근을 '의협'으로 형상화하는 데 적절히 활용되었다.

2) '영웅'과 '지사'의 이미지로

다음으로 중국 시가들은 앞서 논의한 '자객'·'협사'들과는 다소 결을 달리하는 고대 중국의 여러 '영웅'·'지사' 형상을 통해 안중근을 '위인'으로 노래했다. 오해의 소지가 없는 긍정적 형상화이다. 우선 량치차오가 「가을바람 등나무를 꺾다」에서 형가·예양보다 먼저 안중근으로 비유한 인물들로, 선진(先軫, ?~B.C.627)과 양의(楊儀, ?~235)를 예로 들 수 있다.

대국은 돌아온 선진의 수급 슬퍼하고,
망국 유민은 위공 피에 눈물 흩뿌리네.[156]

선진은 춘추 시기 진문공(晉文公) 때의 장수이다. 수많은 전투에서 큰 공을 세우다 마지막에 적인(狄人)과의 전투에서 전사했다. 그와 관련하여 "투구를 벗고 적진에 들어갔다가 죽었다. 적인이 그 머리를 돌려보내니 얼굴이 마치 살아있는 듯했다."[157]라는 기록이 돋보인다. 국가를 위해 자신을 희생하며 장렬히 전사한 인물이다. 선진의 모습과 안중근이 두려움 없이 이토 앞으로 나아가던 모습이 함께 연상된다. 위공(威公)은 중국 삼국시대 촉한의 문신이었던 양의를 가리킨다. 충의로 널리 알려졌다. 문인·사상가의 기반을 갖추고 동시에 충성스러운 군인이었던 안중근, 그 국가를 위한 결연한 태도를 형상화했다.

「가을바람 등나무를 꺾다」에서는 당저(唐雎)와 그 '유혈오보(流血五步)' 고사도 의거를 비유하는 데 사용했다. 전국 시기 강자인 진(秦)나라가 위(魏)나라의 안릉(安陵) 땅을 탐내어 무력으로 자국 영토 일부와 교환하고자 했다. 이에 위 안릉군이 당저를 사신으로 파견하여 거절 의사를 밝혔다. 진왕이 위협을 가했으나 당저는 끝내 굴하

---

156 "大國痛歸先軫元, 遺民泣濺威公血."
157 "免胄入敵師, 死焉. 狄人歸其元, 面如生."(『左傳』·「僖三十三年」)

지 않았다. "만일 선비가 필연코 노하게 된다면 엎드러진 시체가 둘이 되고, 피가 다섯 걸음이나 흘러 넘쳐 천하가 소복을 하게 됩니다. 오늘이 그날입니다."[158]라고 당당히 일갈했다. 당저의 용기에 깊은 인상을 받은 진왕은 안릉을 정복하려는 야심을 잠시 접어두었다. 이후 '유혈오보'는 적국의 수뇌를 척살함을 의미하는 데 사용하게 된다. 안중근이 이토를 성공적으로 사살하고 "코레아 후라(대한제국 만세)!"를 외치던 호탕함을 연상시킨다.

이와 비슷한 '영웅'·'지사' 이미지의 인물 형상으로는 장량(張良)이 가장 많이 활용되었다. '자객'·'협사' 형상의 인물로 형가를 사용한 것과 쌍벽을 이룬다. 예를 들어 앞 장에서 형가를 논의하며 인용한 후위에의 「생사자·안중근을 애도함」 제3수에서는 잇달아 안중근을 장량에 비유하며 그 성취를 극찬했다.

장하도다 안중근이여,
이번 거사 참으로 쉽지 않았지.
손 안에 든 칼 내려놓고는,
대한 만세 세 번을 크게 외쳤네.
장량이 박랑사에서 철퇴 내리친 일,
천년 동안 청사에서 찬미했었지.
옛사람 이제 와 이를 본다면,
버럭 화를 내고야 말리.[159]

---

158 "若士必怒, 伏屍二人, 流血五步, 天下縞素, 今日是也."(『戰國策』·「魏策」)
159 "壯哉安重根, 此擧良不易. 放下手中刀, 三呼韓萬世. 子房博浪椎, 千載美靑史. 昔人今見之, 赫赫有生氣."

유방(劉邦)을 도와 한(漢)나라를 세운 장량은 진시황을 추살하고
자 박랑사(博浪沙)에서 창해역사(倉海力士)[160]로 하여금 철퇴로 진시
황의 수레를 내려치게 했다. 주도자 장량은 조국 한(韓)나라를 멸망
시킨 진시황에 대해 복수를 꾀했지만, 창해역사가 진시황이 탄 수레
가 아닌 부거(副車)를 내려치는 바람에 실패했다.[161] '수중도'는 형가
의 비수를 말하며, 역시 저격 후 "코레아 후라!"를 외치던 안중근을
연상케 한다. 먼저 형가로 형상화한 후 주로 장량의 형상과 고사를
통해 안중근 의거를 직접적으로 비유했다.

장량은 의거에 실패하고 하비(시아피, 下邳)[162]에 은신했다가, 결국
유방이 한을 세우는 데 큰 공을 세워 유후(留侯)에 책봉되었다. 이후
로 중국인들은 장량의 사적을 역사적인 영웅·위인의 기록으로 찬미
해왔다. 하지만 이 작품은 장량도 의거에 성공한 안중근에 비하면
칭찬할 바가 못 된다는 취지로 안중근을 극찬했다. 안중근을 찬양하
는 내용을 위주로 하며, 4수에 걸쳐 의거의 준비·실행·결말 그리고
교훈 제시[163]에 이르기까지 차례대로 전개해 나간 특징이 돋보인다.
그 가운데 인물 형상과 고사를 활용한 비유가 적절히 안배되었다.

언급했듯이 안중근을 제재로 한 시가들은 신문·잡지에 발표되기

---

160 창주역사(滄州力士) 또는 창해군(倉海君)·창해객(倉海客)으로도 알려졌다. 『사
　　기』·「유후세가(留侯世家)」에 보인다.
161 『사기』·「유후세가」 중의 '오중부거(誤中副車)' 고사 내용이다. 부거는 황제가 이
　　동 중에 바꿔 타거나 시중들기 위해 뒤따르는 또 다른 수레로 속거(屬車)라고도
　　한다.
162 쟝수(江蘇) 북단에 있는 시아피(下邳)현의 옛 이름. 진말(秦末) 은둔의 선비이자
　　병법가인 황석공(黃石公)이 장량에게 병서를 전해 주었다는 고사가 있다. 숨어
　　지내던 장량은 이 병서를 읽고서 유방의 대업을 도왔다고 전한다.
163 이 사의 마지막 제 4수는 주로 중국을 위한 교훈을 추구하는 내용을 담았다.

도 했지만 한중 양국 문인들이 엮은 전기문을 읽고 감명을 받아 쓴
제시로서 전하기도 한다. 대체로 문인·지식인들이 지은 이 작품들
은 더욱 더 안중근에 대한 애도·찬양의 내용을 위주로 하고, 전형적
인 형상화의 기법을 많이 사용했다. 장량 및 창해역사의 형상을 활
용한 여러 작품을 살펴본다. 박은식이 지은 전기문에 수록된 비슷한
경향의 작품들이다.

> 그 누가 철혈 굳게 쥐고서,
> 장검 기대 금성탕지(金城湯池) 철벽방어 끌어내렸나?
> 괴로움 그래도 뿌리 남아있어,
> 잔혹함 진시황에 괴로워하네.
> 군신들 모두 욕됨을 참고 견뎌도,
> 호걸 홀로 슬퍼하며 상심했었지.
> 박랑사의 철퇴가 여태 있었나니,
> 삼한에 나라 아직 안 망했다네.[164]

> 강개하게 한 몸 버려 승냥이와 이리 쫓아내니,
> 한없이 슬픈 바람 불어 나라 위해 죽은 이 애통해하네.
> 노예 모습 기꺼이 함은 살아도 치욕이라,
> 호협한 기상 길이 남기니 죽어서도 향기롭네.
> 철혈 같은 그대 마음 멈추기 힘듦 알았건만,
> 제 산하 찾으려던 소원은 못 이뤘네.
> 사람마다 어이 박랑사의 장량 되랴만,
> 이웃 나라 한국이 망했단 말 못 하리라.[165]

---

164 "何人操鐵血, 仗劍挽金湯, 疾苦依遺類, 兇殘痛始皇. 君臣皆忍辱, 豪傑獨悲傷.
博浪椎猶在, 三韓國未亡."

원수의 옷 위에 피 뿌리나니,
제 한 몸 스러짐을 어찌 아끼랴.
저 진왕의 부거 내리침 내가 비웃나니,
장자방은 아녀자일 뿐이로세.[166]

창해역사 이야기 내 들었나니,
철퇴 하나로 강한 진의 기운 꺾었다지.
그 유풍 영구히 전해왔거늘,
한국에 사람 없다 말하지 말라.[167]

　첫 번째의 오언율시는 장전칭(張震靑)[168]의 「삼가 안선생전에 쓰다
(謹題安先生傳)」로, 가장 일반적인 형상화 양상을 보인다. 수련·함
련은 형가의 고사를 활용했는데, 의거 이후에도 조선에 식민화의 불
행이 계속되었음을 표현했다. 이어서 경련과 미련은 장량의 고사를
활용하여 안중근의 외로운 희생이 헛되지 않고 그 정신이 살아서
조선의 독립을 일깨우게 될 것을 의미했다. 이와 같이 형가와 장량
을 함께 사용하여 형상화하는 경우도 많았다.
　두 번째의 칠언율시는 천위안춘(陳鴛春)[169]의 「안중근 선생을 애
도함(吊安重根先生)」이다. 호협한 기상으로 충만한 안중근이 조국

---

165 "捐軀慷慨逐豺狼, 無限悲風痛國殤. 甘作奴顔生亦恥, 長留俠骨死猶香. 知君鐵
　　血心難已, 還我河山願未償. 安得人人恒博浪, 隣邦不敢謂韓亡."

166 "血濺仇者衣, 何惜一身毁. 笑彼中副車, 子房婦人耳."

167 "我聞滄海士, 一椎摧强秦. 此風流終古, 勿謂韓無人."

168 장전칭: 청말민초 인사. 중국번의 손녀사위인 화이라이(懷來)현 현령 우용(吳永)
　　의 막료로 활동했다.

169 천위안춘: 신해혁명을 주도한 단체인 쑨원의 동맹회(同盟會) 인사. 신해혁명 참
　　여. 『민권보(民權報)』 주관.

회복을 위해 기꺼이 헌신한 희생을 기렸다. 특히 장량의 형상을 통해 결국 그 정신이 멸하지 않을 것임을 노래했다.

세 번째 작품은 차스돤(査士瑞)[170]의 「안중근전에 느낌이 있어 짓다(安重根傳感賦)」로, 역시 '오중부거' 고사를 사용했다. 장량의 진왕(秦王) 암살 계획이 실패한 반면 안중근은 제대로 성사시켰음을 표현했다. 장량이 아녀자 수준이었던 반면에 안중근은 자신의 희생을 대가로 끝내 위업을 이뤄냈다고 찬양했다. 네 번째는 왕타오(王燾)[171]의 「안중근선생전을 읽고(讀安重根先生傳)」 전반부이다. 마찬가지로 장량·창해역사가 진왕의 기세를 꺾어버린 형상화를 통해 안중근의 유풍이 영구히 한국에 전해 내려갈 것[172]임을 노래했다.

이러한 형상화로써 안중근을 애도하고 찬양한 작품들은 일일이 예를 들기 어려울 정도로 많고 대체로 유사하다. 다만 추가하여 한장(漢章)[173]의 「생사자·안중근소전에 쓰다(生査子·題安重根小傳)」는 장량으로 비유하는 가운데 조선의 상황이 갈수록 나빠짐을 안타까워했다. "한 손으로 미친 물결 잡아 당겨도 강물의 흘러내림은 어쩔 수 없네."[174]라고 한 구가 특히 안타깝고 인상적이다.

---

170 차스돤(1877~1961): 원명 종리(鐘禮), 저쟝(浙江) 하이닝(海寧) 사람, 언론인. 소설가 진융(金庸)의 백부.

171 왕타오(1867~1943): 자 베이친(倍欽), 후난(湖南) 헝양(衡陽) 사람, 청말 도쿄 호세이(法政)학당 유학.

172 '종고(終古)'는 "懷朕情而不發兮, 余焉能忍而與此終古."(『초사(楚辭)』·「이소(離騷)」)에서 유래.

173 왕한장(王漢章, 1892~1953): 원명 총환(崇煥), 자 지러(吉樂), 산둥(山東) 푸산(福山) 사람, 남사 회원, 교육자, 갑골문 및 금석학 연구자.

174 "隻手挽狂瀾, 莫補江河下." 여기서 '강하하(江河下)'는 '강하일하(江河日下)' 즉 강물이 날마다 아래로 흘러감을 말하며, 날이 갈수록 상황이 나빠짐을 의미한다.

중국인들은 형가 못지않게 장량으로 많이 비유했고, 더불어 또 다른 영웅적 인물들도 함께 동원하여 효과를 배가시키기도 했다. 몇 작품 더 살펴보고자 한다.

그대는 보지 못했는가,
온화하고 점잖고 의젓한 장자방이,
박랑사에서 귀신같이 몽둥이 내리쳐 호랑이와 이리 놀라게 한 일.
또 보지 못했는가,
양을 몰아 호랑이를 상대했던 송나라 문산[175]이,
의를 취하고 인을 이루느라 늘 험난한 길 갔던 것을.
영웅은 천고에 특별한 혼백을 키워냈으니,
뜻한 바에 성패를 가리지 않고 삶과 죽음을 바꿨네.
안군은 타고난 지혜가 너무나 탁월했고,
뜨거운 피가 끓어올라 바다 물도 데웠네.
……
창주역사가 고금에 빛남은,
의로 나아감에 차분하고도 만족했기 때문이리라.
……
목덜미 피를 옷에 튀기며 겨우 다섯 걸음 걷자,
강성한 이웃은 결국 대들보를 잃었구나.[176]

청조의 일반 관료·정치인이었던 린수성이 지은 「동한열사가」에

---

175 문천상(文天祥, 1236~1283)을 가리킴. 자 이선(履善), 자호 문산(文山). 남송의 충신으로 원나라에 맞서 끝까지 절개를 지켰다.

176 "君不見, 雍容儒雅張子房, 博浪神椎震虎狼. 又不見, 驅羊當虎宋文山, 取義成仁 老間關. 英雄千古孕壽魄, 志莫敗成生死易. 安君元識卓更超, 熱血蒸騰沸海潮. …… 滄州力士古今輝, 就義從容益滿足. …… 頸血濺衣纏五步, 强隣竟已失長城."

서 형상화가 두드러진 부분들이다. 의젓하고 온화한 인품의 장량이 호랑이나 이리같이 폭압적인 진시황을 놀라게 했다는 것은 분명 안중근이 이토를 응징한 의거를 연상시킨다. 이어서 장량의 의기는 송대 문천상이 원나라의 침략에 맞서 끝까지 저항하며 고난을 마다하지 않았던 불굴의 정신으로 이어지고, 다시 안중근에게서 키워지고 실현되었다고 노래했다.

또한 앞서 나온 바 있는 전국시대 조나라 혜문왕 때의 충신이자 책략가인 인상여의 '혈천오보' 고사도 사용했다. 요약하면 인상여는 패자(霸者)이던 진 소양왕(昭襄王)의 무례에 맞서, 다섯 걸음 안에 자신의 목을 찔러 피를 왕에게 뿌리겠다고 일갈하며 조나라를 위기로부터 벗어나게 했다. 역시 언급한 바 있는 당저의 '유혈오보' 고사와 흡사한 내용이다. 인상여는 한때 장군 염파(廉頗)에게 시기를 받기도 했지만 국익을 위해 넓은 도량으로 포용했다. 감동한 염파와 이른바 '문경지교(刎頸之交)'를 맺게 되고, 협력하여 조나라를 굳건히 지켰다. 역시 국가를 위해 의거를 일으킨 안중근이 훌륭한 인품과 지혜도 갖추었음을 연상하게 한다.

여러 작품들에서 안중근에 대해 장량과 형가를 위주로 하고, 다른 다양한 인물 형상들도 함께 비유하여 영웅과 의협으로 긍정적·복합적 이미지를 더욱 제고시켰다. 창사 쉬야헝(長沙徐雅衡)의 「건아행 - 조선 지사 안중근 사전을 적다(健兒行 - 紀朝鮮志士安重根事)」 앞부분을 본다.

> 건아의 기백 한 말의 붉은 빛,
> 철석같은 마음 벼락같은 손으로,

무소와 코끼리 힘껏 내리침 마치 개 잡는 듯했지.
불행히 나라 잃은 노예 되었지만,
유가의 무리 되기는 달갑지 않아,
형가와 섭정 그 짝이 되었지.
같은 하늘을 이고 살 수 없는 임금과 부모의 원수라,
건아가 한국에 보답하려는 마음과 뜻 유후 장량 같았네.[177]

　우선 제목에서 안중근을 건아·지사로 자리매김하고, 시의 내용에서 위기에 처한 조국을 위해 보답하고자 하는 기백과 이를 결연히 실행으로 옮기는 모습을 그렸다. 유약한 유가 무리가 아닌 형가·섭정과 같은 의협의 형상이다. 잇달아 장량의 영웅·지사적 의지도 연결시켰다. 더해져 진정한 사도(士道)의 표상으로 평가했다고 할 수 있다.

　이렇게 형가와 장량으로써 함께 비유하는 내용도 많이 보인다. 주룽취안(朱榮泉)이 지은 「안중근(安重根)」이라는 시의 경련과 미련도 두 인물에 비유하는 내용이다.

　　충의의 마음 고되게 지켜오다,
　　대사를 끝냈으니 이제 어찌 쓰일꼬?
　　이와 견줄 우리나라 사람 찾아보니,
　　형가의 비수요 장량의 철퇴로다.[178]

177　"健兒膽紅一斗, 鐵石心霹靂手. 力搏犀象如屠狗, 不幸爲亡國奴. 不屑爲儒家流, 荊卿聶政乃其儔. 戴天不共君父讐, 健兒報韓心志同留侯."
178　"忠肝義膽苦支持, 大事去矣安用之? 試取邦人作比例, 荊卿匕首子房椎."

중국인들은 충의의 표상으로서 형가와 장량을 먼저 떠올리는 경향이 컸고, 이들을 자연스럽게 안중근과 연계시켰다.

　　중국적 인물 형상화와 비유가 특히 다채로운 작품으로 왕샤오농(汪笑儂)[179]이라는 경극 배우 겸 작가가 지은 「조선 자객에게 바침(贈朝鮮刺客)」을 들 수 있다. 당시의 동아시아 정국을 한 편의 극으로 설정하고, 앞서 언급한 여러 인물들을 함께 등장시킨 점이 매우 특색 있다.

> 아시아에서 연출된 연극 예사롭지 않으니,
> 절세의 걸출한 인재 죽음으로 막을 내리네.
> 잡배이던 형가 공연히 욕설 내뱉고,
> 필부이던 예양 그저 미치광이인 양했었지.
> 하루살이도 이제 큰 나무 흔들 수 있고,[180]
> 땅강아지나 개미도 긴 제방 쉽게 무너뜨릴 수 있지.[181]
> 당시 박랑에서 철퇴가 날래지 못했거늘,
> 부거 잘못 내리친 장량을 비웃노라.[182]

179　왕샤오농(1858~1918): 원명 더커진(德克金), 자 룬톈(潤田), 호 양톈(仰天), 만주 사람. 청말민초의 저명한 경극 극작가 겸 배우로, 경극개량운동에 큰 역할을 했다.

180　'부유감대수(蜉蝣撼大樹)'라는 성어를 사용했다. 본래는 '하루살이가 큰 나무를 흔들다' 즉 스스로 자기 힘을 헤아리지 못함을 비유한다. 출처는 명대 유창(劉昌)의 『현사쇄탐시재오물(懸笥瑣探恃才傲物)』에 나오는 "湯家公子喜夸詡, 好似蜉蝣撼大樹."라는 구절이다.

181　큰 제방도 땅강아지나 개미의 구멍과 같은 작은 힘에 의해 무너질 수 있음을 의미한다. 출처는 『한비자(韓非子)』·「유로(喩老)」에 나오는 "千丈之堤, 以螻蟻之穴潰, 百尺之室, 以突隙之煙焚."이라는 구절이다

182　"亞洲演出劇非常, 絕世雄才此下場. 小輩荊軻徒嫚罵, 匹夫豫讓但佯狂. 蜉蝣大樹今能撼, 螻蟻長隄未易防. 博浪當年錐不利, 副車誤中笑張良."

위는 배율(排律)의 후반부 내용이다. 형가와 예양이 대사를 도모하기 위해 수모를 견디며 절치부심하던 모습, 장량이 진왕을 추살하려던 목적을 달성하지 못한 상황, 반면에 의거를 성사시킨 안중근의 통쾌한 모습을 마치 경극 무대 보듯이 묘사했다. 또 하루살이도 큰 나무를 흔들 수 있고, 큰 제방도 땅강아지나 개미구멍 같은 작은 힘에 의해 무너질 수 있다는 비유를 통해 작은 노력들이 쌓여 언젠가는 큰 뜻을 이루게 될 것이라는 희망의 메시지를 덧붙였다.

한편 비교적 적게 사용된 인물 형상으로 신포서(申包胥) 등도 있다. 예를 들어 억(憶)이라는 필명의 작자는 「안중근(安重根)」[183]에서 다음과 같이 노래했다.

> 계책 다하여 진나라 조정에서 울었건만,
> 한국 망한 원한 아직 추슬러지지 않았네.
> 팔이 잘리고도 끝내 경기를 도모하고,[184]
> 의로움에 참을 수 없었던 전횡[185]이로다.

---

183 이 작품은 『숭덕공보(崇德公報)』 1915년 1기 「문원(文苑)」에 발표된 것이고, 이랑(翼郎)이라는 필명으로 발표된 같은 작품(『약한성(요한의 목소리, 約翰聲)』 1918년 29권 8기)도 있다. 이랑 또는 천이랑(陳翼郎) 명의의 「금루곡·안중근전에 쓰다(金縷曲·題安重根傳)」(『신주(神州)』 1914년 1권 2기, 『민국일보(民國日報)』 1916.9.25., 『신세계(新世界)』 1918.5.25.)라는 작품도 있다. 내용은 대동소이하다.

184 요리가 경기(慶忌)를 암살한 고사를 사용했다. 경기는 춘추 시기 오왕 료(僚)의 아들이다. 여러 역사서의 관련 기재가 일치하지는 않지만, 합려가 자객 요리를 보내 조카인 경기를 살해하고 왕위를 탈취했다는 설이 있다. 요리는 암살에 앞서 경기의 신임을 얻기 위해 자신의 처자식을 죽이게 하고 팔 한쪽도 자르게 했다고 한다. (『좌전(左傳)』·「애공이십년(哀公二十年)」, 『오월춘추(吳越春秋)』·「합려내전(闔閭內傳)」) 여기서는 앞서 량치차오의 시에도 등장한 요리가 자신을 희생해 가며 자객의 임무를 수행함을 비유했다.

차라리 국민 위해 죽을지언정,
노예로 살기 달가워하지 않았네.
하루아침에 공분 씻었으니,
웃음 머금고 희생으로 나아가노라.[186]

애국지사의 형상인 신포서와 그 고사를 사용하여 안중근을 애도
했다. 신포서는 초소왕(楚昭王) 때의 대부이다. 초나라에 원한을 가
졌던 오자서(伍子胥)의 계략에 따라 오(吳)나라가 초나라를 공격하자
초의 운명이 위태롭게 되었다. 이에 신포서가 진(秦)에 가서 7일 동
안이나 식음을 전폐하고 울면서 애공(哀公)에게 초의 절박한 상황을
알리며 구원을 요청했다. 애국충정에 감동한 애공이 초를 구원했다.
안중근도 자신을 아낌없이 희생했지만, 신포서와 달리 한국 멸망의
원한을 다 풀어내지 못했다고 안타까워 한 것으로 보인다. 또 계속
해서 요리와 전횡(田橫)으로도 비유하여 안중근의 애국적이고 희생
적인 모습을 표현했다.

다음으로 앞서 인용한 린둥의 「안중근」도 전반부에서 형가와 서
부인의 비수로써 안중근과 의거를 비유하고, 잇달아 널리 알려지지
않은 동공(董公)이라는 영웅적 인물로 안중근을 형상화했다.

---

185 디(狄)현, 지금의 산둥(山東) 까오칭(高靑) 사람. 전국 시기 칠웅 중 하나이던
제(齊)의 종실 전(田)씨의 일족이다. 형들과 함께 제를 농락하던 진(秦)에 반기를
들고 제를 다시 일으켰다. 유방이 천하를 평정하자 빈객 5백여 명과 함께 지금의
전횡도(田橫島)에 숨어 살았다. 한나라에 소환되어 뤄양(洛陽)으로 가던 중에 포
로가 된 수치스러움에 자결했다. 소식을 들은 빈객들도 자결했다. 그들을 '전횡오
백사(田橫五百士)'라 하며 의기를 높이 평가한다.

186 "計絕秦庭哭, 韓亡怨未平. 手終圖慶忌, 義不忍田橫. 寧爲國民死, 不甘奴隸生.
一朝雪公憤, 含笑就犧牲."

씩씩한 동공 속으로 자신을 다잡아,
몸 죽을 줄 알면서도 원망의 말 없었지.[187]

동공은 한고조 유방이 군대를 이끌고 뤄양(洛陽)에 이르렀을 때 막아서서 정당한 명분을 강조했던 신성(新城)의 삼로(三老) 중 한 사람이다. 강자의 무도한 침략에 대해 동양평화의 정당한 명분으로 맞서 결연히 행동하고도 끝내 '원망의 말이 없었던' 안중근을 비유하는 데 활용되었다고 할 수 있다.

이렇게 안중근에 대해 다양한 영웅·지사로 형상화하며 그 결연한 의기와 희생정신을 칭송하고 안타까워했다. 꾸스(顧實)[188]라는 문인이 지은 「조선 의사 안중근을 애도함(哀朝鮮義士安重根)」도 그러한 경우로, 노양공(魯陽公)을 활용했다.

아침 해는 선홍 빛 저녁 해는 누른 빛,
한 목숨 내던져서 함께 죽기 원했다네.
가련타 의협의 기개 천고에 공허하니,
창 휘둘렀어도 노양공은 못되었네.[189]

안중근의 의기와 희생을 기리며, 동시에 대세를 돌이킬 수 없음도 애석해했다. 노양공이 창으로 태양을 들어 올렸다는 이른바 '노양지과(魯陽之戈)' 전고를 사용했다. 전국시대 초나라 노양공이 한(韓)나

---

187 "健者董公衷自捫, 定知身死無怨言."
188 꾸스(1878~1956): 자 티성(惕生), 쟝수(江蘇) 우진(武進) 사람, 고문자학·제자백가학 분야의 저명 학자.
189 "朝日鮮紅暮日黃, 願拚一死與偕亡. 可憐俠骨空千古, 縱使揮戈不魯陽."

라와 한창 격전 중에 해가 저물자, 자기 창으로 해를 들어 올려 멈추게 했다고 한다.[190] 신화적 인물의 과장된 성취를 빗대며, 안중근이 현실에서 대세를 바꿀 수 없었던 안타까움을 표현했다.

위의 시가들은 대체로 오사운동 무렵까지 나온 것들이다. 1920년대에는 작품 숫자가 적어졌다. 그러다가 1930년대로 들어서며 중국에서는 본격적으로 옥죄어 오는 일제에 맞서 항일애국의 분위기가 고조되었고, 그에 따라 '안중근'이 다시 유용한 제재가 되었다. 그리고 이 시기에도 중국 특유의 인물 형상화 및 전고 사용 전통이 이어졌다. 장레이(張磊)[191]의 「조선 열사 안중근전을 읽고(讀朝鮮烈士安重根傳)」라는 작품도 앞서 나온 인물 형상을 고루 사용하여 왕샤오농의 시가와 같이 다양한 묘사를 보였다. 중단 이후의 내용이다.

> 예양은 굳이 재를 삼켰고,
> 신포서는 펑펑 눈물 흘렸지.
> 손가락 자르니 천지가 놀라고,
> 철퇴 빌어 장량을 비웃었네.
> 일격에 천하가 놀라니,
> 흑룡주에서 이토를 죽였노라.
> 당당함은 해와 달처럼 빛나고,
> 늠름함은 구미에도 널리 알려졌네.
> 빼어난 공로 기쁘게 이루어져,
> 하비에서 노닐지 않았노라.

---

190 『회남자(淮南子)』·「남명훈(覽冥訓)」에 보임.

191 장레이: 산둥 허저(菏澤) 사람. 노광(路礦)학당 재학 시 학교 문예지에 이 시가를 발표했다.

용맹스러운 고점리·형가·섭정이,

어찌 눈물 흘리며 초나라 죄수[192]를 본받으랴!

검은 포승줄로 묶고[193] 그 죄를 나무라며,

강압적으로 수사했지.

인을 이루고 의를 취했으니,

웃음을 머금고 단두대에 오를 뿐.

혼은 돌아가 사당은 어둡고,

혈주에 귀신도 애처롭구나.

비록 몸은 죽을지언정,

어찌 혹시라도 마음을 멈추게 하랴.

나의 동포에게 말 전하노니,

나라의 치욕과 근심 잊지 마시길.[194]

　　매우 다양한 인물들에 비유하며 전형적인 형상화 양상을 보여 예로 들었다. 예양·신포서·장량·고점리·형가·섭정 등을 모두 동원했다. 동시에 안중근의 단지(斷指)와 의거·재판·순국 상황 그리고 유지(遺志)까지 적절히 안배한 치밀한 구성이 엿보인다.

　　이러한 중국의 역사 인물들은 공통적으로 표상하는 바가 있다. 강건한 '사도'이다. 당시 중국인들이 자신들도 제국주의 열강으로부

192　초수(楚囚)는 본래 춘추 시기 초나라의 훈공(勳公)인 종의(鍾儀)를 가리킨다. 진(晉)나라에 포로가 되어 초수라 불렸다. 진의 제후가 음악을 연주해 보라고 시키자 고국 초나라 음악을 연주하여 고국을 배신하지 않음을 나타냈다. 진의 제후가 이를 높이 사 종의를 돌려보내 양국 간의 우호를 도모했다.

193　유설(縲絏)은 죄인을 검은 포승으로 묶음, 즉 잡혀서 갇혀 있는 몸을 뜻한다.

194　"豫讓炭枉呑, 包胥淚漫流. 斷指警天地, 借錐笑留侯. 一擊驚天下, 殲伊黑龍洲. 堂堂光日月, 凜凜溢美歐. 奇功欣成就, 不作下邳遊. 烈烈高荊聶, 泣豈效楚囚. 縲絏非其罪, 強權嚴搜求. 成仁兼取義, 含笑上斷頭. 魂歸宇廟暗, 血洒鬼神愁. 縱使身可死, 豈敎心或休. 寄語我同胞, 莫忘國恥憂."

터 수모를 겪으며 국가를 구원할 수 있는 품성·정신이라고 여긴 것이다. 그 전형이 수립되기를 바랐고, 궁극적으로는 그것이 일반 국민들에게까지 국민성으로서 보편화되기를 염원했다. 량치차오가 『중국지무사도(中國之武士道)』 등의 저술을 통해 수립하고자 했던 '무사도'와도 일맥상통한다. 중국인들은 위기 속에서 강건한 리더십을 추구했다.

국가사회 지도층의 리더십과 관련하여 안중근은 롤 모델이 되었다. 량치차오는 『중국지무사도』에서 무사도 , 나아가 사도의 표상으로서 공자를 비롯한 73명의 인물들을 제시했다. 그중에는 「가을바람 등나무를 꺾다」와 「조선을 애도하는 노래 오율 24수」에서 안중근으로 비유한 형가와 선진·요리·예양·연 태자 단·장량 등도 포함된다.[195] 다시 강조하자면, 안중근은 암살자 이미지의 자객이 아니라 이상적인 국민성을 고루 갖춘 국가사회 리더의 전형이었다.

한편 안중근 관련 시가에는 당연히 이토 히로부미도 등장한다. 비슷한 맥락에서 일부 시가는 그를 영웅·지사의 형상으로 묘사하기도 했다. 간략히 논의하면, 이토에 대해서 중국인들은 두 가지 상반된 인식과 감정을 표출했다. 물론 "흉악한 도적 탄식하며 죽나니, 그 몸뚱이 길가에 거꾸러진다."[196]라며 일제의 무도함을 상징하는 인물이 척살된 데 대해 통쾌해하기도 했다.[197]

하지만 자신들도 염원하던 개혁과 부국강병을 이끈 롤 모델의 죽

---

195 최형욱, 「량치차오의 『중국지무사도』 저술을 통한 이상적 국민성의 기획」, 『중국어문학론집』 115, 중국어문학연구회, 2019, 23~24쪽 참고.
196 "兇賊嗚呼死, 血軀倒路旁."
197 상성차이, 「꽃다운 혼을 애도함」.

음에 대해 안타까워하기도 했다. 그 영웅적 면모를 형상화하여 찬양하기도 했다. 제갈량을 비롯하여 안영·관중·악의·무원형 등 역대 주요 정치·군사 지도자들로 비유했다.[198] 앞 장에서 논의한 바 있으므로 하나만 다시 예로 들면, 「가을바람 등나무를 꺾다」 38행에서 안중근을 장량에 비유하면서도 동시에 이토를 무원형으로 빗대어 애도했다.

> 내각에선 이미 무원형을 잃었고,
> 박랑에선 비로소 창해객에게 놀래는구나.[199]

내각은 일본의 내각, 무원형은 이토 히로부미를 가리키는데, '잃었다'는 표현으로부터 자신이 갈망하던 중국 유신의 롤 모델이 스러져간 것에 대한 일말의 안타까움도 내비친 것으로 보인다. 제삼자인 량치차오의 미묘한 심정을 엿볼 수 있다.

이밖에 중국인들의 일부 시가에서 이토가 '신선처럼 교묘하고 변화무쌍하다'느니 '당당한 칠 척'이니 하는 실제 모습과 전혀 맞지 않는 표현까지 사용해 가며 위인으로 형상화했다. 이로써 근대 이행기 많은 중국 지식인들이 갈구한 국가 사회 리더의 형상은 안중근처럼 충·의·용·희생정신·진취성·상무정신 및 강한 의지 등 이상적인 국민성을 고루 갖춘 모습이었지만, 내심 이토 히로부미처럼 부국강병의 근대화를 선도하는 강력한 군국주의 지도자의 역량도 포함시

---

198 마침 안중근 형상화에 활용된 인물과 겹치지 않는다.

199 "閣門已失武元衡, 博浪始驚倉海客."

키고 흠모했음을 알 수 있다.

　전체적으로 정리해 보면 이렇다. '안중근' 제재 중국 시가 중 일부는 인물 형상과 전고를 거의 사용하지 않고 직설적으로 안중근을 기렸다. 앞서 살펴본 쑨원이나 위안스카이가 지은 것으로 전하는 작품들이 대표적이다. 진지함이 덜한 것은 아니다. 다만 대부분은 고대 중국의 수많은 인물 형상과 전고를 적극 활용했다. 중국 문학의 전형적인 표현기법이고, 이를 즐겨 썼다. 인물 형상과 전고에 익숙하고 평소 충분한 공감대를 가지고 있던 중국인들에게 쉽게 수용되었을 것으로 생각한다. 이때 그 목적의식은 결국 중국을 위한 계몽과 교훈을 보다 효과적으로 추구하는 것이다.

　중국인들에게 있어서 멸망한 조선은 반면교사였지만, 안중근만큼은 국가를 위한 충의와 희생정신의 정면교사로서 적극 찬양했다. 안중근을 다양한 인물로 형상화하여 감동과 계몽의 효과를 배가시키고자 했다. 가장 초기에 발표된 량치차오의 「가을바람 등나무를 꺾다」가 형상화의 전형을 보여준다. 다양한 인식과 감정을 시종일관 인물 형상과 전고들을 통해 비유적으로 표현했다.

　안중근의 형상화에 활용된 인물들은 두 부류로 나뉜다. 한 부류는 '자객'·'협사'로 규정할 수 있는 인물들이다. 추호도 죽음을 두려워하지 않고 의거를 벌인 안중근의 의기를 호방하고 담대한 인물과 고사로 형상화하여 애도·찬양했다. 가장 많이 비유한 인물은 형가였고, 예양·요리·섭정·고점리·의료 등등도 적절히 활용했다.

　다만 자칫 부정적 형상화로 생각할 수 있는 부분이 있다. 일반적으로 '자객'이라는 말은 '전문적으로 사람을 몰래 죽이는 일을 하는 사람, 암살자'로 치부되는 경향이 있다. 더구나 의거 이후 중국 언론에서는 안중근을 무모한 암살행위를 한 테러리스트로 보는 경향도 있었다. 때문에 피상적으로는 암살자를 연상하여 테러리스트로 형상화한 것으로 오해할 소지가 생긴다. 그러나 중국 시가에서 안중근 형상으로 비유된 자객들은 그러한 부정적이고 편협한 의미의 표상이 아니었다. 전체적으로 인물들의 특징은 무도한 '자객'의 이미지가 아니라 '의협'의 인품을 지닌 매우 긍정적인 이미지였다. 권력자의 사주와 관계없이 스스로 충의와 복수를 함께 실천한 '사도'의 상징, 국가사회 리더의 형상이었다. 사실 사마천의 「자객열전」 등에 보이는 자객의 개념이 그러했고, 시가에서 본래의 개념대로 적절히 활용했다고 할 수 있다.

안중근의 형상화에 활용된 인물들의 다른 한 부류는 '영웅'·'지사'로 규정할 수 있는 인물들이다. 오해의 소지가 없는 긍정적 형상화이다. 한나라 건국에 공헌한 장량이 가장 많이 활용되었다. 선진·양의·당저·인상여·신포서·동공·노양공·문천상 등도 동원되었다. 특히 장량에 대해서 중국 역사의 '위인'으로서 그 불굴의 정신 즉 중국적인 영웅·의협의 정신이 안중근에게 이어졌음을 강조하기도 했다. 또 한편으로 장량은 거사에 실패했지만 안중근은 자신의 희생을 대가로 끝내 위업을 이뤄냈다고 찬양하고, 그 유풍이 영구히 한국에 전해 내려갈 것임을 노래하기도 했다. 고난 속의 중국인들이 스스로를 북돋는 '희망'의 비유와 서사이다.

중국 시가들은 형가와 장량을 위주로 하고, 다른 다양한 인물 형상도 함께 활용하여 의협·영웅과 지사·위인으로 안중근의 긍정적 이미지를 더욱 제고시켰다. 이러한 다양한 인물 형상의 총합은, 중국인들이 근대 전환기에 자신들도 제국주의의 핍박으로 고난을 겪는 가운데, 국가를 구원할 수 있는 '사도' 즉 강건한 리더십의 전형으로서 수립되기를 갈망했던 것이다. 궁극적으로는 그것이 일반 국민들에게까지 내면화되어 이상적 국민성으로서 뿌리내리길 염원했던 것이기도 하다.

강조하자면, '사(士)'의 모범과 관련하여 안중근은 시의적절한 정면교사였다. 암살자로서의 자객이 아니라 충·의·용·희생정신·진취성·상무정신 및 강한 의지 등 이상적인 국민성을 고루 갖춘 국가사회 리더의 전형이었다. 때문에 중국에서 의협과 위인으로 표상되었고 많은 시가로 노래될 수 있었다. 아울러 일부 시가는 비슷한 취지에서, 이토 히로부미에 대해서도 개혁과 부국강병을 이끈 영웅적 면모를 형상화하여 찬양했다. 물론 그를 진시황으로 형상화하여 폭군·폭도로 비판한 경우도 있었지만, 반대로 제갈량이나 안영·관중·악의·무원형 등 역대의 걸출한 정치·군사 지도자들로 비유하기도 했던 것이다.

시는 노래요, 노래는 투쟁이고 위로이다. 사람과 시대를 이해하는 데 큰 의미가 있다. 고난의 시대일수록 그러하다. 안중근 외에 윤봉길이나 이봉창과 관련된 중국인들의 시가도 있다. 희곡·전기·기사문 등도 있다. 추가적으로 살펴보고자 한다.

제2부

시가 50선 감상

안중근 제재 시가 50선 목록

	제목	작자	출처 및 발표 시기
1	제목 미상	쑨원 孫文	만고의사안중근전(1917)에 수록
2	안중근 의사 安重根義士	위안스카이 袁世凱	여러 전기문에 수록
3	가을바람 등나무를 꺾다 秋風斷藤曲	량치차오 梁啓超	음빙실문집(飮氷室文集) 1910년 2·3월 경
4	조선을 애도하는 노래 오율 24수 朝鮮哀詞五律二十四首	량치차오 梁啓超	국풍보(國風報) 1910년 9월 21기
5	제목 미상	차이위안페이 蔡元培	여러 전기문에 수록
6	조선 건아의 노래 朝鮮兒歌	천쟈후이 陳嘉會	선산학보(船山學報) 1932년 1기 (1909년 작?)
7	생사자·안중근을 애도함 生査子·吊安重根	후위에 胡月	창랑잡지(滄浪雜誌) 1910년 3기
8	안중근 安重根	린동 林棟	매호음고(梅湖吟稿) 1910년에 수록
9	한국의 안중근에게 감응하여 지음 爲韓國安重根感作	작자 미상	민심(民心) 1911년 2권
10	한인 안중근 의거에 감응하여 도비 견회시의 운을 차운함 感韓人安重根事次道非見懷詩均	까오쉬 高旭	남사(南社) 1912년 1기
11	안중근시 安重根詩	황칸 黃侃	문예구락부(文藝俱樂部) 1912년 1권 2기
12	조선 의사 안중근을 애도함 哀朝鮮義士安重根	꾸스 顧實	장수제삼사범학교교우회잡지 (江蘇第三師範學校校友會雜誌) 1912년 1기
13	이토 히로부미를 애도함 吊伊藤博文	황칸 黃侃	박은식 안중근전 (安重根傳, 1912년)에 수록
14	안중근전을 읽고 讀安重根傳	조우정진 周曾錦	위 전기문에 수록

15	동한열사가 東韓烈士歌	린수성 林樹聲	위 전기문에 수록
16	하얼빈의 총격 소식을 듣고 聞哈爾濱炮擊	신규식 靑邱恨人	위 전기문에 수록
17	뤼순에서의 형 집행을 애도하며 悼旅順受刑	신규식 靑邱恨人	위 전기문에 수록
18	안중근선생전에 삼가 씀 謹題安重根先生傳	뤄허린 羅洽霖	위 전기문에 수록
19	삼가 안선생전에 쓰다 謹題安先生傳	장전칭 張震靑	위 전기문에 수록
20	안중근 선생을 애도함 吊安重根先生	천위안춘 陳鴛春	위 전기문에 수록
21	안중근전에 느낌이 있어 짓다 安重根傳感賦	차스돤 查士瑞	위 전기문에 수록
22	안중근선생전을 읽고 讀安重根先生傳	왕타오 王燾	위 전기문에 수록
23	안 열사를 애도함 悼安烈士	황성아부 皇城啞夫	위 전기문에 수록
24	제목 미상	이광 醒庵	위 전기문에 수록
25	제목 미상	일석 一石	위 전기문에 수록
26	삼가 안중근선생전에 쓰다 敬題安重根先生傳	왕양 汪洋	국민월간(國民月刊) 1913년 1권 1기
27	금루곡·안중근전에 쓰다 金縷曲·題安重根傳	청산즈 程善之	국민월간(國民月刊) 1913년 1권 1기
28	생사자·안중근소전에 쓰다 生査子·題安重根小傳	왕한장 漢章	윈난(雲南) 1913년 1기
29	이토를 애도함 哀伊藤	션루진 沈汝瑾	여러 전기문에 수록
30	안중근 安重根	(천)이랑 (陳)翼郎	숭덕공보(崇德公報) 1915년 1기

31	건아행 - 조선 지사 안중근 사건을 적다 健兒行 - 紀朝鮮志士安重根事	쉬야형 徐雅衡	대하총간(大夏叢刊) 1915년 1권 1기
32	제목 미상	디위 狄郁	정위안(鄭沅)의 전기문 『안중근(安重根)』에 수록
33	제목 미상	왕자오 王照	위 전기문에 수록
34	제목 미상	민얼창 閔爾昌	위 전기문에 수록
35	제목 미상	야오지잉 姚季英	위 전기문에 수록
36	안중근 安重根	예통핑 葉舟-필명	위 전기문에 수록
37	조선 자객에게 바침 贈朝鮮刺客	왕샤오눙 汪笑儂	촌심(寸心) 1917년 제5기
38	안중근 安重根	주룽취안 朱榮泉	약한성(요한의 목소리, 約翰聲) 1918년 29권 8기
39	대한 의사 안중근을 애도하며 산려에 보이다 悼大韓義士安重根示汕廬	린징주 林景澍	진단(震壇) 1921년 14기
40	한국 의사 안중근 선생을 애도함 挽韓義士安重根先生	조우지광 周霽光	진단(震壇) 1921년 14기
41	가을바람 등나무를 꺾다 秋風斷藤曲	후윈산 胡蘊山	오구월간(五九月刊) 1927년 2월
42	조선 열사 안중근전을 읽고 讀朝鮮烈士安重根傳	장레이 張磊	광대학생(礦大學生) 1931년 1기
43	망국애곡 - 조선을 애도함 亡國哀曲 - 弔朝鮮	호우야오 侯曜	민성주보(民聲週報) 제12기 1931년 3월
44	안중근을 노래함 詠安重根	왕아오시 敖溪	사회일보(社會日報) 1931년 10월
45	의사 형가를 슬퍼함 - 이웃 나라 영웅에게 바침 傷義士荊軻 - 獻給隣國的一位英雄	야오수펑 蘇鳳	민국일보(民國日報) 1932년 1월

46	꽃다운 혼을 애도함 悼英魂	상성차이 商生才	현촌자치(縣村自治) 1932년 2권 7기
47	안중근을 애도함 弔安重根	왕아오시 王放溪	사회월보(社會月報) 1935년 1권 9기
48	조선인 朝鮮人	차오라이 草萊	문예월간(文藝月刊) 제1권 12기 1938년 6월
49	나는 당신의 조국을 생각합니다 我懷念着你的祖國	완중 萬衆	대로반월간(大路半月刊) 1940년
50	안중근을 애도함 吊安重根	즈위 智蔚	자카르타화교공회월간 (吧達維亞華僑公會月刊) 1941년 2권 1기

이상 50선을 번역·해설했다. 1~12 작품들은 초기 작품들로 사실상 순서에 큰 의미가 없다. 다만 당시 중국 지도자들의 작품을 최대한 앞에 배치하여 '안중근'의 중요성을 강조했다. 13부터는 대체로 발표 시기를 추정하여 순서를 정했다.

제목 미상[1]

쑨원[2]

공적 삼한 덮고 이름 만국 떨쳐,

살아 백년 못 누려도 죽어 천년 사네.

나라 약해 죄인 되고 나라 강해 재상되니,

설령 처지 바뀌었어도 또한 이토가 노렸으리.

題目不詳

孫文

功蓋三韓名萬國, 生無百歲死千秋.

弱國罪人强國相, 縱然易地亦藤候.

---

1 이 시는 안중근의 국문 약전인 『만고의사 안중근전』에 실려 있다. 이 약전은 1917
   년 12월 블라디보스토크 신한촌(新韓村) 한인신보사(韓人新報社)에서 석판으로
   간행된 『애국혼(愛國魂)』 등 일부 전기문에 수록되어 있다. (약전은 윤병석 역편,
   『안중근전기전집』에 수록) 다만 이 작품이 진짜 손문의 작품인지에 대해서는 좀
   더 연구해야 할 필요가 있는 것으로 생각된다. 특히 이 작품의 제2구와 이어서
   소개할 위안스카이 작품의 제4구가 완전히 일치하고, 두 작품 모두 출처가 명확하
   다고 할 수 없기 때문이다. 공히 타인의 가탁을 배제할 수 없다.
2 쑨원(1866~1925): 화명 중산챠오(中山樵), 광동 샹산(香山) 사람. 중화민국의 창
   시자, 정치인·혁명가로서 신해혁명을 주도하고 국민당을 이끌며 '삼민주의'를 주
   창했다.

안중근 의사[3]

위안스카이[4]

평생 꾀하던 일 그저 이제야 마쳤으니,

사지에서 생을 도모함 장부가 아니라네.

몸은 삼한에 있다지만 이름 만국 떨쳐,[5]

살아 백년 못 누려도 죽어 천년 살리.

安重根義士

袁世凱

平生營事只今畢, 死地圖生非丈夫.

身在三韓名萬國, 生無百歲死千秋.

---

3 최초 출처 및 시기 미상. 후대의 여러 전기 및 연구 자료 등에 수록되어 있다.
이 위안스카이의 시에 대해서도 많은 연구 및 저술에서 출처를 밝히지 않거나,
서로 2차 자료를 출처로 제시하고 있어 신빙성을 떨어뜨린다. 더구나 이 시의 제4
구와 쑨원 시의 제2구가 완전히 일치하는 점도 의심을 가중시킨다.

4 위안스카이(1859~1916): 자 웨이팅(慰廷), 호 룽안(容庵), 허난(河南) 샹청(項城)
사람. 리훙장(李鴻章)의 막료 출신으로, 1882년 임오군란 당시 청군을 이끌고 조
선에 파견되어 특히 1884년 갑신정변을 계기로 두각을 나타내기 시작했다. 이후
청조에 중용되고 북양정부의 최고 지도자가 되었다. 신해혁명 후 중화민국 초대
총통에 올랐다. 친일 외교정책을 편 바 있다.

5 이 작품은 1956년 해원(海圓) 황의돈(黃義敦)이 『안의사중근전[安義士(重根)傳]』
이라는 제목으로 동아일보에 연재한 전기문에도 수록되어 있는데, 여기서는 '만국
(萬國)'이 '만고(萬古)'로 되어 있다.

가을바람 등나무를 꺾다

량치차오[6]

가을 피리 관산월[7] 가락을 연주하고,

역로의 푸른 등불 붉은 눈을 비추네.[8]

대국은 돌아온 선진(先軫)[9]의 수급 슬퍼하고,

망국 유민은 위공[10] 피에 눈물 흩뿌리네.

유민들 기자의 자손임을 슬퍼하매,

거친 수레에 비옷 입고 삼한을 여시었네.

세파 피해 진(秦)나라 역법 이미 망해 없건만,

---

6 량치차오(1873~1929): 자 주오루(卓如), 호 런공(任公), 필명 인빙스주런(飮氷室
   主人), 광둥 신후이(新會) 사람. 청조 및 중화민국의 정치인·사상가·문학가·언론
   인. 캉유웨이(康有爲)의 제자로 유신파 대표 인물이다. 량치차오는 기자로서 안중
   근 재판을 방청한 바 있고, 재판 상황이 시가 내용에 담겨 있다. 이 작품을 지은
   시기를 확정하기는 어려우나, 내용상 1910년 재판을 참관한 후 수개월 안에 지은
   것으로 추정한다.

7 관산월(關山月)은 원래 변새의 경치와 병사의 정서를 읊은 악부시(樂府詩) 고각횡
   취곡(鼓角橫吹曲)이다. 이백(李白)이 악부의 제목을 빌려 지은 오언고시로도 유
   명하다.

8 의거가 있던 날 밤, 하얼빈 역의 정경을 묘사한 것으로 보인다.

9 선진(?~B.C.627)은 춘추 시기 진(晉)나라 사람으로 진초(晉楚)의 성복지전(城濮
   之戰)에서 초군을 대파하고 진문공(晉文公)을 보좌하여 오패의 하나가 되게 했다.
   B.C.627년에는 효(崤)에서 진(秦)나라 군대를 격파하고 맹명(孟明) 등 세 장수를
   사로잡았다. 그러나 이어 적인(狄人)과의 전투에서 전사했다. 『좌전(左傳)』·「희
   삼십년(僖三十年)」에 "투구를 벗고 적진에 들어갔다가 죽었다. 적인(狄人)이
   그 머리를 돌려보내니 얼굴이 마치 살아있는 듯했다. (免冑入敵師, 死焉. 狄人歸
   其元, 面如生.)"라고 되어 있다.

10 위공(威公)은 양의(楊儀)의 자이며, 중국의 삼국시대 촉한의 양양(襄陽) 사람이
   다. 충의로 이름 높았다.

우문으로 한(漢)나라 의관을 다시 봤지.

곤어의 거센 물결에 해약(海若)이 달아나고,[11]

서방 미인들 말머리를 동쪽으로 향하누나.[12]

한양의 여러 희(姬)씨[13] 두셋조차 안 남았고,

가슴 속의 운몽(雲夢)[14]늪 여덟아홉 삼키려 하네.

그 때에 바다 위 삼신산[15]에서는,

검선과 기객들 때때로 왕래했네.

진단(陳搏)은 천년 꿈에서 이제 막 깨어나고,[16]

도간(陶侃)은 한 나절의 한가로움도 못 훔쳤지.[17]

그 가운데 한 신선이 갖은 변화 멋대로라,

---

11 일본이 강자로 부상하면서 동방에 환란이 시작됨을 비유한다.

12 서방의 열강들이 중국 및 조선을 향해 침략해 들어옴을 의미한다.

13 한양제희(漢陽諸姬)란 주(周)나라와 같은 성씨인 한수(漢水) 이북의 희(姬)씨 제
    후국들이라는 의미로, 여기서는 중국의 번속국들을 가리킨다.

14 운몽은 초나라의 큰 늪으로, 한위(漢魏)시기까지는 범위가 넓지 않은 것으로 묘사
    되었으나, 진(晉) 이후의 경학가들은 점점 더 넓게 기술한 특징이 있다. 여기서는
    한수 이북의 여러 나라들이 초나라에 멸망하듯이 중국이 열강들에게 점차 침략
    당함을 비유한다.

15 일본을 가리킨다.

16 진단(?~989)은 오대와 북송 간의 도사이다. 자가 도남(圖南), 호가 부요자(扶搖
    子)이다. 무당산(武當山)에 은거했다. 나쁜 기를 뱉고 신선한 기를 마시며 음식을
    끊고, 한 번에 백여 일씩 잠들어 일어나지 않았다고 한다. 송태조가 희이(希夷)선
    생이라는 호를 하사했다. 이 구절은 일본이 메이지유신 이후 긴 잠에서 깨어남을
    비유한다.

17 도간(259~334)은 동진(東晉)의 명신으로, 형주자사(荊州刺史) 유홍(劉弘)이 부
    관인 장사(長史)로 삼았다. 명제(明帝) 때에 장창(張昌)·진민(陳敏) 등이 잇달아
    난을 일으키자 이를 평정했다. 시중태위(侍中太尉)까지 오르고 장사군공(長沙郡
    公)에 봉해졌다. 충순근검하고 시간을 소중히 여길 것을 강조했다. 여기서는 메이
    지유신의 여러 신하들을 의미한다.

적송자(赤松子)의 술법에다 동방삭(東方朔)을 배웠구나.[18]

요지[19]의 신령스러운 풀 가져다 옮겨와서,

장차 동해 옮겨 심자 섬나라에 뽕밭이 가득하구나.[20]

누대는 잠깐 사이 장엄함이 갖춰지니,[21]

젊은이 고관대작[22]인 듯 참으로 거침없네.

삐져나온 송곳[23]이 어이 옛 주머니 안주할까,

숫돌에 막 칼을 갈아 새 서슬 시험하네.

슬프다! 기자 황제[24] 측근들은,

낮춰 듣고 아끼잖아 앞뒤가 꽉 막혔네.[25]

하늘 밖 근심 구름에 초가는 다해가는데,[26]

---

18 진대(晉代) 황초평(黃初平)이라는 인물이 양을 방목하다가 한 도사에 이끌려 금화산(金華山)으로 올라가 송진과 복령을 복용하고 신선이 되어 적송자(赤松子)라고 개명했다. 적송자는 돌에 크게 소리쳐 양이 되게 할 수 있었다고 전한다. 만천(曼倩)은 서한 동방삭의 자이다. 동방삭은 성품이 익살스럽고 재치 있으며 문사에 뛰어났다. 여기서는 모두 이토 히로부미(1841~1909)를 상징한다.

19 요지(瑤池)는 주(周)나라 목왕(穆王)이 서왕모(西王母)와 만났다는 선경(仙境)으로 곤륜산(崑崙山)에 있다.

20 서구의 문명이 일본으로 이식되었음을 의미한다.

21 일본이 메이지 정부 수립 이후 급속도로 자본주의를 발전시키고 내치를 튼튼히 했음을 비유한다.

22 이토 히로부미를 가리킨다.

23 이토 히로부미를 가리킨다.

24 조선의 고종과 대원군을 가리킨다.

25 원문의 충여유(充如襃)는 『시경(詩經)』·「패풍(邶風)」 중의 「모구(旄丘)」에 나오는 "귀족 대신들이여, 잘 차려 입은 것이 마치 귀까지 꽉 막고 있는 것 같구나.(叔兮伯兮, 襃如充耳)" 구절을 인용한 것으로, 조선의 군주를 비롯한 통치 계층이 근본적으로 백성들의 소리를 듣지 않으려고 함을 비유한다.

26 사면초가 즉 멸망의 상황으로 점점 다가감을 의미한다. 『사기(史記)』·「항우본기(項羽本紀)」가 출처.

장막 안 즐거운 일은 진한 술과 같구나.

조선은 핍양[27]처럼 멀리 융에 편벽되어 스스로 다행이라 여기고,

우공[28]이 줄곧 진을 자기 종친으로 믿고 의지하듯 마음 놓았었지.

장차 옥과 비단 예물로 두 국경 대하면,[29]

어찌 참새 부리로 두꺼운 벽 뚫는 일이 있겠냐고 했었지.[30]

해마다 정나라 하나가 진·초 두 나라와 투쟁하듯,[31]

두 시어미 사이에서 며느리 노릇 하기 어렵구나.

어찌 도요새와 조개가 어부를 이롭게 했다는 말 들으랴,

공연히 제 육고기·물고기만 칼도마 위에 오르게 하는구나.

장닭은 볏 잘리고 작은 닭은 굳세져,

벌레와 개미 쪼는 것이 마치 바람에 나부끼는 쑥과 같구나.[32]

대세는 기울어 이미 진(陳)나라는 아홉 현으로 분할되었건만,[33]

27　춘추 시대의 국명으로, 현재의 산둥성에 위치했다.

28　춘추 시기 우(虞)나라의 제후로, 궁지기(宮之奇)의 간언을 듣지 않고 진(晉)나라가
　　괵(虢)나라를 정벌하고자 하는데 길을 빌려주며 우와 진은 같은 희(姬)씨로서 자
　　신의 일가이므로 믿을 수 있다고 여겼으나 결국 진나라에 의해 멸망되었다. 여기
　　서는 조선이 자국을 중국의 속국으로 여기며 믿고서 마음 놓고 있음을 비유한다.

29　중국과 일본에 고루 잘 대하여 트집 잡히지 않으려고 함을 말한다.

30　『시경(詩經)』·「소남(召南)」 중의 「행로(行露)」에 보이는 "누가 참새는 부리가 없
　　다고 했는가? 어떻게 우리 집을 뚫는단 말인가? (誰謂雀無角, 何以穿我屋?)"라는
　　대목에서 인용한 표현으로, 난폭한 세력이 미쳐 옴을 의미한다.

31　정투진초(鄭鬪晉楚)는 다음과 같은 내용의 고사성어이다. B.C. 546년 동주 시기
　　두 패자(霸者)이던 진(晉)나라와 초(楚)나라가 각자의 필요에 의해 송(宋)나라에
　　모여서 일종의 정전협정을 맺었다. 이와 관련하여 같은 해 진·초를 비롯한 정(鄭)·
　　노(魯) 등 열 개 나라가 송나라 수도인 상구(商丘)에 모여서 진·초 양국을 동등한
　　패주(霸主)로 인정하고 각국이 동시에 양국에 조공을 바치기로 결정하였다. 여기
　　서는 조선의 중국과 일본에 대한 태도를 비유한다.

32　장닭은 열강의 침략과 내부적 해이로 국력이 쇠잔해 가는 중국을 비유하고, 작은
　　닭은 일본을 비유한다.

명성만 높아 여러 종실들 지켜낸다 하네.[34]

북문의 요새 깊고 빗장도 단단히 걸었다면,[35]

내 침상에서 어찌 남 코고는 소리 용납할까?[36]

조(趙)나라는 연(燕)나라 태자 단(丹)을 볼모로 잡아 억류하였고,[37]

허(許)나라[38] 변방에선 군영을 돌이켜 공손기(公孫起)가 인정받네.

머리털 하얗게 센 국가의 중신 정원후가 되어,[39]

동방의 천여 기에 앞장서서 이끄네.[40]

허리춤에 재상의 인장 매달고 도통(都統)이 되니,[41]

---

33 이진구현(夷陳九縣)은 춘추 시기 진(陳)나라가 9개의 현으로 쪼개졌던 일을 가리키며, 여기서는 조선이 1876년 2월 일본의 위협으로 주권에 큰 손실을 초래한 '강화조약(江華條約)'을 맺은 것을 비유한다.

34 청나라가 종주국이라는 명성만 세우고 실력은 그에 부합하지 못하면서도 속국을 지켜내려 함을 비유한다.

35 북문은 국가의 국경 수비를 상징한다.

36 자기 세력 범위 내에 타인이 침범할 수 없음을 일컫는다.

37 『사기(史記)』·「연소공세가(燕召公世家)」에 보이는 일이다. 요약하면, 조(趙)나라 효성왕(孝成王)이 죽은 후 즉위한 도양왕(悼襄王)은 연나라를 공격하여 연나라의 중신 극신(劇辛)을 죽이고 군사 2만을 취했으며 태자 단을 볼모로 삼았다. 이후 다시 진(秦)나라가 조나라의 9성을 정벌하고 뒤이어 도양왕이 사망했으나 연의 태자 단은 본국으로 돌아가지 못했다. 여기서는 1882년 6월 조선의 임오군란 당시 청나라의 오장경(吳長慶)이 4,500여 회군(淮軍)을 이끌고 들어와 난을 진압하고 실질적 배후이던 대원군을 정권에서 축출하여 톈진으로 호송해 갔던 사건을 비유한다.

38 주나라 황실에 의해 분봉된 제후국이었으나 전국초기 초나라에 의해 멸망했다.

39 중신은 이토 히로부미를 가리킨다. 정원후는 원래 동한의 반초(班超)가 서역에서 공을 세워 받은 봉호(封號)이다.

40 『옥대신영(玉臺新詠)』·「고악부(古樂府)」 중의 「일출동남우행(日出東南隅行)」에 보이는 "동방의 천여 기사 중에 우리 낭군님이 우두머리구나. (東方千餘騎, 夫婿居上頭.)"라는 구절에서 인용했다. 여기서는 1905년 11월 을사늑약 이후 이듬해 2월 일본이 서울에 통감부를 설치하고, 이 과정에 이토 히로부미가 중추적 역할을 했음을 비유한다.

손으로 수리 호랑이 잡고 날랜 원숭이 낚는구나.[42]

원숭이 키우는 늙은이 도토리 나누어 주니 은혜가 높고 두터워,[43]

나를 꾸짖음은 아버지 같고 따뜻하게 감싸줌은 어머니 같아라.[44]

연주[45]의 나뭇가지 서쪽 향해 기울어진다고 누가 말했던가?

제나라 봉토가 동쪽 나라의 밭이랑으로 됨을 앉아서 바라볼 수밖에 없네.[46]

저들의 은택은 봄날 같다고 하는데 나라 망해 저 기장 익어서 처졌고,[47]

신정의 풍경[48]은 사람으로 하여금 회의하게 하네.

---

41 이토 히로부미가 초대 조선 통감이 되어 조선의 내정은 물론 군사·외교·입법·사법 등 모든 권력을 장악함을 비유한다.

42 이토 히로부미를 비롯한 일본 침략자들이 조선을 농락함을 의미한다.

43 원숭이 기르는 노인이 이른바 '조삼모사'했다는 저공부모(狙公賦茅)는 『장자(莊子)』·「제물론(齊物論)」에 보이는 고사로, 이토 히로부미가 작은 혜택을 베풀며 조선의 매국노들과 관계 맺음을 비유한다.

44 이완용·송병준·이용구 등 조선의 매국노들이 일본 침략자들의 농락에 대해 오히려 감격해 마지않음을 비유한다.

45 하(夏)나라 시기 구주(九州)의 하나로 지금의 산둥(山東) 및 허베이(河北)의 일부에 해당된다.

46 1904년 청일전쟁에서 중국이 패한 후 일본의 조선에 대한 통제권을 인정하고 아울러 요동반도까지 할양했음을 비유한다.

47 서리(黍離)는 『시경(詩經)』·「왕풍(王風)」 중의 「서리」에 나오는 표현이다. 동주의 한 대부가 서경으로 출행했을 때 옛 종묘와 궁전이 모두 훼손되고 그 터가 기장밭으로 변해있음을 한탄하며 "저 기장 익어서 고개 숙였네(彼黍離離)"라고 노래했다고 한다. 이후 '서리'는 국가의 멸망 또는 세상의 흥망성쇠를 의미하게 되었다. 여기서는 조선이 일본에 의해 멸망됨을 비유한다.

48 신정(新亭)은 삼국 시기 오(吳)나라에서 건축한 정자로 원명은 임창관(臨滄觀)이며 장수(江蘇) 쟝닝(江寧)현 남쪽에 옛터가 남아있다. 진(晉) 안제(安帝) 때 단양윤(丹陽尹) 사마회지(司馬恢之)가 중수한 후 신정으로 불리게 되었다. 서진(西晉) 말기 중원에 전란이 그치지 않자 많은 선비들이 강남으로 피난했다. 한가한 날에 서로 신정에 초대하여 연회를 베풀었는데, 자주 강북의 고향을 그리며 눈물을 흘렸다. 특히 원제(元帝) 때 승상 왕도(王導)와 주의(周顗) 등 명사로 인해 이 정자의

백성들과 성곽은 지금도 여전한데,

문무 양반 의관은 옛날과 다르구나.[49]

웃어야 할지 울어야 할지 감히 어찌 할지 모르는 황제,[50]

객에게 과인이 어찌 제사를 지내야 하느냐고 묻네.

진나라 조정으로부터 신포서(申包胥)의 수레 아직 돌아오지 않았
건만,[51]

한(漢)나라 궁중에선 벌써 태상황(太上皇) 위해 대빗자루부터 든다.[52]

이름이 널리 알려졌다. 남조 송의 유의경(劉義慶)이 편찬한 『세설신어(世說新
語)』·「언어(言語)」에 의하면 "장강을 건너 온 많은 사람들이 좋은 날이면 자주
서로 신정에 초대하여 풀밭에 자리 잡고 주연을 즐겼다. 주후가 중간에 앉아서
탄식하며 말하기를, '풍경은 다르지 않은데 다만 산하의 다름이 있구나!'라고 하
자, 모두 서로 바라보며 눈물을 흘렸다. 오직 왕승상 만은 낯빛을 바꿔 정색을
하며 말하기를, '응당 함께 왕실을 위해 힘을 모아 중원을 회복해야지, 어찌 잡혀온
초나라 포로의 꼴로 서로를 대하기에 이르렀는가!'라고 했다."(過江諸人, 每至美
日, 輒相邀新亭, 藉卉飮宴. 周侯中坐而嘆曰, '風景不殊, 正自有山河之異!' 皆相
視流淚. 唯王丞相愀然變色曰, '當共戮力王室, 克復神州, 何至作楚囚相對!') 여
기서 유래되어 이후 '신정풍경(新亭風景)'·'신정루(新亭淚)'는 고국을 그리워하는
심정 혹은 나라를 염려하고 절망적인 시국에 대한 비분강개함을 나타내는 표현으
로 많이 쓰이게 되었다.

49 두보(杜甫)의 「추흥팔수(秋興八首)」 중 제4수에 나오는 "왕후의 저택엔 모두 새
주인 들어섰고, 문무 양반의 의관은 옛날과 다르구나. (王侯第宅皆新主, 文武衣冠
異昔時.)"라는 구절에서 인용했다. 여기서 '문무의관'은 조선의 통치 계층 즉 양반
을 가리키며, '옛날과 달라졌다'라고 함은 청일전쟁 이후 그들의 청조에 대한 복속
경향이 친일 또는 친러 쪽으로 바뀌었다고 본 것이다.

50 청일전쟁 당시 광서제를 중심으로 하는 제당주전파(帝黨主戰派)가 서태후 중심의
후당(后黨) 및 리훙장(李鴻章) 회계(淮系) 군벌의 대일(對日) 타협으로 인해 어찌
할 바를 몰랐던 상황을 의미한다.

51 신자(申子)는 춘추 시기 초나라의 대부 신포서(申包胥)를 가리킨다. 오(吳)나라가
초나라를 공격하여 영(郢)지방에까지 이르자 신포서는 진(秦)나라에 가서 구원을
요청하며 조정에서 7일 동안 통곡했다. 이에 진나라는 구원병을 파견하여 오나라
를 물리쳤다. 여기서는 조선이 중국에 구원을 요청하러 보낸 사신의 행렬이 아직
돌아오지 않았고, 따라서 일이 발생한 후 시간도 많이 지나지 않았음을 의미한다.

십만 성에 일본 욱일기 나부끼는데,

태평시절 심취해 있음이 너무도 가련하구나.

채나라 사람들은 소리 지르고 춤을 추며 배도를 맞이하고,[53]

완마들은 치달리며 이사 장군 업신여기네.[54]

시대의 책무를 모르랴 뉘 집 자식인데,[55]

범문[56]이 나라 위해 속히 죽기를 기도했던 것을 배웠구나.

만 리 끝까지 쫓아오니 예양교[57]요,

---

52 청나라 측 시각으로 보아, 1894년 7월 말 일본군이 조선을 침략하여 왕궁을 점령하
    고 국왕을 협박하여 궁정의 정변을 발동시키고 김홍집을 중심으로 하는 친일 정부
    를 구성했으며, 당시 청나라에서는 제대로 개입하지 못했던 상황을 의미한다.

53 채(蔡)나라는 주무왕(周武王)의 동생 숙도(叔度)의 봉지(封地)로 오늘날의 허난
    (河南) 상차이(上蔡)현 서남쪽에 위치했었다. 역사적으로 이를 상채라 칭한다. 평
    후(平侯)에 이르러 초나라에게 정복당한 후 초평왕(楚平王)에 의해 인근인 오늘날
    의 신차이(新蔡)현에 봉해졌으며, 이를 신채라 칭한다. 이후 소후(昭侯) 때에 이르
    러 초나라의 압박을 피해 오적주(吳的州) 즉 오늘날의 안후이(安徽) 펑타이(鳳台)
    현으로 옮겨 갔으며, 이는 하채라고 칭한다. 결국 초나라에 의해 완전히 멸망했다.
    여기서 채나라는 조선을 비유한다. 한편 배도(裴度)는 당 헌종(憲宗) 시기의 재상
    으로, 몇 차례의 난리를 잘 평정하여 진국공(晉國公)에 봉해졌다. 목종(穆宗)을
    거쳐 즉위한 경종(敬宗)을 환관 유극명(劉克明)이 시해하자 배도가 유극명을 주살
    하고 문종(文宗)을 옹립하여 30년간 권세를 누리며 자주 스스로를 곽자의(郭子儀)
    에 비유했다. 여기서는 한말 조선 내부에 알력이 그치지 않고 여러 차례 당쟁이
    일어났음을 비유한다.

54 완마(宛馬)는 고대 서역의 대완(大宛) 지역에서 생산되던 말로, 후에는 북방에서
    생산되는 좋은 말을 널리 일컬었다. 여기서는 일본 침략군을 가리킨다. 한편 이사
    (貳師)는 한(漢)나라 장군 이광리(李廣利) 즉 무제(武帝)의 이부인(李夫人)의 오
    빠를 말한다. 여기서는 조선 통치 계층의 핵심 인물들을 비유한다.

55 안중근을 가리킨다.

56 범문(范文)이라는 인물은 누구를 가리키는지 정확하지 않다. 16국 시기의 방사(方
    士)인 범장생(范長生, ?~318) 또는 점성(占城) 제2왕조 건립자(?~349) 등의 가능
    성이 있다.

57 예양(豫讓)은 전국 시기 진(晉)나라 대부 지백(智伯)의 가신이었다. 지백이 조양자
    (趙襄子)에게 살해되자 예양은 지백이 자신을 인정해주고 보살펴준 은혜에 보답하

128

천금같이 깊이 감췄나니 서부인의 비수[58]로다.

황사가 땅을 마는 듯 바람이 거세게 불고,

흑룡강 밖에 내리는 눈 마치 칼날 같구나.

피가 다섯 걸음이나 흘러넘치며 대사는 끝이 나고,[59]

미친 듯 호탕한 웃음소리에 산 위 달도 높구나.

앞길에 영구 실은 마차 말발굽 소리 딸그락딸그락하는데,

하늘가 구름 기운 바라보니 상복 입은 듯 모두 검은 빛이라,

내각[60]에선 이미 무원형[61]을 잃었고,

박랑[62]에선 비로소 창해객[63]에게 놀라는구나.

기 위해 조양자를 죽여 복수하기로 결심했다. 예양은 눈썹과 수염을 깎고 몸에
흙칠을 하여 문둥이처럼 꾸미고 재를 삼켜 벙어리 행세까지 하며 다리 밑에 숨어
있다가 몇 차례 조양자를 척살하려고 했으나 뜻을 이루지 못하자 자살하고 말았다.
예양이 매복하여 조양자를 척살하려던 다리를 예양교라 부르게 되었다. 이 구절은
안중근이 이토 히로부미를 척살한 사건을 비유한다.

58 부인의 비수(夫人匕)는 서(徐)부인의 비수를 가리킨다. 연태자(燕太子) 단(丹)이
이 비수를 구해서 형가(荊軻)에게 주어 진왕(秦王) 살해를 시도하게 했다. (『전국
책(戰國策)』·「연책삼(燕策三)」)

59 전국 시기 진(秦)나라가 위(魏)나라의 안릉(安陵)을 탐내어 무력으로 진의 영토
일부와 교환하고자 했다. 이에 위 안릉군이 당저(唐雎)를 진나라에 사신으로 파견
하여 불가함을 설명했다. 당시 진시황이 위협을 가했으나 당저는 끝내 굴하지 않
으며, "만일 선비가 반드시 노하게 되면 엎드러진 시체가 둘이 되고 피가 다섯
걸음이나 흘러 넘쳐 천하가 소복을 하게 됩니다. 오늘이 그날입니다. (若士必怒,
伏屍二人, 流血五步, 天下縞素, 今日是也.)"라고 했다. 당저의 용기와 논쟁에 깊
은 인상을 받은 진시황은 안릉을 정복하려는 야심을 잠시 접어두었다. 이후 '유혈
오보(流血五步)'는 적국의 수뇌를 척살함을 의미하는 데 사용하게 되었다. 여기서
도 안중근이 이토 히로부미를 척살함을 비유한다.

60 원문의 각문(閣門)은 원래 중국에서 중앙 관청을 말하며, 여기서는 일본의 내각을
가리킨다.

61 무원형(武元衡)은 당 숙종(肅宗) 때의 인물로, 자 백창(伯蒼), 시호 충민(忠愍),
산시(山西) 타이위안(原人) 사람. 덕종(德宗) 때 어사중승(御史中丞)을 지냈다.
여기서는 이토 히로부미를 가리킨다.

여러 사람들 모여들어 형가⁶⁴를 바라보니,

조용히 판결문 대함을 평시와 같이하네.

남아의 죽음이야 말해 무엇 하랴,

국치를 씻지 않고서 어찌 명예를 이루리.

독록⁶⁵ 물은 깊고도 탁하거늘,

물이 매년 그렇듯 한(恨)도 끊임없이 이어진다네.

쯧쯧! 진나라⁶⁶에 사람 없다 말하지 말라,

이내 벌 같은 미물도 독이 있음을 알리라.

세상 뒤덮는 공적과 명예 이루고 늙어서 나라 위해 죽었지만,

캄캄한 비바람만 귀로의 돛대를 밀어주네.

---

62 박랑(博浪)은 현의 명칭으로 오늘날의 허난(河南) 양우(陽武)현에 해당한다. 황하 북쪽 하안에 위치하며 현 동남쪽에 '박랑사(博浪沙)'가 있다. 한(漢)나라 장량(張良) 이 이곳에서 창주역사(滄州力士)를 시켜 진시황을 추살하고자 했으나 실패했다.

63 창주역사(滄州力士) 또는 창해군(倉海君)·창해객(倉海客)으로도 알려졌다. 『사기(史記)』·「유후세가(留侯世家)」에 보인다. 이후 민간에서 협의(俠義)를 지닌 선비를 가리키게 되었다. 안중근을 의미한다.

64 형경(荊卿)은 전국 말기 유명한 자객인 형가를 말한다. 제(齊)나라 출신으로, 위(衛)나라를 거쳐 주로 연(燕)나라에서 활동하며 형경으로 불렸다. 연 태자 단의 상객(上客)으로서 명을 받아 진왕(秦王) 영정(嬴政)을 암살하려 했으나 실패하여 죽임을 당했다. 여기서는 안중근을 가리킨다.

65 고악부(古樂府) 중 진(晉)의 불무가사(拂舞歌詞)인 「독록편(獨漉篇)」, 일명 「독록(獨祿)」을 가리킨다. 李白이 고악부를 본떠 지은 「독록편」에서 "독록 물속은 진흙이라, 물이 탁해서 달도 보이지 않네. 달이 보이지 않는 것은 괜찮으나, 물이 깊어 행인마저 없구나. …… 국치를 씻지 않는다면 명예를 이루어 무엇 하리오? (獨漉水中泥, 水濁不見月. 不見月尚可, 水深行人沒. …… 國恥未雪, 何由成名?)"라고 한 바 있는데, 량치차오의 구절이 이백의 이 대목에서 유래된 것으로 보인다.

66 조선을 가리킨다. 이 행은 『좌전(左傳)』·「희이십이년(僖二十二年)」에 보이는 "그대는 주나라가 작다고 말하지 말라. 벌과 전갈도 독이 있거늘, 하물며 나라야 아니 그러하겠는가! (君其無謂邾小, 蜂蠆有毒, 而況國也!)"에서 유래된 것으로 보인다.

130

구중궁궐에서는 음악 거두고 원로 빈객들 모시니,

남녀 모두 거리로 나와 무향후[67] 위해 곡하노라.

천추의 은원을 누가 능히 가릴 수 있으랴,

두 현자 각기 태산만큼 중하도다.

인생길에 안영(晏嬰)[68]의 편달을 따르고 받들었지만,

이웃에 묘혈을 만들어 요리[69]의 무덤으로 삼고자 하노라.

슬픈 노래 한 곡조에 귀신이 감동하고,

은은한 눈서리 황혼에 비치네.

옆으로 몸 돌려 서쪽 바라보니 눈물이 비 오듯 하는데,

공연히 높은 누대에서 팔짱 끼고 서있는 사람들[70] 보이네.

---

67 무향(武鄉)은 무향후 즉 제갈량(181~234)을 가리킨다. 중국의 삼국시대 촉 건흥 (建興) 원년(223)에 유선(劉禪)이 제갈량을 무향후에 봉했다. 오늘날의 산시(陝 西) 몐(勉)현에 해당된다. 여기서 무향후는 이토 히로부미를 가리킨다.

68 안영(?~B.C.500)은 춘추시대 제(齊)나라의 대부로, 경공(景公)의 재상이 되어 근검절약과 무실역행으로 널리 알려졌다. 여기서는 이토 히로부미를 비유한다.

69 요리(要離)는 춘추 말기 오(吳)나라의 협사로, 여기서는 안중근을 비유한다. 전적 에 따라 평가가 다르나, 『여씨춘추(呂氏春秋)』·「충렴(忠廉)」편에 의하면, 요리는 오왕 합려(闔閭)를 위해 자기 한쪽 팔과 처자식까지 희생해 가며 정적을 살해한 뒤 마지막엔 자결함으로써 충을 다한 인물로 전해진다.

70 위루(危樓) 즉 높은 누대는 조선과 중국을 가리키고, 수수인(袖手人)은 양국의 각성하지 못한 민중을 의미한다.

秋風斷藤曲

梁啓超

秋笳吹落關山月，　驛路靑燈照紅雪．
大國痛歸先軫元，　遺民泣濺威公血．
遺民哀哀箕子孫，　篳路襤褸開三韓．
避世已亡秦甲子，　右文還見漢衣冠．
鯤鰭激波海若走，　西方美人東馬首．
漢陽諸姬無二三，　胸中雲夢吞八九．
其時海上三神山，　劍仙畸客時往還．
陳摶初醒千年夢，　陶侃難偷一日閑．
中有一仙擅獝變，　術如赤松學曼倩．
移得瑤池靈草來，　種將東海桑田遍．
樓臺彈指已莊嚴，　年少如卿固不廉．
脫穎錐寧安舊囊，　發硎刀擬試新銛．
嗚呼箕子帝左右，　聽庳不恤充如褒．
天外愁雲盡楚歌，　帳中樂事猶醇酒．
偪陽自幸僻在戎，　虞公更恃晉吾宗．
謂將犧玉待二境，　豈有雀角穿重墉．
頻年一鄭鬪晉楚，　兩姑之間難爲婦．
寧聞鷸蚌利漁人，　空餘魚肉薦刀俎．
大鷄鍛冠小鷄雄，　追啄蟲蟻如轉蓬．
事去已夷陳九縣，　名高還擁翼諸宗．
北門沈沈局嚴鑰，　臥榻寧容鼾聲作．

趙質方留太子丹, 許彊旋戍公孫獲.
嶓嶓國老定遠侯, 東方千騎來上頭,
腰懸相印作都統, 手搏雕虎接飛猱.
狙公賦芧恩高厚, 督我如父煦如母.
誰言兗樹靡西柯? 坐見齊封作東畝.
我澤如春彼黍離, 新亭風景使人疑.
人民城郭猶今日, 文武衣冠異昔時.
笑啼不敢奈何帝, 問客何能寡人祭.
秦庭未返申子車, 漢宮先擁上皇簞.
十萬城中旭日旗, 最憐深醉太平時.
蔡人呼舞迎裴度, 宛馬駸馳狃貳師.
不識時務誰家子, 乃學范文祈速死.
萬里窮追豫讓橋, 千金深襲夫人匕.
黃沙捲地風怒號, 黑龍江外雪如刀,
流血五步大事畢, 狂笑一聲山月高.
前路馬聲聲特特, 天邊望氣皆成黑,
閣門已失武元衡, 博浪始驚倉海客.
萬人攢首看荊卿, 從容對簿如平生.
男兒死耳安足道, 國恥未雪名何成.
獨漉獨漉水深濁, 似水年年恨相續.
咄哉勿謂秦無人, 行矣應知蜂有毒.
蓋世功名老國殤, 冥冥風雨送歸檣.
九重撤樂賓襄老, 士女空閭哭武鄉.
千秋恩怨誰能訟, 兩賢各有泰山重.

塵路思承晏子鞭，芳鄰擬穴要離冢．

一曲悲歌動鬼神，殷殷霜雪照黃昏．

側身西望淚如雨，空見危樓袖手人．

조선을 애도하는 노래 오율 24수[71]

량치차오

삼한의 무리 수도 없지만,

두 명의 남아를 나는 보았네.

위나라 위해 순국하며 간 거두고,[72]

진시황에게 철퇴 내리친 기세 쇠하지 않았도다.[73]

산하엔 젖은 눈물 모두 말랐고,

비바람에 전기(戰旗)는 멈추었구나.

정위조[74] 천년 품은 깊은 한일랑,

깊고 깊어 다시 뉘야 이야기하리오.

---

71 총 24수 중 안중근을 제재로 지은 제18수. 량치차오는 여기서 안중근과 홍범식(洪
範植)을 기개가 쇠하지 않은 조선의 두 남아로 찬양했다.

72 『여씨춘추(呂氏春秋)』·「지충편(至忠篇)」에 나오는 이야기. 춘추시대 위 의공(衛
懿公)은 학을 지나치게 좋아하다 나라를 망쳤다. 그가 적인(翟人)에 의해 영택(滎
澤)에서 살해되어 육신이 훼손되고 간이 버려졌다. 이 소식을 들은 충신 홍연(弘
演)이 급히 찾아 통곡하면서 자신의 배를 가르고 내장을 꺼내 의공의 간을 덮어주
었다. 이를 들은 제 환공(齊桓公)이 그 충절에 감동하여 위나라를 도와 회복시켰다
고 한다. 여기서는 국치에 분을 참지 못하고 자결한 충청도 금산 군수 홍범식의
충절을 비유했다. (홍범식(1871~1910): 자 성방(聖訪), 호 일원(一阮). 1909년 금
산 군수로 전임되어 선정을 베풀었다. 1962년 건국훈장 독립장이 추서되었다. 량
치차오가 직접 붙인 이 시의 해제에는 홍석원(洪奭源)으로 되어 있다.)

73 장량(張良)이 역사(力士)를 시켜 박랑사(博浪沙)에서 진시황을 저격한 사건을 가
리킨다. 한(韓)나라 출신인 장량은 조국을 멸망시킨 진시황에 대해 복수를 꾀했으
나 역사가 진시황이 탄 수레가 아닌 여벌의 부거(副車)를 치는 바람에 실패했다.
이에 장량은 숨어 지내다 훗날 한(漢) 고조 유방을 도와 중국을 통일했다. 여기서
는 안중근 의사 의거를 비유했다.

74 정위는 해변에 사는 까마귀와 비슷한 모양의 새. 옛날 염제(炎帝)의 딸이 동해에

朝鮮哀詞五律二十四首

梁啓超

三韓衆十兆, 吾見兩男兒.
殉衛肝應納, 椎秦氣不衰.
山河枯淚眼, 風雨閟靈旗.
精衛千年恨, 沈沈更語誰.

빠져 이 새가 되었는데, 서산의 목석을 물어다가 동해를 메우려고 했다는 전설이
있다. 여기서는 안중근과 홍범식의 한을 비유했다. 동해가 어느 바다를 가리키는
지는 분명하지 않다.

제목 미상[75]

차이위안페이[76]

장하도다 열사여,

나라 위해 목숨 바치셨네.

드넓은 바른 기운,

백세에 떨치리라.

북으로 떠나실 때엔,

손가락 끊어 피 마셨지.

장한 뜻 구슬픈 노래,

역수에서 맹세했지.

일격에 부끄러움 씻어버리고,

몸은 끝내 죽임 당하셨네!

저들의 정권 잡음 애통하니,

소인들 여기에 기대었구나.

정치와 교화 모두 잃고,

---

75 최초로 중국인에 의해 간행된 전기문인 창사(長沙) 정위안(鄭沅)의 『안중근(安重
根)』 등에 수록. 해당 전기문은 출판 시기가 분명하지 않으나 1919년 3·1운동
이후 1920년경에 상하이에서 출판된 것으로 보인다. (윤병석, 「안중근 의사 전기
의 종합적 검토」, 『한국근현대사연구』 9, 한국근현대사학회, 1998, 127~128쪽
참고)

76 차이위안페이(1869~1940): 자 졔민(孑民), 저쟝(浙江) 샤오싱(紹興) 사람. 사상
가·교육자. 혁명사상가로 중화민국 교육 건립에 크게 공헌했다. 오사운동 및 문학
혁명 당시 베이징대학 총장을 역임하며 학문의 독립과 언론자유를 위해 군벌정부
에 맞서 진보진영의 버팀목이 되었다.

나라의 사직은 기강 끊겼네.

이해가 갈리는 사이에서는,

호리가 천리의 차이 된다네.

어떤 이는 자멸하고,

권력을 다투다 같이 망하지.

비유컨대 만물이 썩으면,

훔치러 오는 것은 개미라네.

우리 토마스[77]를 슬퍼하나니,

마음이 아프고 이가 갈리노라.

이 외로운 무덤 파헤쳐 버려,

마침내 제사조차 못 지낸다네!

아! 안타까워라 열사여!

題目不詳
蔡元培

猗夫烈士, 爲國而死.

浩然正氣, 百世興起.

當其北去, 歃血斷指.

壯志悲歌, 矢誓易水.

一擊以刷恥, 身竟受戮矣!

---

77 안중근의 천주교 세례명. 한국어로는 도마, 중국어로는 多黙(duōmò)라고 한다.

痛彼秉鈞, 僉壬是倚.

政教旣喪, 邦社絶紀.

利害之間, 毫釐千里.

或以自滅, 爭權相掎.

譬諸物腐, 來攘者蟻.

哀我多默, 傷心切齒.

發玆孤墳, 終莫延祀.

吁嗟乎烈士!

조선 건아의 노래[78]

천쟈후이,[79] 기유년에 지음

– 안중근이 이토 히로부미를 척살함을 슬퍼하며 –
조선의 건아여!
조선의 건아여!
천년 오랜 판도
하루아침에 꺾이어 종이 되었네.
북쪽으론 궁궐 드는데
남쪽을 지켰으니,
나라 임금 갇히고 신민은 죽임 당했네,
초목 또한 죽고 바다 물도 우니,
개도 감히 못 짖고 닭은 병아리 없게 되었네.
당당한 열사 입 꽉 다물고 내달리니,
기운은 흰 무지개, 담력은 북두 같구나.
조나라 협객[80]처럼 오랑캐 갓끈 늘이지 않았지만,
의료 웅[81]의 총 솜씨 갖추어 얻었구려.

---

78 원문에는 최초 1909년 기유년(己酉年)에 지어진 것으로 되어 있다. 『선산학보(船山學報)』 1932년 제1책에 실려 있다.

79 천쟈후이(1857~1945): 자 펑광(風光), 호 훙자이(宏齋), 후난(湖南) 샹인(湘陰) 사람, 국민당 주요 정치인. 장즈둥(張之洞)의 막료를 했고, 이후 국민당 활동에 참여하며 쑨원을 적극 지지했다.

80 전국시대에 연(燕)나라와 조(趙)나라가 특히 무예를 숭상하고 협사가 많았다고 한다. 이후 '조객'은 일반적으로 협사를 가리킨다.

81 의료(宜僚)로도 알려졌으며, 성은 웅(熊)이다. 춘추 시기 초나라의 걸출한 용사.

동쪽으로 바다 숨고,

서쪽으로 산에 들어,

중요한 길 엿보다 적정 살피는 기병에 어려움 당했지.

장량의 철퇴요 형가의 비수이거늘,

그대 죽음 함께 못해 마음 더욱 부끄럽네.

홀연 일성 번개처럼 치닫더니,

원수 심장은 찢기고 온전한 거죽도 남지 않았지.

원수와 함께 살지 않고,

차라리 원수와 함께 죽었도다.

나라가 망해 함께 죽음은 본래 하늘이 내린 직분이니,

원수 죽음 보게 되매 내 죽음은 더딜 뿐이로다.

朝鮮兒歌

陳嘉會 己酉作

－ 哀安重根刺伊藤博文也 －

朝鮮兒朝鮮兒!

千年舊版圖, 一旦摧爲奴.

北入宮南守衛, 國君囚廢臣民誅.

草木亦死海水泣, 犬不敢吠鷄無雛.

洸洸烈士銜枚走, 氣湧素霓膽如斗.

不爲趙客縵胡纓, 辦得宜僚弄丸手.

東竄海西入巒, 偶狙要道偵騎難.

張良椎荊柯匕，不共汝死心更恥．

忽然一聲光電馳，仇人心裂無完皮．

不共仇人生，寧共仇人死．

國亡與亡本天職，矧見仇死死緩耳．

생사자·안중근을 애도함[82]

후위에[83]

아름답다 안중근이여!

나라 사랑하는 마음 어찌 그리 뜨거웠나?

한국이 망함 차마 보지 못하고,

유관[84]의 눈 속에서 노숙하였네.

하얼빈 역에서 피 뿌리고,

참된 영웅이 세상을 떠났구려.

암살로 동방을 진동케 했나니,

천추에 그 이름 영원하리라.

매섭도다 안중근이여!

날카로운 비수[85] 품고 손가락 잘랐지.

늙은 이토 죽이기로 맹세했나니.

가을비 가을바람 휘몰아칠 때였지.

평소의 뜻 하루아침에 이루었으니,

사해에 견줄 이 없도다.

---

82 『창랑잡지(滄浪雜誌)』 1910년 3기에 실림. 생사자는 사의 곡조 명칭인 사패명(詞牌名). 당나라의 궁정음악 관장 부서인 교방(敎坊)의 곡명이었으며 초운심(楚雲深) 또는 매화류(梅和柳)라고도 한다.

83 인적 사항 미상.

84 유관은 산해관(山海關) 즉 북방 변새를 가리킨다.

85 원문에서는 얼핏 칠(七) 자로도 보이지만 비수를 의미하는 비(匕) 자로 보는 것이 타당하다. 아래 시구 중의 '수중도(手中刀)'라는 표현도 이를 뒷받침한다.

가만히 죄수 수레 들어가서는,
웃으며 공업 이룸 이야기했다네.

장하도다 안중근이여,
이번 거사 참으로 쉽지 않았지.
손 안에 든 칼 내려놓고는,
대한 만세 세 번 크게 외쳤네.
장량이 박랑사에서 철퇴 내리친 일,[86]
천년 동안 청사에서 찬미했었지.
옛 사람 이제 와 이를 본다면,
버럭 화를 내고야 말리.[87]

지난 일 뒤쫓을 수 없지만,
다가올 일 머물러 둘 수는 있다네.
원컨대 우리 신명한 후손들이여,
한인의 뒤 따라서는 아니 되리라.
국회가 때 되어 열리게 되면,
고굉[88]으로 원수(元首)를 지켜야 하리.
엎어진 수레 보고 앞 수레 경계하여,
강산의 옛 모습 가지런히 하세나.

---

86 자방(子房)은 장량의 호. 유방이 한나라를 세우는 데 큰 공을 세운 인물로 유후에
   책봉되었다. BC 218년 박랑사(博浪沙, 허난 보랑현)에서 창해역사를 시켜 쇠몽둥
   이로 진시황을 습격했으나 실패하고, 하비(下邳, 쟝수 시아피현)에 은신했다. 유
   방이 항우와 만난 '홍문의 회(會)'에서는 유방의 위기를 구한 바 있다.
87 실패한 장량의 일은 찬미할 바가 못 된다는 의미로 여겨진다.
88 고굉(股肱)은 다리와 팔 즉 온몸을 말하며, '온힘을 다하여'라는 의미로 쓰였다.

生查子 · 弔安重根

胡月

美哉安重根, 愛國心何熱.
不忍見韓亡, 露宿楡關雪.
血濺哈爾濱, 死矣眞英傑.
暗殺震東方, 千秋名不滅.

烈哉安重根, 斷指懷利匕.
誓殺老伊藤, 秋雨秋風裏.
素志一朝酬, 四海無可比.
從容入囚車, 笑說功成矣.

壯哉安重根, 此擧良不易.
放下手中刀, 三呼韓萬世.
子房博浪椎, 千載美靑史.
昔人今見之, 赫赫有生氣.

往者不可追, 來者猶堪留.
願我神明裔, 勿步韓人後.
國會及時開, 股肱衛元首.
覆轍戒前車, 整理江山舊.

08

안중근[89]
린동[90]

벽력같은 한 소리 천지를 놀래키니,

아! 걸출한 남아 안중근이로다.

형가의 비수쯤 어이 족히 말하랴,

한 몸으로 전국의 혼 불러일으켰구려.

씩씩한 동공[91]은 속으로 자신을 다잡아,

몸 죽을 줄 알면서도 원망의 말 없었지.

어이 몸 죽는데도 원망의 말 없었던가?

강한 진나라가 제 스스로 원망 쌓음 부끄러워해야 하리.

어이 알았으랴 의로운 열정 천지에 떨쳤건만,

나약한 왕 도리어 반역이라 논하다니.

아! 나라 망했건만,

임금[92]의 존귀함은 그대로 남았네.

전국의 충의문을 막게끔 하니,

지사들 목숨 끊어 핏자국 낭자하구나.

구천 어드매서 끓는 원한 호소할거나,

내가 노래하려 하나 소리 벌써 삼켜진다네.

89　린동의 『매호음고(梅湖吟稿)』(1910)에 수록.

90　린동(1856~1920): 자오쟈오(肇徽)라고도 불렸으며, 자 동무(東木)·파루(法如), 호 룽산(隆山). 푸젠(福建) 소우닝(壽寧) 사람. 『매호음고』 등을 남겼다.

91　동공(董公)은 한고조 유방이 군대를 이끌고 뤄양(洛陽)에 이르렀을 때 막아서서 정당한 명분을 강조했던 신성(新城)의 삼로(三老) 중 한 사람.

安重根

林棟

一聲霹靂驚乾坤, 咄咄奇男安重根.
慶卿匕首曷足云, 隻身喚起全國魂.
健者董公衷自捫, 定知身死無怨言.
豈徒身死無怨言, 當愧強秦自築怨.
何意義熱震九垠, 孱王轉以叛逆論.
吁嗟乎國滅仍留黃屋尊.
敎塞全國忠義門, 志士絕脰餘血痕.
九闇何處號煩冤, 我歌欲放聲已吞.

---

92 원문의 황옥은 노란 비단으로 싼 황제의 수레 덮개를 가리키며 황제의 존칭으로도
    쓰인다.

09

한국의 안중근에게 감응하여 지음[93]

작자 미상

십 년을 아등바등 풍진 속 달려왔건만,
당당한 나라 백성 내가 몹시도 부끄럽구나.
동쪽으로 안중근과 우덕순(禹德淳)[94] 바라보노라니,
이젠 감히 한국인을 비웃지 못하겠노라.

   其二

격앙되어 강개한 법정 진술 토해내고,
바른말 다 펼치며 재판에 대응했네.
훌륭하다 그 목숨 한판 내기에 걸었으니,
중국과 조선에 이와 같은 건아 없었다네.

---

93 『민심(民心)』 1911년 2권.
94 우덕순(1876~1950): 일명 연준(連俊). 안중근 의거에 참여한 독립운동가. 공범으로 체포되어 옥고를 치렀다. 6.25전쟁 당시 서울에서 북한군에게 죽임을 당했다.

148

爲韓國安重根感作

作者不詳

十年碌碌[95]走風塵, 我愧堂堂一國民.

東望重根連俊輩, 而今不敢笑韓人.

[其二] 激昂慷慨吐供詞, 發盡危言對讞時.

絶好頭顱拚一賭, 中朝無此健男兒.

---

95 원문에는 '碌之'로 되어 있으나, '碌碌'의 오기로 보인다.

10

한인 안중근 의거에 감응하여
도비 견회시의 운을 차운함[96]

까오쉬[97]

한국은 망했지만 장사의 모범이 나왔음을 새기노라.[98]

같은 처지라 슬픈 법, 토끼가 죽으면 여우도 슬프거늘.[99]

답답한 마음 평소 어찌 견디며 지냈을까.

또 다시 아득히 먼 이별을 원망하네.

자라가 몸 던지듯 뛰어오르고 고래가 입 벌리고 몸을 떨 듯,

기세 드높던 그 어느 날이던가.[100]

용이 울음 울고 호랑이가 뛰노는 듯 그 재주 기이하구나.

형가와 섭정[101]에 귀의함에 다른 소원 없고,

한 자루 칼로 능히 십만 군사 대적할 수 있기를 바랄 뿐.

---

96 『천매유집(天梅遺集)』 중의 「미제려시(未濟廬詩)」에도 수록.

97 까오쉬(1877~1925): 자 톈메이(天梅), 호 젠공(劍公), 장수(江蘇) 쏭쟝푸(松江府) 진산(金山) 사람, 시인, 남사(南社) 창립자 중의 한 사람. 동생 까오지(高基)가 그 시문을 엮어 『천매유집(天梅遺集)』이라고 했다.

98 "生爲百夫雄, 死爲壯士規."(漢·王粲) 구절을 활용했다.

99 "兔死狐悲, 物傷其類. 吾與汝皆是各洞之主. 往日無冤, 何故害我?"(明·羅貫中 『三國演義』) 구절을 활용했다.

100 황탄허환(荒誕虛幻) 즉 황당무계하고 허황됨의 의미. 당·두목(杜牧)의 「이하집서(李賀集序)」 중 "鯨呿鰲擲, 牛鬼蛇神, 不足爲其虛荒誕幻也." 구절을 활용했다.

101 전국시대의 자객으로, 지(軹)나라 심정(深井) 사람. 『사기』·「자객열전」에 보인다.

感韓人安重根事次道非見懷詩均

高旭

記取韓亡壯士規，物傷其類動狐悲.
那堪鬱鬱常居住，況復迢迢悵別離.
鰲擲鯨呿何日了，龍吟虎跳此才奇.
皈依荊聶無他願，一劍能當十萬師.

안중근시[102]

황칸[103]

형가가 진왕 찌른 일,

그 뜻 연나라 보존하고자 함이었지.

연나라 사직은 비록 끝내 폐허 되었지만,

영혼만은 백성들 마음 감동시켰네.

천년 뒤 우뚝 솟아,

계승자가 진번[104]에서 나왔도다.

이 이는 나라의 원수를 섬멸했으니,

빼어난 공업 해와 달에 기탁하네.

손가락 끊으며 엄숙한 기세로 맹세하고,

변복하고 관문 넘었지.

구리 총알 붉은 빛 발하니,

---

102 제목이 「안중근 사건에 감동하여(感安重根事)」로도 알려져 있다. 이 작품은 『전국책(戰國策)』・「연책(燕策)」의 전고를 사용했다. 연 태자 단이 형가로 하여금 진왕을 암살하게 했으나 실패한 일에 비유했다. 한편 작자인 황칸 명의로 「이토 히로부미를 애도함(吊伊藤博文)」이라는 작품도 전한다.(다음 시가) 이토 히로부미의 죽음에 대해 비통해하는 일본 사람들의 심정을 표현하고, 일본을 변혁과 발전의 길로 이끌어 중국의 롤 모델이 된 그의 죽음에 대해 안타까움을 드러냈다. 중국인의 제삼자적 인식을 나타냈다. 다만 반어법적으로 일제의 조선 침략을 비판한 것으로 보는 시각도 있다.

103 황칸(黃侃, 1886~1935): 주로 황지강(黃季剛)으로 알려짐. 본명 치아오신(喬馨), 자 지강(季剛), 후베이(湖北) 치춘(蘄春) 사람. 장빙린의 제자이고, 일본에 유학하며 쑨원의 동맹회에 참여했다. 언어학에서 큰 성취를 이룬 학자이기도 하다.

104 한사군(漢四郡) 중의 하나인 진번군(眞番郡). 조선을 가리킨다.

마침내 적의 창자를 뚫었도다.

위험한 길 갈 제 어찌 편한 그늘 고르랴만,

잠시나마 번뇌를 떨쳐보노라.

남의 나라 멸함이 어찌나 쉽지 않은지,

어진 이들 다 죽이는 건 유독 어렵다네.

힘센 강도¹⁰⁵ 같은 이에게 말 전하노니,

위력으로 다 죽일 수는 없다네.

安重根詩

季剛

荊軻刺秦王, 其志欲存燕.

燕社雖竟墟, 精爽動民肝.

苕苕千載下, 嗣響在眞番.

伊人殲國仇, 奇功託雙丸.

截指厲勢盟, 變服踰門關.

銅柱發朱光, 遂令虜腹穿.

走險詎擇蔭, 聊以渫煩惱.

滅國豈不易, 盡誅良獨難.

傳語強梁者, 威力不可殫.

---

105 '강량(強梁)'은 『도덕경』의 "強梁者不得其死." 구절에 보이는 표현이다.

12

이토 히로부미를 애도함[106]

황칸[107]

어느 날,

일본 이토 히로부미가 비명에 죽었다네.

오호애재라!

겨우 백 년도 안 되는 인생,

예로부터 본래 그러했었지.

그대의 죽음을 가여워 하나니,[108]

탄환 두 발에 부서져 하늘에 산산이 퍼졌어라.

그건 국가가 복이 없음이런가,

아니면 인생이 다사다난해서이런가.

훨훨 타오르는 불꽃도 반드시 꺼지건만,

그대는 무엇 하러 원한을 샀단 말인가?[109]

---

106 중간의 장황한 비유는 생략하고 핵심이 되는 앞부분과 뒷부분을 절록함.

107 이 작품은 작자에 대해서 약간의 논란이 있다. 본서가 기준으로 삼은 박은식의 전기문 『안중근전』에는 위 제목으로 수록되었고, 작자는 황지캉(黃季康, 季剛의 오류) 즉 황칸으로 되어 있다. 그런데 그 스승인 장빙린의 『장태염전집문록(章太炎全集文錄)』 권4에 「이토 히로부미를 애도하여 짓다(吊伊藤博文賦)」라는 작품이 수록되어 있고 두 작품의 내용이 거의 같다. 비교해 보면, 황칸 명의의 작품에는 "亮炎炎之必滅兮, 夫何取乎賈怨?" 구절이 누락되었다. 또 『안중근전』 서두에 장빙린의 「안군비(安君碑)」도 실려 있는데 이를 제자인 황칸이 수기로 기록한 점 등으로 보아 원작자는 스승인 장빙린일 가능성이 있는 것으로 여겨진다. 참고로 「안군비」에는 안중근 의거의 경위와 애도·찬양의 내용이 담긴 가운데, 중화사상에 입각한 조선에 대한 속국의식도 많이 담겨있다.

108 달화(怛化)는 『장자(莊子)』·「대종사(大宗師)」에 나오는 표현으로, 사람의 죽음을 의미한다.

109 이 두 구는 장빙린 「이토 히로부미를 애도하여 짓다」에는 있고, 원래 황칸 「이토

......

비록 자신을 팔아 남의 노복이 되어도,

그대와 바꿀 수 없음을 아파하노라.

끝났도다!

높고 푸른 하늘도 믿을 수 없고,

산도깨비 만날지도 미리 알 수 없지.

기린이라도 때로는 그물에 걸리거늘,

또한 산짐승과 무엇이 다르랴?

吊伊藤博文

黃季康

年月日日本伊藤博文畏死, 嗚呼哀哉!

惟百年之有盡兮, 自前代而固然.

閔夫子之怛化兮, 碎彌天以兩丸.

豈國家之無祿兮, 抑人生之多難.

亮炎炎之必滅兮, 夫何取乎賈怨?

......

雖鬻身爲輿臺兮, 傷夫子之不可贖.

已矣哉!

穹蒼不可恃兮, 螭魅不可與期.

使麒麟有時而觸羅網兮, 又何以異乎貙狸?

히로부미를 애도함」에는 없다. 다만 박은식 『안중근전』에 수록되면서 오류가 생
겼을 수도 있다.

13

조선 의사 안중근을 애도함[110]

꾸스[111]

아침 해는 선홍 빛 저녁 해는 누른 빛,
한 목숨 내던져 함께 죽기 원했다네.
가련타 의협의 기개 천고에 공허하니,
창 휘둘렀어도 노양공은 못되었네.[112]

哀朝鮮義士安重根

顧實

朝日鮮紅暮日黃, 願拌一死與偕亡.
可憐俠骨空千古, 縱使揮戈不魯陽.

---

110 『쟝수제삼사범학교교우회잡지(江蘇第三師範學校校友會雜誌)』 1912년 1기.

111 꾸스(1878~1956): 자 티셩(惕生), 쟝수(江蘇) 우진(武進) 사람, 고문자학·제자
  백가학 분야의 저명 학자.

112 노양공(魯陽公)이 창으로 해를 들어 올렸다는 이른바 '노양지과(魯陽之戈)'의 고
  사를 사용했다. 『회남자(淮南子)』·「남명훈(覽冥訓)」에 의하면, 전국시대 초나
  라 노양공이 한(韓)나라와 한창 격전 중에 해가 저물자, 창으로 해를 들어 올려
  시간을 멈추게 했다고 한다. 주로 기세가 대단함을 비유한다. 여기서는 안중근
  혼자 힘으로는 조선의 식민지화를 막지 못했음을 의미한다.

안중근전을 읽고

14

조우정진[113]

일찍이 「자객열전」 읽고 나서는,

임협 명성 자못 사랑했었지.

옛 사람이 될 수는 없다 하여도,

강개함은 넘치는 정이 있었네.

내 눈과 귀로 보고 들은 것 중에,

안중근이 있다고 하지 않았었지.

분을 내어 나라의 원수 죽였으니,

일격으로 사람들 놀라게 했네.

어찌 그저 사람들 놀라게만 했을까,

호걸들 거리낌 없이 눈물 흘렸지.

천지는 그로 인해 기색 바뀌고,

산악은 험준함을 잃어버렸네.

상제께서 세상에 복 내리실 때,

예로부터 뭇사람들 똑같았다네.

하물며 저 기자(箕子)의 봉토에서야,

후손 하나에도 신명이 베풀어졌지.

예악은 은주(殷周)와 다름없었고,

관가 의례는 한경(漢京)[114]과 똑같았다네.

---

113 조우정진(1882~1921): 자 진치(晉琦), 쟝수(江蘇) 난통(南通) 사람. 광서 시기에
저쟝(浙江)에서 현감을 지냈다. 『장천보유시(藏天寶遺詩)』 등을 전한다.

산천의 신령하고 빼어난 기운,

자욱하게 태백의 정기 되었네.

예로부터 망하잖는 나라 없거늘,

인물을 얻었으니 오히려 영광이로세.

저 유로들에게 말 부치나니,

너무 울지 말고 소리를 삼키소.

참으로 대단하구나 창옹[115]의 문필,

위로는 사마천[116]과 견줄만하네.

눈을 부릅뜨고 그를 위해 전기 지으니,

지면에서 천둥소리 들리는 듯하네.

푸른 피[117]는 다할 때가 있다 하여도,

영령은 멈출 때가 아예 없으리.

천추에 흐르는 압록강[118] 물은,

목메어 그 소리 슬피 우누나.

---

114 한(漢)나라의 수도, 시안(西安)이나 뤄양(洛陽).

115 창옹(滄翁)은 창해노방실(滄海老紡室) 또는 창해노방자(滄海老紡子) 즉 이 시가 실린 『안중근전』의 저자 박은식을 가리킨다.

116 사마천은 출생지인 용문(龍門)으로 불리기도 한다.

117 벽혈(碧血)은 푸른빛을 띠는 진한 피 즉 충신이나 열사의 충성스러운 피, 충성심을 가리킨다.

118 원문의 요좌수는 압록강을 가리키며, 요좌(遼左)는 요동(遼東)의 별칭이다.

讀安重根傳

周曾錦

嘗讀刺客傳，頗愛任俠名.
古人不可作，慷慨有餘情.
耳目所聞見，不謂有安生.
奮臂殺邦讎，一擊使人驚.
豈惟使人驚，豪傑涕縱橫.
天地爲動色，山岳失崢嶸.
上帝之降衷，萬古同黎烝.
矧伊箕子封，一裔垂神明.
禮樂猶殷周，官儀同漢京.
山川靈秀氣，鬱爲太白精.
古無不亡國，得人斯猶榮.
寄言彼遺老，勿過哭吞聲.
大哉滄翁筆，上與龍門並.
扶眦爲作傳，紙上聞雷霆.
碧血有時盡，英靈無時停.
千秋遼左水，鳴咽聲悲鳴.

동한열사가

린수성[119]

그대는 보지 못했는가,

온화하고 점잖고 의젓한 장자방이,

박랑사에서 귀신같이 철퇴 내리쳐 호랑이와 이리[120] 놀라게 한 일.

또 보지 못했는가,

양을 몰아 호랑이를 상대했던 송나라 문산[121]이,

의를 취하고 인을 이루느라 늘 험난한 길 갔던 것을.

영웅은 천고에 특별한 혼백을 키워냈으니,

뜻한 바에 성패 가리지 않고 삶과 죽음을 바꿨네.

안군은 타고난 지혜가 너무나 탁월했고,

뜨거운 피가 끓어올라 바다 물도 데웠네.

지옥에는 장엄한 지장보살[122] 계시니,

깃털 같은 명예나 지위 따위는 완전히 망각되리.[123]

바다 동쪽, 고래가 파도 일으키며 하늘 높이 치솟아,

---

119 린수성: 청조 정치인, 광서24년 진사.

120 호랑이와 이리 같은 폭군 진시황을 의미한다.

121 문천상(文天祥, 1236~1283)을 가리킴. 자 이선(履善), 자호 문산(文山). 남송의 충신으로 원나라에 맞서 끝까지 절개를 지켰다.

122 원문의 인도주(人道主)는 지장보살(地藏菩薩)을 가리키는 것으로 여겨진다. 지옥에서 고통 받는 중생들을 구원하는 보살로서, 석가모니의 위촉을 받아 그가 죽은 뒤 미래불인 미륵불이 출현하기까지 일체의 중생을 구제하도록 의뢰받았다고 한다.

123 원문의 우모(羽毛)는 사람의 명성과 명예, 신세(身世)는 지위나 명성을 가리킨다. '부운소(付雲霄)'는 '抛到九霄雲外'의 의미 즉 완전히 망각된다는 의미이다.

점차 만주와 몽골을 호시탐탐 노렸지.

동아시아의 위태로운 국면이 삼한을 절단 내니,

이완용과 송병준은 원수를 숭상하고 조병세와 민영환 순국했다네.

안중근은 붉은 옷 입고 늘 두각을 나타냈거늘,

봉화가 관산에 오르니 온 눈에 놀람이라.

공적을 제거하지 않으면 인의를 해치는 것이니,

흩뿌려진 피로써 맹세하며 평화를 이루고자 했다네.

동쪽 숲[124] 속 여우와 쥐새끼들은 논할 필요도 없지만,

늑약으로 횡포 부려 국내외가 피곤하구나.

열세 가지 죄상을 포탄 한 방으로 다스리니,

세상의 호리병 속 꿍꿍이 같던 일들 모두 답답함이 풀렸네.

회령성[125] 밖에 솟은 회령비,

북소리 간절하게 몇 번이나 바뀌었을 때던가.

신정[126]에서 함께 뿌렸나니 나라 위한 눈물이라,

누가 변새를 따라와 적의 우두머리 죽였음을 알리랴?

정기는 환히 빛을 내어 하늘에서 비추며,

티끌 같은 속세 그릇된 국면을 내려다보네.

창주역사[127]가 고금에 빛남은,

---

124 동림(東林)은 고유 명사로 명말의 당파였던 동림당을 가리킬 수 있으나, 여기서는 단순히 '동쪽 숲'을 말하며 일본을 가리키는 것으로 보인다.

125 함경북도 회령군. 두만강 변경에 위치.

126 지금의 장수(江蘇) 쟝닝(江寧)현 남쪽에 있는 정자 이름. 남조·송나라 시기 유의경(劉義慶)의 『세설신어(世說新語)』·「언어(言語)」에 의하면 진(晉)나라가 강동으로 쫓겨 와서 지었다. 신하들이 신정에서 술을 마시다 국난의 설움에 서로 눈물을 뿌리며 울었다고 한다. 두보 등의 시에 자주 전고로 사용되었다.

의로 나아감에 차분하고도 만족했기 때문이리라.

해와 별의 공리가 천지에 빛나니,

만국의 여론에 견고하게 각인되었지.

피를 토하듯 법정에서 투쟁하며 의사는 분노했으나,

재판에선 조작으로 죄에 빠뜨려 검은 속내 드러냈지.

태백의 바른 원기 참으로 왕성하여,

세상에 드문 특출한 이들 길러내니 인물이 몇이었던가.

가슴에 북두칠성 품어 일곱 개 별만큼 고고하니,

이로움으로 꾀고 위협으로 속박해도 끝내 굽히지 않았다네.

아! 헤이그에서 유럽연맹 설득하고자 하듯,[128]

진나라 조정에서 죽도록 울었건만 구원병은 없었다네.[129]

목덜미 피를 옷에 튀기며 겨우 다섯 걸음 걷자,[130]

강성한 이웃은 결국 대들보를 잃었구나.

---

127 창해역사 또는 창해군으로도 알려졌다. 『사기』·「유후세가」에 보이는 인물로, 장량의 주문에 따라 철퇴로 진시황을 척살하려다 실패했다.

128 헤이그밀사사건을 가리킨다. 1907년 고종이 이준(李儁) 등에게 신임장을 휴대시켜서 네덜란드의 헤이그에서 열리는 만국평화회의에 출석하게 했다. 을사늑약이 한국 황제의 뜻에 반하여 일본의 강압에 의해 이루어진 것임을 폭로하고자 했다.

129 『사기』·「오자서전(伍子胥傳)」에 나오는 고사. 춘추시대 오(吳)나라가 초나라를 공격해 나라의 운명이 위태로워지자 소왕(昭王)의 대부 신포서(申包胥)가 진(秦)나라에 들어가 7일 동안 먹지도 마시지도 않고 울면서 구원병을 요청했다. 애공(哀公)이 감동하여 구원병을 보내 초나라를 도왔다. 여기서는 헤이그밀사사건을 비유했다.

130 혈천오보(血濺五步) 고사를 사용했다. 전국시대 조(趙)나라 혜문왕(惠文王)의 신하인 인상여(藺相如)가 강자였던 진왕(秦王)의 무례에 맞서, 다섯 걸음 안에 자신의 목을 찔러 피를 진왕에게 뿌리겠다고 협박하며 조나라로 하여금 위기에서 벗어나게 했다. (『사기』·「염파인상여열전(廉頗藺相如列傳)」에 "相如曰, ‘五步之內, 相如請得以頸血濺大王矣.’"라고 되어있다.)

국가 흥망의 중임을 맡았어도,

남의 종묘 잡아먹는 일은 쉽게 할 수 없었구나.

필부라도 뜻이 있으면 일은 끝내 이루어지거늘,

이천만 민중 많고 많은데 어찌 계책이 없으랴.

한양 성곽은 이미 상전벽해라 크게 변했고,

만 길 석봉이 석양에 기대 서있구나.

위인에 감개하여 사적 앞에 나아가,

저 멀리 그려보노라 태극기 돌아와 다시 빛날 것을.

東韓烈士歌

林樹聲

君不見雍容儒雅張子房, 博浪神椎震虎狼.

又不見驅羊當虎宋文山, 取義成仁老間關.

英雄千古孕寄魄, 志莫敗成生死易.

安君元識卓更超, 熱血蒸騰沸海潮.

地獄莊嚴人道主, 羽毛身世付雲霄.

瀛東鯨浪掀天起, 逐逐滿蒙眈虎視.

東亞危局畔三韓, 李宋崇仇趙閔死.

紅衣頭角總崢嶸, 烽火關山滿目驚.

公敵不除仁義賊, 血花誓以鑄和平.

東林狐鼠無須論, 勒約梟張中外困.

十三罪狀一砲彈, 世界葫蘆盡解悶.

會寧城外會寧碑，鼕鼓殷殷幾易時.

同灑新亭國家淚，誰從塞上報殲渠.

元精炯炯當空燭，俯視塵寰眞曲局.

滄州力士古今輝，就義從容益滿足.

日星公理炳乾坤，萬國輿評印腦堅.

嘔血庭爭義士氣，裁判周內破盆玄.

白山正氣誠葱鬱，曠世毓奇幾人物.

胸羅斗宿七星高，利餂威箝永不屈.

吁嗟乎海牙見說主歐盟，死哭秦庭罔見兵.

頸血濺衣纔五步，强隣竟已失長城.

興亡國家重任負，肉食廟堂無以易.

匹夫有志事竟成，二千萬衆芸芸豈無策.

漢陽城廓已滄桑，萬仞石峯倚夕陽.

感慨偉人前事蹟，極旗遠想返重光.

하얼빈의 총격 소식을 듣고

신규식[131]

푸른 하늘 대낮에 벽력 소리 나더니,
육대주의 많은 이들 간담 놀랐다네.
영웅이 한번 성 내자 원흉은 죽고,
독립만세 세 번 외치니 조국이 살아났네.

聞哈爾濱炮擊

靑邱恨人

白日靑天霹靂聲, 六洲諸子膽魂驚.
英雄一怒元凶斃, 獨立三呼祖國生.

---

131 신규식(申圭植, 1879~1922): 50선 중 작자가 필명으로 되어 있는 소수의 시가는
당시 재중조선인의 작품일 가능성이 있다. 독립운동가이자 정치인으로, 신해혁
명에도 참여하고 중국 인사들과 활발히 교류했던 신규식 선생의 한시 두 수를
특별히 선정했다.

뤼순에서의 형 집행을 애도하며

신규식

조국 광복 자기 임무로 삼고서,
동아평화 공론으로 주창했네.
송화강가[132] 비릿한 흙먼지 속에서,
장군 떠난 넋 그 누가 위로할거나.

悼旅順受刑

靑邱恨人

光復舊邦爲己任, 平和東亞倡公論.
松花江畔腥塵上, 誰慰將軍去後魂.

---

132 송화강은 헤이룽쟝(黑龍江)성과 지린(吉林)성을 관류하는 하천으로 흑룡강의 최
대 지류. 하얼빈이 수상교통의 중심이다.

안중근선생전에 삼가 씀

뤄허린[133]

나라 망한 안타까움 마음 아파,

죽기로 맹세하고 원수 갚았네.

호연지기는 삼도[134]를 업신여겼고,

위명(威名)은 오대주에 떨쳤다네.

봉화 연기 여태도 꺼지지 않아,

순망치한 온통 근심을 감당하네.

그 누가 선생의 뜻을 이어서,

바다 도적[135] 피 거꾸로 흐르게 하리오?

---

133 여러 전기문에 수록되어 있는데, 작자가 뤄쟈링(羅迦陵) 여사(1864~1941)로 되
    어 있기도 하다. 동일인으로 보인다. 원명 리수이(儷穗), 호 쟈링(伽陵), 상하이
    출생, 부친은 프랑스인. 치우진(秋瑾) 등 혁명파 인사와 교류.

134 삼도는 일본을 가리킨다. 치우진의 「일인석정군소화(日人石井君素和)」라는 시
    가운데 "詩思一帆海空闊, 夢魂三島月玲瓏."라는 구절에 쓰인 것이 대표적인 경
    우이다. 원래 삼도는 중국에서 전설상의 해상 선산(仙山)인 봉래(蓬萊)·방장(方
    丈)·영주(瀛洲)를 가리키며 선경(仙境)을 의미한다.

135 원문의 경예(鯨鯢)는 수고래와 암코래 즉 고래를 가리킨다. 작은 물고기를 삼켜
    먹는다 하여 의롭지 못한 악당의 수괴를 비유한다.

謹題安重根先生傳

羅洽霖

傷心亡國恨，誓死雪仇讐．

浩氣凌三島，威名霹五洲．

烽烟猶未熄，唇齒最堪憂．

誰繼先生志，鯨鯢血逆流．

삼가 안선생전에 쓰다

장전칭[136]

그 누가 철혈 굳게 쥐고서,
장검 기대 금성탕지(金城湯池) 철벽방어 끌어내렸나?
괴로움 그래도 뿌리 남아있어,
잔혹함 진시황에 괴로워하네.

군신들 모두 욕됨을 참아 견뎌도,
호걸 홀로 슬퍼하며 상심했었지.
박랑사의 철퇴가 여태 있었나니,
삼한에 나라 아직 안 망했다네.

謹題安先生傳

張震靑

何人操鐵血, 仗劍挽金湯.
疾苦依遺類, 兇殘痛始皇.
君臣皆忍辱, 豪傑獨悲傷.
博浪椎猶在, 三韓國未亡.

---

136 장전칭: 청말민초 인사. 중국번의 손녀사위인 화이라이(懷來)현 현령 우용(吳
永)의 막료로 활동했다.

안중근 선생을 애도함

천위안춘[137]

강개하게 한 몸 버려 승냥이와 이리 쫓아내니,

한없이 슬픈 바람 불어 나라 위해 죽은 이 애통해하네.

노예 모습 기꺼이 함은 살아도 치욕이라,

호협한 기상 길이 남기니 죽어서도 향기롭네.

철혈 같은 그대 마음 멈추기 힘듦 알았건만,

제 산하 찾으려던 소원 못 이뤘네.

사람마다 어이 박랑사의 장량 되랴만,

이웃 나라는 한국이 망했단 말 못 하리라.

吊安重根先生

陳鴛春

捐軀慷慨逐豺狼, 無限悲風痛國殤.

甘作奴顔生亦恥, 長留俠骨死猶香.

知君鐵血心難已, 還我河山願未償.

安得人人恒博浪, 隣邦不敢謂韓亡.

---

137 천위안춘: 신해혁명을 주도한 단체인 쑨원의 동맹회(同盟會) 인사, 신해혁명 참
여, 『민권보(民權報)』 주관.

안중근전에 느낌이 있어 짓다

차스돤[138]

원수의 옷 위에 피 뿌리나니,
제 한 몸 스러짐을 어찌 아끼랴.
저 진왕의 부거 내리침 내가 비웃나니,[139]
장자방은 아녀자일 뿐이로구나.

安重根傳感賦

查士瑞

血濺仇者衣, 何惜一身毀.
笑彼中副車, 子房婦人耳.

---

138 차스돤(1877~1961): 원명 종리(鐘禮), 저장(浙江) 하이닝(海寧) 사람, 언론인.
　　소설가 진용(金庸)의 백부.

139 부거는 황제가 이동 중에 바꿔 타거나 시중들기 위해 뒤따르는 여벌의 속거(屬車)
　　를 가리킨다. 이 구절은 『사기』·「유후세가」 중의 '잘못하여 부거를 맞췄다'라는
　　'오중부거(誤中副車)' 고사를 사용했다. 이 구는 장량이 결국 진왕을 암살하는
　　데 실패한 반면 안중근은 제대로 성사시켰음을 비유했다.

안중근선생전을 읽고

왕타오[140]

창해역사 이야기 내 들었나니,

철퇴 하나로 강한 진의 기세 꺾었다네.

그 유풍 영구히 전해왔거늘,[141]

한국에 사람 없다 말하지 말라.

넘실넘실 흘러가는 황해 가에서,

유로들 상전벽해에 눈물 흘리네.

단군과 기자의 신성한 핏줄,

오래도록 떳떳한 윤리 지켰지.

그 뿌리 능히 절로 심겨져,

마침내 볕 봄날 돌아옴 보리라.

---

140 왕타오(1867~1943): 자 베이친(倍欽), 후난(湖南) 헝양(衡陽) 사람, 청말 도쿄
   호세이(法政)학당 유학.

141 원문의 '종고(終古)'는 "懷朕情而不發兮, 余焉能忍而與此終古."(『초사(楚辭)』·
   「이소(離騷)」)에서 유래.

讀安重根先生傳

王燾

我聞滄海士, 一椎摧强秦.

此風流終古, 勿謂韓無人.

滔滔黃海畔, 遺老泣桑塵.

檀箕神聖血, 久矣篤彝倫.

此根能自植, 終見回陽春.

안 열사를 애도함

황성아부[142]

드넓은 천지에 한 남아(男兒),
우리 동국 다시 올 날 그 어느 때일런가?
그저 훗날 뜻 맞는 사람을 기다리니,
집집마다 제사하며 늦었다 말 않으리.

悼安烈士

皇城啞夫

浩然天地一男兒，再到吾東定幾時.
第待他年如意子，家戶尸祝未云遲.

---

142 인적 사항 미상. 재중한인일 가능성이 크다.

제목 미상

이광[143]

하얼빈에 쏴아 하고 바람 부는데,
갈석산[144] 한 밤은 깊기도 하구나.
그때의 한 방울 뜨거운 피는,
천추에 죽지 않을 마음이라네.

題目不詳

醒庵

哈濱風颯颯, 碣石夜沈沈.
一點當時血, 千秋不死心.

---

[143] 이광(李光, 1879~1966): 호 성암(醒庵), 한국인, 독립운동가. 상해 임시정부 수립
에 참여했다.
[144] 둥근 비석처럼 우뚝 솟은 돌산을 의미한다.

제목 미상

일석[145]

안공은 죽었어도 죽지 않고 계시나니,

한번 가신 뒤 어느새 몇 해가 지났던고.

반도의 산하는 여전히 적막하여,

영혼은 밤낮으로 무덤에서 통곡하네.

題目不詳

一石

死而不死安公在, 一去居然歲幾回.

半島河山仍寂寂, 靈魂日夜哭泉坮.

---

145 인적 사항 미상.

금루곡·안중근전에 쓰다[146]

청샨즈[147]

검의 기운[148] 연나라 서울 가로지르고,

몇몇 남아 용 잡는 무예 지녔었건만,

지금은 어느 누가 그러한가?

한 모퉁이 산하에 남은 눈물,

장군의 의기를 알게 하네.

그저 총탄 한 발이면 족하여,

벼락 치니 공연히 산도깨비 달아났지.

태양을 뚫으니 백주에 무지개[149] 드리우고,

다섯 걸음에 피가 천년의 역사에 뿌려졌도다.[150]

옛 궁궐 석양 가운데서 돌이켜보니,

그해 하백의 자손과 일정왕자가,[151]

---

146 상하이 『국민월간(國民月刊)』 1913년 제1권 제1기에 수록. 4개 연 중 안중근 관련 내용이 집중된 앞 2개 연 절록. 금루곡은 사의 곡조인 사패명으로, '하신랑(賀新郎)'·'유연비(乳燕飛)'로도 불린다. 곡패명(曲牌名)으로도 쓰였다.

147 청샨즈(?~1942): 안후이(安徽) 시(歙)현 출신. 남사 성원으로 운어학(韻語學)과 필기소설·불교학 등에 조예가 깊었다. 일부 출처에는 작자명이 없이 전인(前人)으로 되어 있거나 샨즈(善之)로 되어 있는 경우도 있다.

148 검에서 뿜어 나오는 빛. 형가의 기세를 의미한다.

149 무지개가 두 개의 고리 모양으로 뜰 때, 색이 강렬한 안쪽의 것이 수무지개가 되어 홍(虹)이라고 부르고, 색이 옅은 바깥쪽의 것은 암무지개가 되어 예(蜺)라고 부른다.

150 혈천오보 고사를 사용했다.

151 하백아손(河伯兒孫)과 일정왕자(日精王子)는 공히 단군의 자손인 한국인을 가리킨다. (참고로 하백아손에 관한 고사는 『이재전서(頤齋全書)』 하「자지록(資知

만 리 넘어 부여로 와서 패자(霸者)의 공업 세운 일 기억하노라.

그저 모두 다 흐르는 물 따라 도랑과 골짜기에 빠져 들어갈 뿐이거늘,

누가 뒤에 죽는 것이 이득이라던가?

이번에는 끝내 기쁜 뜻 이루었으니,

왜구에게 깨우쳐주기를, 삼한의 선비 가운데,

장차 뜻있는 이 또 일어날 것임을 알라 하네.

金縷曲·題安重根

程善之

劍氣橫燕市, 數男兒屠龍身手, 而今誰是?

一角山河餘涕淚, 認取將軍意氣.

只消得一丸足矣, 霹靂下空魑魅走.

貫太陽白晝垂雌蜺, 五步血千秋史.

故宮回首斜陽裏, 記當年河伯兒孫日精王子, 萬里扶餘來覇迹.

不外都隨逝水淪溝壑, 誰當後死得?

此番終快意, 敎倭奴省識三韓士, 有志者且重起.

錄)」에 보이고, 일정왕자에 관한 고사는 『문정공유고(文貞公遺稿)』 권5 「제문(祭
文)」에 보인다.)

삼가 안중근선생전에 쓰다

왕양[152]

총탄 한 발에 남은 유감 아예 없으니,

천추에 꽃다운 이름 누리리.

삼가 고국을 우러러보고,

웃으며 평생을 보냈지.

빼어난 기운 언제나 있는 듯하여,

강물도 밤중에 소리를 내는구나.

송빈[153] 이리저리 돌아보면서,

애도하니 넘치는 정 못 가누겠노라.

敬題安重根先生傳

汪洋

一彈無餘恨, 子[154]秋享令名.

側身瞻故國, 含笑送平生.

英氣常如在, 江流夜有聲.

松濱試迴顧, 憑弔不勝情.

---

152 왕양(1881~1921): 자 즈스(子實), 안후이 징더(旌德) 사람, 국민당 공무원, 교사, 언론인. 『중화민보(中華民報)』·『민권보(民權報)』 등 주관.

153 하얼빈에 속한 지명.

154 '천(千)' 자의 오자로 보임.

생사자·안중근소전에 쓰다[155]

왕한장[156]

삼한 땅에 젊은 의협 있으니,

뒷세상의 유후 장량이 바로 그일세.

큰 공을 이루었다 말을 하지만,

외려 함께 벌레와 모래 되었네.

화표 학[157]은 돌아왔건만,

바위 위 등나무는 시들었구나.

한 손으로 세찬 물결 잡아당겨도,

강물의 흘러내림[158] 어쩔 수 없다네.

---

155 『윈난(雲南)』 1913년 1기에 수록.

156 왕한장(王漢章, 1892~1953): 원명 충환(崇煥), 자 지러(吉樂), 산둥(山東) 푸산 (福山) 사람, 남사 회원, 교육자, 갑골문 및 금석학 연구자.

157 화표(華表)는 교량·궁궐 또는 능묘 앞에 장식용으로 세워둔 큰 기둥으로 주로 돌로 만들어졌다. 한(漢)나라 때 요동 사람 정령위(丁令威)가 영허산(靈虛山)에 서 선도(仙道)를 닦았다. 나중에 그는 학이 되어 고향으로 돌아가 성문 앞 화표 위에 머물렀다. 어느 날 한 소년이 학을 보고는 활을 겨누었다. 학이 날아올라 빙글빙글 돌며 "새가 있네, 새가 있네, 정령위라는 새. 집 떠난 지 천 년 만에 비로소 돌아왔네. 성곽은 옛날과 다름없건만 사람들은 그 사람들이 아니구나. 어찌 선도를 배우지 않아 무덤만 많아졌나? (有鳥有鳥丁令威, 去家千年今始歸, 城郭如故人民非, 何不學仙塚壘壘.)"라고 읊고는 하늘 높이 날아가 버렸다. 도연 명(陶淵明)의 『수신후기(搜神後記)』에 실린 고사이다. 이후 화표학귀(華表鶴歸) 는 옛 사람들이 모두 죽고 없는 고향처럼 인간 세상의 변천을 한탄하는 의미로 쓰이게 되었다.

158 원문의 '강하하(江河下)'는 '강하일하(江河日下)' 즉 강물이 날마다 아래로 흘러 감을 말하며, 날이 갈수록 상황이 나빠짐을 의미한다.

生查子 · 題安重根小傳

漢章

三韓俠少年異世留侯也.

漫道大功成却共蟲沙化.

華表鶴歸來石上藤蘿謝.

隻手挽狂瀾莫補江河下.

29

이토를 애도함[159]

션루진[160]

- 일본의 이토 히로부미가 만주를 두루 돌다가 막 하얼빈 기차역에
도착했다. 한인에게 총 맞아 죽었으니, 선통 원년 구월 십삼일이다.

이토가 일본에서 재상을 함에 일본은 강해졌고,
이토가 한국에 들어옴에 한국은 망했네.
흥망이 오직 그 한 손에 달려 있어,
웅심은 그야말로 사방팔방 온 세상[161] 집어삼킬 듯.
지난날 만주를 전장으로 삼고,
동북 삼성 취하길 주머니 속 뒤지듯.[162]
오늘에 이르도록 바삐 지냈지만 세상 석권하긴 어려워,
정좌하고 하루에도 천 가지 생각 마음 복잡했네.
질주하는 기선 타고 파도 헤치며 만 리를 내달리다,
하얼빈에 이르러 총탄 맞고 죽었네.
벼락이 땅에 내리치듯 지축이 흔들리니,

---

159 시기 미상.

160 션루진(1858~1917): 자 공조우(公周), 호 스요우(石友), 쟝수(江蘇) 창수(常熟)
사람.

161 팔황(八荒)은 동·서·남·북·동남·동북·서남·서북의 사방팔방 즉 넓은 세상을
말함.

162 탐낭(探囊)은 주머니 속을 뒤지는 일처럼 손쉽다는 의미. 두목(杜牧)의 시「군재
독작(郡齋獨酌)」중 "謂言大義小不義, 取易卷席如探囊."에 보인다.

열강들은 혼이 빠져 감히 교만하지 못했지.

한국은 망했지만 열사가 있어 복수 했으니,

총탄 한 방에 망국의 치욕 씻을 수 있었네.

삼한은 손뼉 치며 군중들 서로 웃고 좋아했지만,

나는 이토 역시 슬퍼할 만하다고 말하노라.

당당한 칠 척 키에 관중(管仲)과 악의(樂毅)[163]의 재주를 지녀,

중국에는 이런 동량의 재목이 없거늘,

일세의 영웅은 어디에 있는가?

남의 녹을 먹고 그저 남의 일을 할 뿐인,

저 벼슬자리만 차지하고 녹봉만 타먹는 이들을 부끄럽게 했구나.

병가의 음모는 본래부터 꺼리지 않았고,

나라 위해서는 충과 의 다할 줄만 알았지.

쇠와 피의 전쟁터 세계에선 용과 호랑이가 서로 다투어,

영토 분할의 형세가 이미 이루어졌네.

존망이 위급하여 중흥을 생각하노라니,

어찌 변법을 얻고 이토를 살려내리?

아! 이토가 죽었건 죽지 않았건,

이름을 청사에 올리기에 무엇이 부끄러우랴?

그대는 보지 못했는가, 다섯 임금 거친 원신(元臣)[164]이 중수(中帥) 차

---

163 관중(?~B.C.645)은 춘추시대 제(齊)나라의 재상으로, 제나라가 춘추오패 중 하나로 자리매김 하는 데 큰 공헌을 했다. 악의(B.C.300~B.C.260 추정)는 전국시대 연(燕)나라의 명장으로, 훗날 제갈량이 관중과 더불어 자기 자신에 비견했을 정도의 인물이다.

164 최고 신하, 당시 중국 최고 권력자 리홍장(李鴻章, 1823~1901)을 가리킨다. 도광·함풍·동치·광서·선통 다섯 황제에 걸쳐 살았다. 리홍장이 장기간 권력을 누

지하고는,

뛰어난 공도 없이 아름다운 시호만 얻었으니,

이토와 비교하여 누가 어리석고 누가 지혜로운가?

哀伊藤

沈汝瑾

[日本伊藤博文遊歷滿洲, 甫至哈爾濱火車站,

爲韓人槍斃, 宣統元年九月十三日也.]

伊藤相日日本强, 伊藤入韓韓國亡.

興亡祇在一擧手, 雄心直欲吞八荒.

滿洲昔日作戰場, 取東三省如探囊.

至今度熱難席捲, 安坐一日千回腸.

颭輪破浪馳萬里, 到哈爾濱中彈死.

霹靂震地地軸搖, 列强喪膽不敢驕.

韓亡報仇有烈士, 一彈可雪亡國恥.

三韓撫掌群相哈, 吾謂伊藤亦可哀.

堂堂七尺管樂才, 中國無此梁棟材,

英雄一世安在哉.

食人之祿盡人事, 愧彼素餐與尸位.

렸으면서도 중국을 올바로 이끌어가지 못했음을 비판했다.

184

兵家陰謀本不忌，爲國猶知盡忠義.

鐵血世界龍虎爭，瓜分形勢今已成.

存亡危急思中興，安得變法生伊藤.

嗚呼伊藤死不死，名氏何慚列靑史.

君不見五朝元臣債中帥，

身無奇功得美諡，比諸伊藤孰愚智.

30

안중근[165]

천송팅[166]

계책 다하여 진나라 조정에서 울었건만,[167]

한국 망한 원한 아직 추슬러지지 않았네.

팔이 잘리고도 끝내 경기 도모하고,[168]

의로움에 참을 수 없었던 전횡이로다.[169]

차라리 국민 위해 죽을지언정,

노예로 살기 달가워하지 않았네.

하루아침에 공분 씻었으니,

웃음 머금고 희생으로 나아가노라.

---

165 『숭덕공보(崇德公報)』 1915년 1기 「문원(文苑)」에 발표. 이랑(翼郞)이라는 필명
으로 발표된 같은 작품(『약한성(요한의 목소리, 約翰聲)』 1918년 29권 8기)도
있다. 이랑 또는 천이랑(陳翼郞) 명의의 「금루곡·안중근전에 쓰다(金縷曲·題安
重根傳)」(『신주(神州)』 1914년 1권 2기, 『민국일보(民國日報)』 1916년 9월 25일,
『신세계(新世界)』 1918년 5월 25일)라는 작품도 있다. 내용은 대동소이하다.

166 작자 이(憶)는 천송팅(陳松藤, 1886~1951)의 필명. 자 스쥔(士鈞), 별명 이랑(翼
郞), 후난(湖南) 쐉펑(雙峰) 사람. 일본 와세다대학 유학, 동맹회 가입, 상하이
『신보(申報)』 기자, 남사 회원.

167 춘추시대 신포서(申包胥) 고사를 사용하여 1907년 헤이그 특사 사건을 비유한
것으로 보인다. 특사를 파견하여 주권회복을 호소했지만 성과가 없었음을 의미한
다. 신포서는 초소왕(楚昭王) 때 대부로 오자서(伍子胥)와 친했다. 초에 원한 품
은 오자서가 오(吳)나라로 달아나면서 "내가 반드시 초나라를 멸망시키겠다."고
하자 "그대가 반드시 멸망시키겠지만, 내가 다시 부활시키겠다."라고 답했다. 이
후 오자서의 계략에 따라 오가 초를 공격하자 초의 운명이 위태롭게 되었다. 신포
서가 진(秦)에 가서, 7일 동안 먹지도 마시지도 않고 울면서 애공(哀公)에게 초의
절박한 상황을 알리며 구원병을 요청했다. 애공이 감동하여 초를 도왔다. 초왕이
포상하고자 했으나 사양했다.

安重根

憶

計絕秦庭哭, 韓亡怨未平.

手終圖慶忌, 義不忍田橫.

寧爲國民死, 不甘奴隸生.

一朝雪公憤, 含笑就犧牲.

---

168 요리가 경기(慶忌)를 암살한 고사를 사용했다. 경기는 춘추 시기 오왕 료(僚)의 아들이다. 여러 역사서의 관련 기재가 일치하지는 않지만, 합려가 자객 요리를 보내 조카인 경기를 살해하고 왕위를 탈취했다는 설이 있다. 요리는 암살에 앞서 경기의 신임을 얻기 위해 자신의 처자식을 죽이게 하고 팔 한쪽도 자르게 했다고 한다. (『좌전(左傳)』·「애공이십년(哀公二十年)」, 『오월춘추(吳越春秋)』·「합려 내전(闔閭內傳)」) 여기서는 앞서 량치차오의 시에도 등장한 요리가 자신을 희생해 가며 자객의 임무를 수행함을 비유했다.

169 전횡은 디(狄)현, 지금의 산둥(山東) 까오칭(高靑) 사람. 전국 시기 칠웅 중 하나 이던 제(齊)의 종실 전(田)씨의 일족이다. 형들과 함께 제를 농락하던 진(秦)에 반기를 들고 제를 다시 일으켰다. 유방이 천하를 평정하자 빈객 5백여 명과 함께 지금의 전횡도(田橫島)에 숨어 살았다. 한나라에 소환되어 뤄양(洛陽)으로 가던 중에 포로가 된 수치스러움에 자결했다. 소식을 들은 빈객들도 자결했다. 그들을 '전횡오백사(田橫五百士)'라 하며 의기를 높이 평가한다.

건아행 – 조선 지사 안중근 사건을 적다[170]

31

쉬야헝[171]

건아의 기백은 한 말의 붉은 빛,

철석같은 마음 벼락같은 손으로,

무소와 코끼리 힘껏 내리침 마치 개 잡는 듯했네.

불행히 나라 잃은 노예 되었지만,

유가의 무리되기는 달갑지 않아,

형가와 섭정 그 짝이 되었지.

같은 하늘을 이고 살 수 없는 임금과 부모의 원수라,

건아가 한국에 보답하려는 마음과 뜻 유후 장량 같았네.

이토가 한국을 감독한 지 삼 년이 지나,

입으론 천황의 명을 받들고 손엔 채찍을 들고서,

한국의 산천 탄압하여 세금 걷고 부역시켰네.

한국의 마을에 한국 군신들 몰아넣고,

한국의 아비와 자식을 속박하니 한인들은 살아도 죽느니만 못했지.

건아는 그 사이에 섞여 있으며 남들과 나란히 설 수 없음[172]을 부끄러

워했노라.

---

170 『대하총간(大夏叢刊)』 1915년 제1권 제1호 「운어(韻語)」에 실림. 총 7해(解) 중
　　안중근 관련 내용이 뚜렷한 앞 3해까지 소개.

171 쉬야헝: 후난(湖南) 창사(長沙) 사람.

172 식민지가 되어 다른 나라 사람들과 나란히 할 수 없음을 말함.

健兒行 – 紀朝鮮志士安重根事

長沙徐雅衡

健兒膽紅一斗, 鐵石心霹靂手, 力搏犀象如屠狗.

不幸爲亡國奴, 不屑爲儒家流, 荊卿聶政乃其儔.

戴天不共君父讐, 健兒報韓心志同留侯.

伊公監韓歷三祀, 口銜天憲手鞭箠, 彈壓韓山川租庸.

韓閭里牢籠韓君臣, 羈勒韓父子韓人雖生不如死.

健兒蝱其間恥不人類齒.

32

제목 미상[173]

디워[174]

형가가 진왕 찌르려던 일 이루어지지 못하여,

연나라 망하게 한 재앙 이로써 빨라졌지.

육국이 다 망하자 천하가 분노하고,

변방 군사가 한번 부르짖자 진나라 족속을 이겼다네.

사물이 극에 이르면 이내 반대로 나아감은 하늘의 도리가 그러함이라,

평탄하다 보면 경사지게 되고, 가면 오게 되지.

안군은 제 손으로 저격하여 원수를 갚고,

수염 활짝 펴지도록 크게 웃으며 무참한 죽음으로 나아갔네.

한국이 끝내 망함에 혹자는 그를 책망하지만,

그 말은 기괴하고 그릇되어 나는 기록하지 않노라.

다섯 나라에 처음엔 자객행위가 없었지만,

연나라가 하나의 예를 만들어 같이 망했다는 말.

안군이 이룬 공적 형경을 뛰어넘어,

이 빼어난 문장도 기쁘게 사마천을 이었구나.

마땅히 칼끝을 옮겨 내부의 간신을 죽여야 한다고 했나니,

구절에 바람과 서리가 끼여 의로움 더욱 넘치네.

백대까지 분을 떨쳐 아득히 다가오리니,

영웅의 감화력은 길흉을 잘 감당하리라.

---

173 창사(長沙) 정위안(鄭沅)의 전기문 『안중근(安重根)』에 수록.
174 인적 사항 미상.

그대는 보지 못했는가,

전기의 필치가 차분하고 뛰어나며 기운차고 삼감을,

사람들은 기자 유민의 자취를 공경하리라.

題目不詳

狄郁

荊軻刺秦事不成, 亡燕之禍由兹速.

六國盡亡天下憤, 戍卒一叫嬴秦族.

物極乃反天道然, 無平不陂往不復.

安君手擊讐仇殪, 掀髥大笑就屠戮.

韓國遂亡或咎君, 斯言奇謬吾弗錄.

五國初無刺客行, 燕台一例同傾覆.

安君成績過荊卿, 奇文喜有龍門續.

謂當移鋒斃內奸, 詞挾風霜義尤足.

百世奮興來軫遒, 英雄感力良堪卜.

君不見傳筆沈雄氣懍然, 人欽箕子遺民躅.

제목 미상

왕자오[175]

갖은 고생 곡절 많았던 홍종우,[176]

강개함 가득 넘쳐흘렀던 안중근.

큰 뜻 품고 함께 견딤 귀신마저 울렸고,

성공한 본보기 천지를 감동시켰네.

의로운 명성 특히 황푸강[177]에서 드러났고,

호방한 의거 멀리 하얼빈에서 일어났네.

우리 중원 암담하게 기색 없음 슬퍼하는데,

굳이 형가와 섭정 되니 돌아간 넋 위해 우노라.

題目不詳

王照

艱難委曲洪鐘宇, 慷慨淋漓安重根.

賣志同堪泣神鬼, 成功一例動乾坤.

義聲特著春申浦, 豪擧偏來哈爾演.

憐我中原黯無色, 故爲荊聶泣歸魂.

---

175 왕자오(1859~1933): 자 샤오항(小航), 호 루중충스(蘆中窮士). 근대 언어학자로
   병음문자 사용을 주창했다. 변법유신에 참여했다.

176 홍종우(1850~1913): 프랑스 유학생 출신 한인. 수구파로서 개화파의 김옥균을
   암살했다.

177 원문의 춘신푸(春申浦)는 상해에 있는 황푸강의 별칭. 상하이에서 홍종우가 김옥
   균을 암살했다.

192

제목 미상

민얼창[178]

커다란 근심 깊은 수치심 외로운 신하에게 하나로 모이니,

분골쇄신 목숨 바쳐 맹세 펼쳤네.

눈앞의 영웅은 그 발걸음 빨리 하는데,

길옆의 위병들은 끝내 헛되이 늘어섰구나.

붉은 전기(戰旗) 휘날리고 햇빛도 고와 하늘은 한창 취해있지만,

흑룡강 바람 차니 초목은 봄이 아니로구나.

천 년 전의 장자방도 마땅히 손뼉 치리니,

복수한 지금 또다시 한인을 보았노라.

題目不詳

閔爾昌

大憂深恥集孤臣, 絕脰糜軀矢一伸.

眼底英雄那足數, 道旁兵衛竟虛陳.

朱旗日麗天方醉, 黑水風寒草不春.

千載子房應撫掌, 報仇今又見韓人.

---

178 민얼창(1872~1948): 초명 쩐(眞), 자 바오즈(葆之), 호 황산(黃山), 수재, 쟝수 (江蘇) 양조우(揚州) 사람. 북양정부에서 위안스카이의 막료를 한 바 있다. 문사 (文史)에 뛰어났다.

야오지잉[179]

기자가 오랑캐 개화한 일 옳던 그르던,

고궁에는 또다시 기장 익어 처진 이삭 보게 되었구나.[180]

모름지기 알아야 할 건 성현의 은택이 멀리 남겨져,

안씨 가문에 아직 도량 넓고 굳센 사내 있음이로다.

풍경은 다를 것 없지만 세상은 바뀌어,

궁문 앞 동제 낙타 가시덤불에 얽힌 황폐함이 너무도 슬프구나.

홀연히 하늘을 놀라게 하며 날랜 장수 내려왔으니,

절대 승리하리라 고구려 백만 군사여.

신정 향해 초수 되어 울지 말지니,

탄환 날아 육신을 좇아 소원이 끝내 보답 받았도다.

남아에겐 스스로 하늘을 뒤엎는 업이 있거늘,

예양과 요리도 이류로구나.

뜻을 정해 몸을 내던짐은 또한 슬프거늘,

양을 잃음은 필경 우리를 늦게 고친 탓이라네.

한국에 보답하려는 뜻 허망한 소원이 되었나니,

유후 장량의 박랑사 철퇴를 길게 탄식하노라.

---

179 인적 사항 미상.

180 원문의 서리(黍離)는 『시경(詩經)』·「왕풍(王風)」 중의 「서리」에 나오는 표현이
다. 동주(東周)의 한 대부가 서경으로 출행했을 때 옛 종묘와 궁전이 모두 훼손되
고 그 터가 기장 밭으로 변해있음을 한탄하며 "저 기장 익어서 고개 숙였네. (彼黍

題目不詳

姚季英

箕子明夷是也非, 故宮又見黍離離.
須知聖澤留遺遠, 尙有安家恢烈兒.
風景無殊世已非, 銅駝荊棘總堪悲.
忽驚天上來飛將, 絶勝句麗百萬師.
莫向新亭泣楚囚, 飛丸逐肉願終酬.
男兒自有掀天業, 豫讓要離第二流.
志決身殲亦可悲, 亡羊畢竟補牢遲.
報韓有志成虛願, 太息留侯博浪椎.

離離)"라고 노래했다고 한다. 이후 '서리'는 국가의 멸망 또는 세상의 흥망성쇠를
의미하게 되었다. 여기서는 조선이 일본에 의해 멸망됨을 비유한다.

안중근[181]
예통펑[182]

적막하던 삼한에 별안간 큰소리,
하얼빈의 일격에 만인이 놀랐지.
사천 년의 역사에 정신이 살아서,
영원하리 선생님 불후의 이름이.

安重根

葉舟

寂寞三韓突有聲, 哈濱一擊萬人驚.
四千年史精神在, 永壽先生不朽名.

181 창사(長沙) 정위안(鄭沅)의 전기문 『안중근(安重根)』에 수록.
182 예통펑(葉桐封, 1885~1948): 보명(譜名) 총런(崇仁), 자 총수이(崇水), 호 이조우 (一舟), 저쟝(浙江) 닝하이(寧海) 사람. 교육자.

조선 자객에게 바침[183]

왕샤오눙[184]

암살 실행함이 어찌 쉬웠으랴 이야기들 하지만,

나라 원수 갚지 않는다면 국민이 아니리.

스스로 살펴보자면 은나라에 거울인 셈,[185]

묻노니 누가 감히 진나라에 인재 없다 말하리.[186]

사마귀도 도끼 휘둘러 천주[187] 부러뜨릴 수 있고,

장사는 창 휘둘러 태양을 쫓았다네.[188]

---

183 시기 미상.

184 왕샤오눙(1858~1918): 원명 더커진(德克金), 자 룬톈(潤田), 호 양톈(仰天), 만주 사람. 청말민초의 저명한 경극 극작가 겸 배우로, 경극개량운동에 큰 역할을 했다.

185 은감(殷鑑)을 활용했다. 은(殷)나라는 전대인 하(夏)나라가 폭정으로 멸망한 것을 교훈으로 삼으라는 의미이다. 거울삼아 경계해야 할 전례를 말한다. 여기서는 중국의 교훈으로 삼자는 뜻으로 여겨진다.

186 진무인(秦無人)은 '인재가 없다'는 의미로, 『좌전(左傳)』·「문공십삼년(文公十三年)」 중의 "繞朝贈之以策, 日'子無謂秦無人, 吾謀適不用也.'" 및 『사기』·「범저채택열전(范雎蔡澤列傳)」 중의 "秦王屛左右, 宮中虛無人." 구절 등에서 유래된 표현이다.

187 천주(天柱)는 하늘이 무너지지 않도록 괴고 있다는 상상의 기둥을 가리킨다. 한편 사마귀가 넓적한 앞다리를 쳐드는 모습이 마치 도끼를 휘두르는 것 같다고 한다. 관련 고사가 있다. 제(齊)나라 장공(莊公)이 사냥을 가는데, 사마귀 한 마리가 다리를 들고 수레바퀴로 달려들었다. 부하가 장공에게 사마귀는 물러설 줄 모르며 적에게 대항하는 벌레라고 설명했다. 장공이 듣고는 만약 사람이었다면 천하의 용사였을 것이라며 그 용기에 감탄하여 비켜서 지나갔다고 한다.

188 노양지과(魯陽之戈) 전고를 사용한 구절이다. 노양공이 한(韓)나라와 한창 전쟁을 하는데 해가 저물자 창을 휘둘러 해를 되돌렸다고 한다.(『회남자(淮南子)』·「남명훈(覽冥訓)」) 대단한 기세로 위급한 국면을 막아냄을 비유한다. 한편 원문에는 장사(壯士) 두 자가 누락되어 □□로 되어 있다. 명대 한상계(韓上桂)의 「정증제부

영웅들 앞 다투어 잇달아 나오리니,
모두 뜨거운 피 동쪽 이웃에 뿌리리라.

아시아에서 연출된 연극 예사롭지 않으니,
절세의 걸출한 인재 죽음으로 막을 내리네.
잡배이던 형가 공연히 욕설 내뱉고,
필부이던 예양 그저 미치광이인 양했었지.
하루살이도 이제 큰 나무 흔들 수 있고,[189]
땅강아지 개미도 긴 제방 쉽게 무너뜨릴 수 있지.[190]
당시 박랑에서 철퇴가 날래지 못했거늘,
부거[191] 잘못 내리친 장량을 비웃노라.

진여강공(呈贈制府陳如岡公)」에 "將軍按劍從天下, 壯士揮戈逐日馳."라는 시구
가 있어 '壯士'가 누락된 것으로 추정한다.

189 '부유감대수(蜉蝣撼大樹)'라는 성어를 사용했다. 본래는 '하루살이가 큰 나무를
흔들다' 즉 스스로 자기 힘을 헤아리지 못함을 비유한다. 출처는 명대 유창(劉昌)
의 『현사쇄탐시재오물(懸笥瑣探恃才傲物)』에 나오는 "湯家公子喜夸詡, 好似蜉
蝣撼大樹."라는 구절이다.

190 큰 제방도 땅강아지나 개미의 구멍과 같은 작은 힘에 의해 무너질 수 있음을 의미
한다. 출처는 『한비자(韓非子)』·「유로(喩老)」에 나오는 "千丈之堤, 以螻蟻之穴
潰. 百尺之室, 以突隙之煙焚."이라는 구절이다.

191 제왕이 이동할 때 여벌로 따라가던 수레.

贈朝鮮刺客

汪笑儂

實行暗殺談何易, 不報國仇非國民.
自我相觀殷有鑒, 問誰敢謂秦無人.
螳能奮斧摧天柱, 壯士揮戈逐日輪.
更望英雄爭繼起, 都將熱血濺東隣.
亞洲演出劇非常, 絕世雄才此下場.
小輩荊軻徒嫚罵, 匹夫豫讓但佯狂.
蚍蜉大樹今能撼, 螻蟻長隄未易防.
博浪當年錐不利, 副車誤中笑張良.

안중근[192]

주룽취안[193]

나라 원수 갚으리라 맹세하여 자신을 돌보지 않고,
조용히 희생했도다 한국의 유민이여.
가련타 기자의 봉토,
외로운 충신 남아 옛 인연 말하네.
충의의 마음 고되게 지켜오다,
대사를 끝냈으니 이제 어찌 쓰일꼬?
이와 견줄 우리나라 사람 찾아보니,
형가의 비수요 장량의 철퇴로다.

安重根

朱榮泉

誓報國仇不顧身, 從容就義韓遺民.
可憐箕子分封地, 留有孤忠話舊因.
忠肝義膽苦支持, 大事去矣安用之.
試取邦人作比例, 荊卿匕首子房椎.

---

192 『대하총간(大夏叢刊)』, 1915년 1권 1기에 수록.

193 주룽취안(1898~1969): 이름이 런(仁)으로도 알려져 있다. 상하이 후쟝(滬江)대
학 문학과 교수를 지낸 인물로 추정된다.

대한 의사 안중근을 애도하며 산려에 보이다[194]

린징주[195]

장하다 안선생,

뛰어난 절개로 나라에 보답했네.

굳세게 그 마음 다잡으며,

동무도 맺지 아니했지.

홀로 그 원수 뒤쫓아,

일거에 원한 풀었구나.

강개하여 그 한 몸 바침에,

늠름하고도 용맹스러웠지.

아! 우리 후배들이여,

마음 속 뜨거운 열 어찌 풀까.

모두가 뜻을 모아 굳건히 성을 쌓고,[196]

황룡혈에 이르길 기약하라.[197]

선생은 구천에서,

원수의 피를 통음하리니.

---

194 『The Chindan』·「문예(文藝)」 No.14, 1921.1.9.에 실림. 제목 중의 산려(汕廬)
는 특정 인물일 가능성이 있으나 확정하기 어렵다. 한편 중국 인사들과 활발히
교류했던 신규식선생(『震壇』지의 발행인이기도 함)에게 '산려도(汕廬圖)'라는
그림이 있고. 여기에 여러 제시가 있는 것으로 알려졌다. 관련이 있을 수 있다.

195 린징주(1878~1927): 자 샤오포(笑佛), 호 즈주린(紫竹林), 치샤(棲霞) 사람. 오
사운동에 적극 참여한 사적이 알려져 있다.

196 '성을 이루다(成城)'는 『국어(國語)』·「주어하(周語下)」의 "眾志成城, 眾口鑠金."
구절에 보인다.

悼大韓義士安重根示汕廬

林景澍

壯哉安先生， 報國有奇節.

耿耿秉其心， 而不儔侶結.

孑然尾其仇， 一擧而昭雪.

慷慨損其軀， 凜凜復烈烈.

嗟我後生輩， 曷釋肝腸熱.

衆志以成城， 期抵黃龍穴.

先生九原下， 痛飮仇人血.

---

197 "金將軍韓常欲以五萬眾內附. 飛大喜, 語其下曰, '直抵黃龍府, 與諸君痛飮爾!'" (『송사(宋史)』·「악비전(岳飛傳)」)에 보이는 '통음황룡(痛飮黃龍)' 즉 황룡부에서 승리의 축하주를 통음한다는 구절을 활용한 것으로 보인다.

202

한국 의사 안중근 선생을 애도함[198] **40**

조우지광[199]

우렁차고 용맹스러운 범상치 않은 남자,

나라 위해 원수 죽였나니 또한 장하도다.

독립을 위한 감화[200]의 공업 뚜렷하지만,

인을 이루고 의를 취함은 고금에 슬픈 일.

나라 재조(再造)에 어찌 뭇사람들 힘 필요하랴,

해와 달 다시 빛남은 준재에게 의지하는 것.

고국의 궁정은 여전하니,

충혼은 멀리 배회하지 마시길.

輓韓義士安重根先生

周霽光

轟轟烈烈奇男子, 爲國戕仇亦壯哉.

獨立頑廉功業著, 成仁取義古今哀.

何由再造須羣力, 日月重光恃俊才.

故國宮庭宛然在, 忠魂縹緲莫徘徊.

---

198 『The Chindan』·「문예(文藝)」 No.14, 1921.1.9.에 실림.

199 조우지광: 후베이(湖北) 사람. 기독교도였다가 불교에 귀의하여 인광(印光)법사
라고 불렸다. 『도로월간(道路月刊)』·『오구월간(五九月刊)』 등을 주관했고, 박
은식 등 한인과 교류했다.

200 완렴(頑廉)은 『맹자(孟子)』·「만장하(萬章下)」에 보이는 표현. '완렴나립(頑廉懦
立)' 즉 탐욕스러운 자도 청렴하게 되고 나약한 자도 분기하게 된다는 의미로,
남의 높은 기풍에 감화됨을 가리킨다.

가을바람 등나무를 꺾다[201]

후원산[202]

하늘도 정이 있다면 눈물 흘리리니,

어찌 진정 생명을 기러기 깃털처럼 가벼이 했나?

뒤돌아보니 기세당당했던 동지,

칠 척 사나이가 눈썹과 수염 떨치며 높이 일어났지.

와신상담 나라의 원수 갚고,

조국산하 회복하여 잔치 벌이리라.

아! 위대한 현인의 호랑이 무늬 같은 변화무쌍을 그 누가 알랴?

한 번 노하여 바로잡으니 불타는 더위도 옮겨갔구나.

마른 등나무는 진창에 시들고 매서운 바람 불어오니,

어떠한가, 천년 열사 꽃다운 이름 드리워짐이!

秋風斷藤曲

胡蘊山

天若有情天應泣, 豈眞性命輕鴻毛?

回頭轉盼昂藏侶, 七尺鬚眉奮高擧.

嘗膽臥薪報國讎, 恢復山河奠樽俎.

吁嗟乎大賢虎變誰能知? 一怒直敎炎威移.

枯藤委泥凄風吹, 何如千春烈士芳名垂!

---

201 『오구월간(五九月刊)』 15기, 1927년 2월에 실림.

202 후원산(1905~1950): 군인, 원명 후궈위(胡國裕). 국민당 황푸(黃埔)군관학교 출신으로 소장까지 올랐다.

조선 열사 안중근전을 읽고[203]

장레이[204]

동아시아 삼한 땅,

왕조 오백 년.

왕위 아직 남아 있어도,

왕국 다시 남아있지 않구나.

존경스럽다 안씨 자제,

한국의 원수 갚으리라 맹세했지.

바다 원망하고 정위새[205] 생각하며,

갈매기인 양 외로이 날았네.

예양은 굳이 재를 삼켰고,

신포서는 펑펑 눈물 흘렸지.

손가락 자르니 천지가 놀라고,

철퇴 빌어 유후 장량 비웃었네.

일격에 천하가 놀라니,

흑룡주에서 이토를 죽였노라.

당당함은 해와 달처럼 빛나고,

---

203 『광대학생(曠大學生)』·「문예(文藝)」, 1931년 1기, 「詩六首」 중에서.

204 장레이: 산둥(山東) 허저(菏澤) 사람. 노광학당(路礦學堂) 재학 시기 학교 문예지에 이 시를 발표했다.

205 정위는 해변에 사는 까마귀와 비슷한 모양의 새. 옛날 염제(炎帝)의 딸이 동해에 빠져 이 새가 되었는데, 서산의 목석을 물어다가 동해를 메우려고 했다는 전설이 있다. 안중근의 한을 비유한 것으로 보인다.

늠름함은 구미에도 널리 알려졌네.

빼어난 공로 기쁘게 이루어져,

하비[206]에서 노닐지 않았노라.

용맹스러운 고점리[207] · 형가 · 섭정이,

어찌 눈물 흘리며 초나라 죄수[208] 본받으랴!

검은 포승줄[209]로 묶고 그 죄 나무라며,

강압적으로 수사했지.

인을 이루고 의를 취했으니,

웃음을 머금고 단두대에 오를 뿐.

혼은 돌아가 사당은 어둡고,

혈주[210]에 귀신도 애처롭구나.

비록 몸은 죽을지언정,

어찌 혹시라도 마음을 멈추게 하랴.

나의 동포에게 말 전하노니,

나라의 치욕과 근심 잊지 마시길.

---

206 중국 쟝수(江蘇) 북단에 있는 시아피(下邳)현. 진(秦)나라 말기 은둔의 선비(隱士)이자 병법가인 황석공(黃石公)이 장량에게 병서를 전해 주었다는 고사가 있다. 진시황 추살에 실패하여 하비에서 숨어 지내던 장량이 이 병서를 읽고서 한고조의 천하 통일을 도왔다고 한다. 하비에서 노닐지 않는다는 말은 장량과 달리 안중근은 거사에 성공했음을 의미하는 것으로 보인다.

207 고점리(高漸離), 전국 시대 말기 연나라 사람. 현악기 축(筑)의 고수였다. 형가의 친구로, 함께 진시황 살해를 도모했다. 형가가 죽자 이름을 바꾸고 남의 머슴살이를 하다 발각되어 눈이 머는 형벌을 받았다. 후에 진시황을 위해 축을 연주하는 척하다가 축 속에 넣어둔 쇠망치로 그를 죽이려 했지만 실패하고 오히려 죽임을 당했다.

208 초수(楚囚)는 본래 춘추 시기 초나라의 훈공(勳公) 종의(鍾儀)를 가리킨다. 진(晉)나라에 포로가 되어 초수라 불렸다. 진나라 제후가 음악을 연주해 보라고

讀朝鮮烈士安重根傳

張磊

東亞三韓地，王朝五百秋.

王位依然在，王國不復留.

可欽安氏子，矢志報韓仇.

恨海思精衛，孤飛似水鷗.

豫讓炭枉吞，包胥淚漫流.

斷指警天地，借錐笑留侯.

一擊驚天下，殲伊黑龍洲.

堂堂光日月，凜凜溢美歐.

奇功欣成就，不作下邳遊.

烈烈高荊聶，泣豈效楚囚！

縲紲非其罪，強權嚴搜求.

成仁兼取義，含笑上斷頭.

魂歸宇廟暗，血洒鬼神愁.

縱使身可死，豈敎心或休.

寄語我同胞，莫忘國恥憂.

시키자 초나라 음악을 연주하여 고국을 배신하지 않음을 나타냈다. 진나라 제후
가 이를 높이 사 종의를 돌려보내 양국 간의 우호를 도모했다.

209 유설(縲紲)은 죄인을 검은 포승으로 묶음, 즉 잡혀서 갇혀 있는 몸을 뜻한다.

210 맹세의 핏방울을 넣은 술.

망국애곡 – 조선을 애도함[211]

호우야오[212]

압록강가,

울었다 삼켰다 파도 소리 노여워라!

그 옛날 조선이라는 오래된 나라!

무슨 일로 강산은 옛 강산이 아닌가?

어찌 흥망에도 운명이 있어,

영고성쇠 다함이 둑가 버들 같단 말인가?

아냐! 아냐! 아냐!

강은 밀물 썰물 울었다 삼켰다 하지만,

만고의 슬픔과 시름 다 흘려보내진 못하리.

압록강가,

울었다 삼켰다 파도 소리 노여워라!

차마 지난날 돌이켜 보지 못하겠다만,

망국의 날은 팔월 이십구일이라!

일찍이 기억하기로 그해,

한일병합조약 발표할 때,

욱일기는 도처에 휘날리고,

태극기는 보관할 곳도 없었지.

---

211 상하이 「민성주보(民聲週報)」, 1931년 12기에 실림.

212 호우야오(1903~1942): 자 이싱(一星), 호 동밍(東明), 광둥(廣東) 판위(番禺) 사람, 중국 영화계 초창기의 감독, 이론가.

너무도 가련타,

왕후의 저택 새 주인에게 귀속되는구나.

그들을 보라,

문무의관 모두 역경에 빠진 초수 신세![213]

부귀를 말해 무엇 하리,

은원을 말해 무엇 하리,

엎어진 둥지 아래,

그저 남들에게 어육마냥 짓밟히게 되었으니!

조상은 구천에서 통곡하고,

자손은 백대에 슬픔과 근심이구나!

그 옛날 조선이라는 오래된 나라,

이제 오로지 남은 건,

안중근이 만고에 향기 전하고,

이완용이 천추에 악취 남긴 것.

압록강가,

울었다 삼켰다 파도 소리 노여워라!

옛날에 본디 조선이라는 오래된 나라!

이제는 이미 옛 강산이 아닐세.

이루 다 말할 수 없는 흥망성쇠,

이루 다 하소연할 수 없는 슬픔과 치욕,

마치 강물처럼 끝없이 흐르네!

---

213 '왕후의 저택'·'문무의관' 대목은 두보(杜甫)의 「추흥팔수(秋興八首)」 넷째 수에
　　나오는 "王侯第宅皆新主, 文武衣冠異昔時."를 활용했다.

亡國哀曲 – 弔朝鮮

侯曜

鴨綠江頭，嗚咽潮聲吼！

昔日朝鮮古國！底事江山非舊？

豈興亡有數，榮枯盡似堤邊柳？

否！否！否！

江潮嗚咽，流不盡萬古悲愁！

鴨綠江頭，嗚咽潮聲吼！

不堪回首，亡國日八月念九！

曾記當年，日韓合并條約發表時候，

太陽旗到處飛揚，太極旗無地藏收．

劇可憐，王侯宅第歸新主，

請看他，文武衣冠盡楚囚！

說什麼富貴，說什麼恩仇，

覆巢之下，盡作了他人魚肉！

祖宗九泉痛哭，子孫百代悲愁！

昔日朝鮮古國，到如今只剩得，

安重根萬古流芬，李完用千秋遺臭．

鴨綠江頭，嗚咽潮聲吼！

昔本朝鮮古國！今已江山非舊．

說不盡的興亡，訴不盡的悲羞，

恰似江水滾滾萬古長流！

44

안중근을 노래함[214]

왕아오시[215]

사람들 말하길 안중근이 지사라 하는데,

나는 말하지 안중근은 나란히 할 수 없었다고.[216]

그때 일찍이 이완용을 죽였다면,

조선이 어찌 이같이 되었으랴?

권세 가진 간신이 나라 팔아먹는 일 좌시하다니,

어찌 도적과 함께 목숨 버리지 않았는가?

조선은 본래 조선인의 것,

설마 조선에 이씨 성만 있더냐?

평생 맹목적으로 중앙을 옹호해왔는데,

중앙이 바로 도적인 줄 어찌 알았으랴!

내부의 도적을 먼저 죽여 없애지 않으면,

자연히 외부의 도적을 막기 어렵지.

하루아침에 망국의 노예가 되고서야,

비로소 조선 위해 치욕 갚기를 도모했구나.

---

214 『사회월간(社會日報)』, 1931.10.1.에 실림. 조선의 부패와 무능을 비판하며 반어 법적으로 안중근을 기린 것으로 보인다.

215 왕아오시(王敖溪, 1894~1932): 원명 쉐이(學奕), 쓰촨(四川) 바중(巴中) 사람. 언론인. 『시민보(市民報)』·『신대륙일보(新大陸日報)』 등 주관. 상하이 『사회월 간(社會月刊)』 1935년 1권 9기에 애국시인 왕아오시 기념 특집 '고소집(苦笑集)' 이 실린 바 있다.

216 한국이 식민지가 되어 다른 나라 사람들과 당당하게 나란히 하지 못함을 의미하는 것으로 여겨진다.

비수 칼날에 이토인들 뭐가 특별하랴,

그저 필부의 용기에 불과할 뿐.

개인은 헛되이 열사의 이름을 널리 알렸지만,

동포들은 여전히 지옥에 빠져있구나.

아! 안중근, 나의 마음 아파라,

그대는 어찌 이와 같을 뿐이었는가!

詠安重根
敖溪

人道重根是志士, 我道重根不足齒.

當日早將完用殺, 朝鮮何至於如此?

坐視權奸賣國家, 胡不與賊拚生死?

朝鮮本屬朝鮮人, 難道朝鮮只姓李?

平生盲目擁中央, 那知中央卽賊子!

不將內賊先誅除, 自然外賊難防止.

一朝淪作亡國奴, 始爲朝鮮謀雪恥.

手刃伊藤何足奇, 不過匹夫之勇耳.

個人徒博烈士名, 同胞仍在地獄裏.

鳴呼重根我心傷, 爾何如斯而已矣.

45

의사 형가를 슬퍼함 - 이웃 나라 영웅에게 바침[217]

야오수펑[218]

"바람은 맑고 역수(易水)는 차갑네.

장사 한번 떠나면 다시 돌아오지 않으리."[219]

약자의 비수 한 자루,

진왕의 간담 서늘케 했구나.

일이야 비록 성공하지 못했지만,

장사 이름 긴 세월 영원토록 드리우네.

어렴풋이, 진왕에게 "두 다리 쭉 뻗고 앉아 꾸짖던"[220] 때,

그 거칠고 웅장한 외침 생각하게 하는구나.

진왕 어전의 구리기둥에,

남겨진 지울 수 없는 분개도 상기시키네.

태사공이 말했지,

" …… 이러한 그 의로움은 …… 이루어지지 않았네.

그러나 그 뜻을 세움은,

---

217 상하이 『민국일보(民國日報)』, 1932.1.15.에 실림. 이 작품은 시기적으로 보거나
    또는 의거가 실패한 내용상으로 볼 때 이봉창의사를 기렸을 가능성도 있다.

218 야오수펑(姚蘇鳳, 1905~1974): 본명 경쿠이(賡夔), 별호 제갈부인, 쟝수(江蘇)
    수조우(蘇州) 사람. 언론인, 영화평론가.

219 역수는 허베이(河北) 서부에 있는 강 이름. 형가가 진왕을 암살하기 위해 떠날
    때 연 태자 단이 이곳에서 전별했다고 한다. 이 두 구는 형가가 직접 읊은 것으로
    전해지는 「형가가(荊軻歌)」의 앞 두 구이다.

220 '기거이매(箕踞以罵)'는 『사기』·「자객열전」의 '형가' 부분에 나오는 성어. 형가
    가 진왕을 암살하려는 뜻을 이루지 못했지만 끝까지 당당한 자세로 꾸짖었던 태도
    를 말한다.

명백하여 그 취지를 업신여길 수 없노라. ……"221

의사 형가여!

나는 왜 또 당신 때문에 눈물 흘리는가?

두고 보라!

어느 날 아침,

끝내 비수 한 자루로 바다같이 깊은 원한 갚게 될 것을.

傷義士荊軻 – 獻給隣國的一位英雄

蘇鳳

"風蕭蕭兮易水寒, 壯士一去不復還."

弱者的一把匕首, 寒了秦王的膽.

事情雖然沒有成功, 壯士永垂於千載.

仿佛還想起"箕踞以罵"的時候, 那種粗暴的雄壯的吶喊;

仿佛還想起秦王殿上的銅柱, 留着不可磨滅的憤慨.

太史公曰: "…… 此其義 …… 或不成.

然其立意, 皎然不欺其志. ……"

義士荊軻呵! 我又何必爲你流淚!

瞧着吧! 一朝, 終有一把匕首報了深仇如海.

---

221 말줄임표 부분들은 원작자가 의도적으로 사용한 것임.

꽃다운 혼을 애도함[222]

6

상성차이[223]

- 안중근·윤봉길 선생 -

역수의 냉기 뼈에 스미고,

가을바람 맑고 서늘하게 이네.

성난 머리카락 갓 뚜껑을 뚫고,[224]

흰 무지개 태양을 꿰뚫는구나.[225]

연 공자와 영원히 이별하나니,

다시는 고향에 돌아오지 않으리.

장사는 비수 품고,

천리 떠나 진왕을 찌르리라.

지도 다 하자 날카로운 비수 드러나고,

빙빙 화당을 도는구나.

공을 이룸이 촌각에 달렸는데,

대기하던 신하들 벌떼처럼 달려드네.

폭군 목숨 빼앗으려 했건만,

호걸이 칼 아래 죽는구나.

---

222 『현촌자치(縣村自治)』, 1932년 2권 7기에 실림. 오언배율 8수 중 의사 애도 취지가 명백한 4수를 절록함.

223 상성차이: 1908년(?) 허베이(河北) 한단(邯鄲)시 출생, 유명(乳名) 란위(藍玉).

224 『사기』·「염파인상여열전(廉頗藺相如列傳)」에 나오는 "相如因持璧却立, 倚柱, 怒發上沖冠."을 활용했다.

225 『전국책』·「위책사(魏策四)」에 나오는 "夫專諸之刺王僚也, 彗星襲月. 聶政之刺韓傀也, 白虹貫日."을 활용했다. 병란이 일어나거나 임금의 신상에 해로움이 가해질 것임을 암시하는 표현이다.

부질없이 영웅의 뜻 짊어졌건만,
선혈만이 모래밭 물들이네.

애처롭다 고점리,
진나라 조정 계단에 곧게 서있네.
좋은 벗 죽음을 목도하니,
울부짖음 금할 길 없구나.
폭군은 그 눈동자 도려내고,
궁중에서 축[226] 타라 명하네.
가슴 속 한풀이 할 마음 품고,
수치와 굴욕 참았지.
어느 날 아침 진나라 조정으로 달려가,
납덩이 손에 움켜쥐었지.
두 눈은 이미 멀었지만,
두 귀는 콧바람 소리 듣네.
폭군의 심장을 겨누고,
힘껏 내리쳤건만,
소원을 이루지도 못하고,
다시 칼끝을 피로 물들였구나.

영일이 동맹 맺은 후,[227]

---

226 축(筑), 거문고 비슷한 현악기.
227 원문의 '영각연맹(英脚聯盟)'은 '영일동맹(英日同盟, 1902)'이 맺어진 것을 가리
    킨다. 여기서 일본을 '각(脚)'으로 칭했다. 중국어 쟈오펀(脚盆, jiǎopén)의 준말
    로, 발 씻는 대야를 의미한다. 발음이 Japan과 비슷하여 일본의 속칭으로 쓰이기

왜노가 성대해져 미쳐 날뛰었지.

조선국 병탄하고,

이토 이리저리 분주했네.

훌륭하다 안중근,

단신으로 서양 다녔었지.

풍문 듣고 급히 돌아왔건만,

조국 이미 망했구나.

눈물 닦으며 어여쁜 아내와 헤어지고,

울면서 백발의 어머니와도 이별했네.

하얼빈에서 이토 죽이니,

연달아 두세 발이로다.

흉악한 도적 탄식하며 죽으니,

피에 젖은 몸 길가에 거꾸러졌네.

장사 비록 지금은 없지만,

꽃다운 이름 만고에 드날린다.

조선은 나라가 망했지만,

아직 독립당이 있구나.

지사는 어찌 그리 많은지,

호기가 다시 넘쳐흐르네.

앞서 때려눕히고 뒤에서 이어가니,

남들이 찬양할 만하구나.

슬프다 우리 중화,

도 한다. 국명에 발 각자를 사용함으로써 일종의 비하 의도가 느껴진다.

차마 지난날 생각도 못 하겠노라.

만주와 몽골은 눈 깜빡할 새에 내주고,

상해는 싸움터가 되었지.

평민이 수없이 죽건만,

당국은 저항하지도 않네.

한마디 구국의 소리라도,

네 맘껏 목이 터지게 외쳐라.

잃어버린 땅 되찾는 일,

몽상 될까 너무도 두렵구나.

悼英魂

商生才

〈安重根與尹奉吉先生〉

易水寒透骨, 秋風起蕭涼.

怒髮衝冠蓋, 白虹貫太陽.

長別燕公子, 不復還故鄉.

壯士懷匕首, 千里刺秦王.

圖盡尖刀現, 團團繞畫堂.

功成在片刻, 待臣如蜂忙.

奪得暴主命, 豪傑刀下亡.

空負英雄志, 鮮血染沙場.

哀哉高漸離, 端站秦庭階.

目睹良友死, 不禁號陶哭.

暴主剜其睛，宮中命敲筑.
胸懷雪恨心，忍羞而含辱.
一旦赴秦庭，鉛塊手中握.
兩目雖已盲，雙耳聞鼻息.
對準暴主心，盡力猛抍擊.
不但願未隨，復染刀頭血.

英脚聯盟後，倭奴逞猖狂.
併吞朝鮮國，伊藤奔走忙.
偉哉安重根，隻身遊西洋.
聞風歸徑速，祖國已滅亡.
撇離紅顏妻，哭別白髮娘.
哈埠刺伊藤，連發二三槍.
兇賊嗚呼死，血軀倒路旁.
壯士今雖沒，英名萬古揚.

朝鮮國雖亡，尚有獨立黨.
志士何其多，豪氣復淙淙.
前撲而後繼，堪令人贊賞.
哀哉我中華，不堪思己往.
滿蒙轉瞬空，上海成戰場.
平民死萬千，當局不抵抗.
一片救國聲，任你呼破嗓.
收復失亡地，深恐成夢想.

안중근을 애도함[228]

왕아오시

만주가 이미 조선의 뒤 따라가고 있음에,

뜨거운 눈물 가슴 가득 품고 안중근을 애도하노라.

길이 저항하리란 결심 부질없이 말하지만,

충혼을 위로할 만한 말이 없어 너무도 부끄럽구나.

왜노들은 여전히 이리저리 도적이 되고,

기자에게는 지금 효손이 있도다.

다만 아직 이완용을 베지 못하고,

이토를 다 죽여 없애지 못한 것이 슬프구나.

弔安重根

王敖溪

滿洲已步朝鮮後, 熱淚滿懷弔重根.

空說決心長抵抗, 深慚無語慰忠魂.

倭奴依舊爲流寇, 箕子至今有孝孫.

只爲未誅李完用, 可憐殺不盡伊藤.

---

228 상하이 『사회월간(社會月刊)』 1935년 1권 9기에 실림. 이 작품은 진진(晉晉)이라는 필명으로 「안중근을 애도함(弔安重根)」 제목 하에 같은 매체 1932년 9월 26일자에도 발표된 바 있다.

조선인[229]

차오라이[230]

집시들이여! 보헤미안들이여!

우리는 모두 국적 없는 사람들.

떠돌고 떠돌고 또 곤궁하게 떠돌지만,

이 세상에 우리의 집은 없다.

우리의 무덤도 없다.

우리가 푸른 바다 속에서 죽는다 해도,

누가 우리를 동정하랴, 우리를 가엾게 여기랴.

"하느님이?" 하느님은 우리 편이 아니다!

그의 감로수는 우리 머리 위에 떨어지지 않는다.

그의 광명은, 사람을 죽이는 도적의 무리들에게 비춰,

저항하지 못하는 이들에 대해 학살을 벌이게 한다.

도적의 무리들이 힘껏 노예의 가죽과 살을 후려 쳐대면,

극한의 비명소리와 참혹한 울음소리는,

그들이 가장 듣기 좋아하는 음악이 되어,

그들의 귀에는, 아마도,

베토벤의『월광 소나타』보다 좋으리라.

노예들 몸에 난 적나라한 혈흔은,

그들이 마음속에 감춰둔 환희의 무지개로다.

---

[229] 『문예월간(文藝月刊)』 1938년 1권 12기 「항전특간(抗戰特刊)」에 실림.
[230] 인적 사항 미상.

그들은 노예들의 사지를 결박하여,

높은 산 위태로운 벼랑에 묶어놓고서,

머리만 내놓고, 눈은 산 아래 들꽃을 내려다보게 하고는,

총검으로 찔러 내려치니,

목덜미에서 한 줄기 선혈이 뿜어져 나온다.

머리는 자연히 떨구어져,

마치 다 익어 고개 숙인 오이나 가지 같구나.

그들은 입에 칼을 물고,

발로 노예의 허리를 밟고서,

두 손을 높이 들고 승리의 독살스러운 웃음을 짓는다.

그 뜻은, "우리들은 저항하지 않는 이들을 살해한 영웅호걸이다."라
는 것이리라.

조선인이여! 조선인이여!

압록강 슬픈 파도 언제쯤 세차게 울부짖을까?

부산만큼 높은 치욕 언제쯤 씻어낼까?

이완용의 치골은 이미 진흙으로 변했지만,

안중근의 눈은 영원히 뜨고 있는 것,

그이는 당신들이 즉각 일어나,

자신의 핏자국을 뒤따라,

한국의 독립을 쟁취하길 바라리라.

조국의 형제들이 모두 일어섰다.

민족해방의 부르짖음은,

해일과 같고, 세찬 파도 같도다.

도처에 악전고투 피의 물결이 일고 있나니,

일어나라! 조선인들이여!

당신들의 족쇄와 쇠사슬을 끊어버려라!

한마디 커다란 소리가 벌써 머릿속에서 외쳐진다.

"조선인들이여, 당신들의 시대가 왔도다!"

朝鮮人

草萊

吉卜西人, 波希米亞人,

我們都是沒有國籍的人.

漂泊, 漂泊, 窮困的漂泊,

這世界沒有我們的家,

也沒有我們的墓穴.

我們就是葬身在滄海裏,

誰來同情我們, 可憐我們.

"上帝嗎?"上帝不是我們的!

它的甘露滴不到我們的頭上,

他的光明, 是照着殺人的匪徒,

進行着對無抵抗者的殘殺.

匪徒們努力抽打奴隸的皮肉,

死絕的悲聲, 慘痛的號哭,

是他們最悅耳的音樂,

在他們耳朵裏, 也許,

勝過彼多芬的『月光曲』；

奴隸身上赤條條的血痕，

是他們藏在心底歡悅的虹；

他們捆縛着奴隸的四肢，

安擺在高山的危崖，

露出一個頭，眼睛俯瞰山底的野花，

刺刀劈下去，項頸裏冒出一縷鮮血，

頭殼自然地落下，

仿佛成熟的瓜茄.

他們口銜着刀，脚蹈着奴隸的腰，

雙手高舉，發出勝利的獰笑，

意思是："他們是殘害無抵抗者的英豪."

朝鮮人！朝鮮人啲！

鴨綠江上的悲濤，何時怒吼？

釜山一般高的恥辱，何時洗雪？

李完用的恥骨，已經變成泥土了，

安重根的眼睛是永遠睜開着的，

他希望你們卽刻起來，

蹈着他的血迹，爭取韓國的獨立.

祖國的兄弟們都起來了，

民族解放的呼號，

如海嘯，如奔濤.

隨處展開苦鬪的血潮，

起來！朝鮮人！

斬斷你們的鐐銬！

一個大聲音，已在頭上喊叫：

"朝鮮人，你們的時代來了！"

49

나는 당신의 조국을 생각합니다.
– 조선 김창만 동지에게[231]

완중[232]

서글피,

나는 당신의 조국을 생각합니다.

아, 귀신이 유린하는 지옥!

아니, 그보다 천배 백배 비참한 산지옥!

봉건, 제국, 파시즘, 갖가지 잔혹한 압박이 가해지는 오래된 나라!

비통한 고통의 눈물을 참지 못하여,

거꾸로 스스로의 마음속으로 쏟아집니다.

나는 이 비통함이 스며든 마음을 받들어,

그대의 조국에 바칩니다. 본디 우리 형제의 나라에!

그대는 백두산의 흰 구름을 기억하시나요?

이제는 그대가 오셨을 때처럼 그렇게 우중충하지는 않네요.

다시는 고향을 그리는 방랑자의 신음소리 내뱉지 않아요.

그 신음은 벌써 민족의 공분이 되었고,

---

231 쟝시(江西) 타이허(泰和)『대로반월간(大路半月刊)』1940년 2권 1기에 실림. 시
　　를 받은 김창만은 함경북도가 고향이고, 1928년 중산(中山)대학을 졸업한 유학생
　　출신이며 독립운동에 참여한 것으로 알려졌다.

232 완중(萬衆)은 필명으로 보이며, 인적 사항을 확인하기 어렵다. 중국인으로서 타향
　　인 중국에서 독립운동을 하는 한국인 김창만의 사기를 북돋아주고, 더불어 중국인
　　들의 항일투쟁 의식도 고취하려는 목적으로 이 시를 지었을 것으로 생각한다.

다시 천만 명의 전투하는 안중근이 되었지요!

천만 안중근의 끓는 피는,

압록강 원수(源水)를 세차게 밀어,

대한이라는 옛 성의 국경으로 붉게 흘러갑니다 !

그대는 압록강의 흰 버들을 기억하시나요?

이제는 오셨을 때처럼 그렇게 처량하지는 않아요.

다시는 장정을 떠나는 전사의 근심스러운 마음을 잡아끌지 않지요.

그 근심은 벌써 복수의 호기로움과 씩씩함을 이루고,

다시 천만 명의 전투하는 이안창[233]이 되었네요!

천만 이안창의 끓는 피는,

진해만으로 끓어 흐르고, 두만강 피의 물결이 됩니다.

피, 민족의 해방을 따라 붉은 미소의 빛을 쏩니다.

빛, 민족 성전의 빛!

백두, 태행,[234] 해남도, 두만강은 ……

한 줄기 방어선이요, 하나의 전장입니다.

중국, 조선, 대만은 ……[235]

하나의 운명이요, 유린당하는 하나의 도살장입니다.

봉화는 노구교[236]의 사자를 일깨웁니다.

---

233 당시의 독립투사로 여겨지나 자세한 사항은 알려져 있지 않다.

234 산 이름. 지금의 산시(山西)와 허베이(河北) 그리고 허난(河南)의 경계에 위치한 태행산(太行山).

235 말줄임표들은 원문에 있는 것임.

아, 황제의 자손들[237]은 모두 들끓는 쇠붙이 같습니다.

성전을 향해 달려드는 빛, 붉은 미소의 빛이여!

我懷念着你的祖國 – 給朝鮮金昌滿同誌
萬衆

悵然, 我懷念着你的祖國,

呵, 鬼宰割着的地獄!

不, 千百倍悲慘的活地獄!

封建, 帝國, 法西, 種種殘酷的壓迫的古國!

忍不住悲痛的苦淚,

倒涌在自己悲痛的心底,

我將捧着這悲痛侵透了的心,

獻給你的祖國, 原也是我們的兄弟之國!

你總記得, 長白山上的白雲?

已不是你來時那樣的低沈,

也再不訴遊子鄉思的呻吟,

那呻吟早化成民族的公憤,

---

236 베이징 외곽을 흐르는 용딩허(永定河)의 다리로, 1937년 7월 7일 중일전면전이
시작된 장소. 노구교사변은 중일전쟁을 가리킨다.

237 중국 전설상의 제왕 '삼황오제' 중의 하나인 황제(黃帝)의 자손 즉 중국인들을
말한다.

更將化成千萬個戰鬥的安重根！

千萬個安重根的熱血，

沖開了鴨綠江的源水，

濺紅了大韓古城的國門！

你總記得，鴨綠江上的白楊？

已不是你來時那樣的淒涼，

也再不牽長征戰士的愁腸，

那愁腸早已結成了復仇的豪壯，

更將化成千萬個戰鬥的李安昌！

千萬個李安昌的熱血，

沸滾了鎮海灣，圖們江血浪．

血，隨着民族的解放，射起紅笑的光！

光，民族聖戰的光！

長白，太行，海南島，圖們江，……

是一防線，是一個戰場！

中國，朝鮮，臺灣，……

是一個運命，是一個被宰割的屠場！

烽火喚醒了蘆溝橋上的獅子．

呵，黃帝的子孫，都像沸鐵一樣．

衝上聖戰的光，紅笑的光！

50

안중근을 애도함[238]

즈위[239]

한 몸 바쳐 나라 원수 갚고,

영혼은 천추에 머무네.

어진 아들 달게 포로 되고,

장군은 목이 베였네.

큰 철퇴는 박랑에서 앙갚음하였고,

의사는 중국에서 일으키셨노라.

지하에서 응당 웃음 머금고,

다시 일으킬 계책 세우시리라.

[원문 주: 제 6구는 한국 지사가 충칭에서 광복군을 조직했음을 가리킨다.[240]]

---

238 『자카르타화교공회월간(吧達維亞華僑公會月刊)』1941년 2권 1기에 실림. 바타비아(吧達維亞)는 인도네시아 자카르타의 옛 명칭.

239 인적 사항 미상. 인도네시아 화교일 가능성이 큼.

240 "第六句指韓國志士在渝組織光復軍." 여기서 투(渝)는 투주(渝州)로, 쓰촨(四川) 충칭(重慶)의 옛 명칭이다.

吊安重根

智蔚

舍身報國仇, 肝膽足千秋.
賢子甘降虜, 將軍可斷頭.
大椎酬博浪, 義士起神州.
地下應含笑, 復興借箸籌.

제3부

중국 매체에 실린 원문

功蓋三洲名萬國　生無百歲死千秋
弱國罪人強國相　縱然易地亦藩侯
中國孫文題

제목 미상 (쑨원)
題目不詳 (孫文)

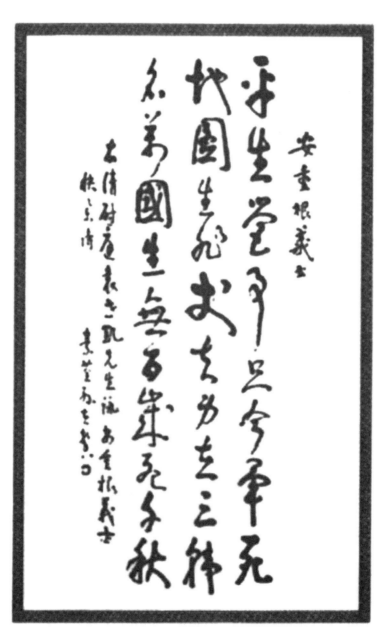

안중근 의사 (위안스카이)
安重根義士 (袁世凱)

朝鮮哀詞　　　　滄江

文
苑

時運有代謝　人天無限悲　哀箕子祀　惻惻黍離詩　授楚天方醉　存邢事盡疑　蒼茫　高廟初層簶　東藩首揑裘

浩規絕域淚空垂　自昔四夷守　惟聞我武揚　玄菟開溟郡　圭冕廓明疆

山川不改舊懷古倍悽惶　卅五年前事　搶攘啓鷗門　費鐘秦客賤　擁篲漢公尊　比戶無安堵　西鄰有責言　誰令一

星火熠熠竟燎原〔朝鮮之禍起於前王李熙之父大院君是應熙聞後此之太皇帝今次日本封賚李太王耶穌救徒萬餘人兼及外者也系出支那晏駕結託女謁逐使入纜大統乃自專政大蟄〕

王迹何年熄　人臣有外交　摟蘭方貳漢　鄭伯不朝周　歃血迎蕃使　攻心誤廟謨尊聞　典屬國空自賣包茅〔光緒元年朝鮮與日本結樣其第一樣有朝鮮爲自主之邦與日本平等等語其理即與我國無義中人臣無外交之詞亦不相容當時政府不深〕

團傳敎師且稅欲煩苕民不聊生法美賓客興師問罪以吾袞之紹紛得無乎

賀然聽之賓爲此中日戰段之禍胎及戰爭爲起我交涉文牘備云朝鮮中國屬國天下所共知朝鮮爲自主之邦亦天下所共知持義不居騰笑全球

文薈

조선을 애도하는 노래 오율 24수 (량치차오)

朝鮮哀詞五律二十四首 (梁啓超)

文苑

四

已憐同病虎　兄渦多魚否　德傳於子多　凶狄在余列戟　移輿慶騰寧惜右　渠宮娥盡

涙對此別意何如○嘽於其子號之曰太皇帝

海牙密使事發日人迫韓皇退

廿戰逋亡客　來馬角生悲　應求燭武今　始識眞卿具位　徒觀變勤王不　好名○聞宋

謝朏挾璽臥前楹　色獨泳孝佩宮內大臣印綬隨扈前皇不肯交出卒謝職泳孝爲人心術如何不敢知也

韓太皇讓位之前一月始枚還國事犯朴泳孝任以宮內大臣綬起益筵諸何統監

羣殊見氣骨也

三韓衆十兆　吾見兩男兒　殉衛肝應納　椎秦氣不衰山　河枯淚眼風雨刷　靈旗精衛千

年恨沈沈更語誰○被逮從容就死韓亡後三日忠清南道金山郡守洪奭源仰藥死

韓亡之前一年韓義民安重根狙擊前統監伊藤博文於哈爾濱站之

末劫興人妖　行尸愧鬼雄　薰牛李劇容　悅趙胡工贋國　原無價君名更策　功復奠安

得郴嗟爾可憐蟲○合併之舉日人蓄處心積慮已久而發之者實爲朝鮮之一進會者也欲以獻官者也一進會者假政黨之名合倂以邀賞爲朝鮮之一進會者及現內閣李完用一派不相謀

地老天荒日　圓鶻匕見時　猿蟲消瓘並　牛馬應何詩濤　咽仁川水雲埋太　梅旂只應看

時月曾照漢官儀

獻媚日本欲取而代之李完用派亦工諜固寵一進會首領及現內閣員皆欣欣然拜得新朝失所謂國家將亡必有妖孼此輩是也

조선을 애도하는 노래 오율 24수 (량치차오)
朝鮮哀詞五律二十四首 (梁啓超)

238

公敎愛國烈士安重根

八八

根定根謀延律師上訴於東京大法院，豎可平反，重根堅持不許。獄中草東亞和平論。議設淸日韓聯合會，公立銀行，發通行紙幣，全文凡萬餘言。又自具請死願書，詞意慷慨，聞者悲之。以翌年正月二十七日就義，年三十有二。天主敎神父韓人洪某親爲懺洗。重根執手訣別曰：「請寄語二千五百萬同胞，當以和平正當之手段，保持祖國實際之獨立。烏乎！如重根者，可以刺客目之乎？而率爲刺客以死。重根旣死，韓乃速亡，耗矣哀哉。

國人咏讚烈士之詩詞

蔡元培

猗夫烈士，爲國而死。浩然正氣，百世興起。當其北去，歃血斷指，壯志悲歌，矢誓易水。一擊以刷恥，身竟受戮矣。痛彼秉鈞，政致旣喪，邦社絕紀。利害之間，毫釐千里。或以自滅，爭權相掎，譬諸物腐，來攘者蟻。或以多默，傷心切齒，發茲孤墳，終莫延祀。吁嗟乎烈士！

狄郁

荆軻刺秦事不成，亡燕之禍由茲速。六國盡亡天下憤，戍卒一叫嬴秦族。物極乃反天道然，苊平不陂往不復。安君手擊讐仇斃，撤髯大笑就屠戮，韓國遂亡或咎君。斯言奇謬吾弗錄。五國初無刺客行，燕台一例同傾覆。安君成績過荆卿，奇文喜有龍門繼。謂當移鋒骳內奸，詞挾風霜

[상단] 제목 미상 (차이위안페이) 題目不詳 (蔡元培)
[하단] 제목 미상 (디위) 題目不詳 (狄郁)

連◦胸中崛嵼起萬里意◦可度褰斜自茲始◦北望浩茫茫山川◦信哉美棄之足可憑

險景在是荒店一投宿◦圖經還啓視獨坐持短檠◦欲起祝龍死開邊意未已何乃鴴

步似設箄本照虎轉令成蛇豕◦後世毌荒遠邊備日以弛◦當代無衛靈籌兵聊復爾

門戶曉久盧堂奧無閭理守關卽得人雖險安足恃◦耿耿竟終宵朝曦促裝馭縶縲

煙衡山歇欲光射水持此語關吏莫笑空談紙◦

前人

望泰皇島　丁未作

茲山勢不高仲股塞關內車中一企望始見◦龜背三面水繞之灣濆抱珤態暎日◦

揚波光依稀認炯碎降冬澈不冰良港大連配自從開海市國通商埠◦己亥關爲各番舶如行◦

隊寂照本荒邱頓使成圍圍開闢非不佳其如尾閭潰昔往風怒號戰痍冷入肺歷◦

余癸卯臘月出京由此兩歸正日俄軍艦今來秋草黃浣面

碌冰雪中金皷發長嘶◦屯兵於順大連將於東三省境內開戰◦

寠滿塞國事愈不堪人亦瘁不遠行役徒勞勞五載一壘塊竊恐自此往白髮不相◦

貸去矣莫流連更光須自愛◦

前人

朝鮮兒歌　襄安重根刺伊藤博文也　己酉作

조선 건아의 노래 (천쟈후이)

朝鮮兒歌 (陳嘉會)

朝鮮兒朝鮮兒千年舊版圖一旦攫爲奴北入宮南守衢國君囚廢臣民誅草木亦

死海水泣犬不敢吠雞無雛洸洸烈士衝枚走氣湧索霓膽如斗不爲趙客纓胡纓

辦得宜遂弄丸手東竄海西入讐偏狙要道偵騎難張良椎荊軻匕不共汝死心更

恥忽然一聲光覽馳仇人心裂無完皮不共仇人生寧共仇人死國亡與亡本天職

剔兒仇死死綬耳嗚乎汝祖開國死佯狂當時伏義倚周王烏有狠心狐媚如彼狡

舍沙射影國作肉食何能爲由來國士出卑微蚤晚裹尸同凜凜救國須及未亡時

窮可任歟達官食何能爲由來國士出卑微・朝鮮兒真男兒莫輕國

天堂卡宇魂何處鸚鵡綠潮聲風雨悲

鸚鵡洲禰衡墓放歌　　湘潭葛祟甫

正不文堊俱有文章才不原鲁國兩地生琪瑰耽嗟孔雀痛巢覆欲爲鸚鵡椎籠開

孔雀雖有海毛羽影与損華袴一杯早不詡阿瞞五色終須縈免懟鵡倚能言湘

廉書開寒風撅縱能滷俗對人語不復高世隨雲羞當時攝奉幾貴洛陽紙建安名

傳兩才子蕭選樓中有勝流清蓮苧內收文士胡爲並縈南冠決東市血浣玄黃亂

文苑　詩錄

五

조선 건아의 노래 (천쟈후이)
朝鮮兒歌 (陳嘉會)

曾幾時。曾幾度曲。攜琴。何。阿誰。知音淅子。**期。**　長別。離。長別

離。朝暾未上露先晞。子歸樹上啼。

　　生查子　弔安重根

美哉安重根愛國心何熱。不忍見韓亡。露宿楡關雪。　胡月　血濺哈
爾濱。死矣真英傑。暗殺震東方千秋名不滅。

烈哉安重根斷指懷利七誓殺老伊藤秋雨秋風裏。　素志一
朝酬。四海無可比從容入囚車笑說功成矣。

壯哉安重根此舉良不易放下手中刀三呼韓萬歲。　子房博
浪椎千載美青史昔人今見之赫赫有生氣。

往者不可追来者猶堪留願我神明裔勿步韓人後。　國會及
時開股肱衛元首覆轍戒前車整理江山舊

생사자·안중근을 애도함 (후위에)

生査子·弔安重根 (胡月)

為韓國安重根感作 詩薮 三四

十年。磈磈之走風塵我愧堂堂一國民東望重根連俊輩而今不敢笑韓人。

其二

激昂慷慨吐供詞發盡危言對讞時 好頭顱拚一瞎中朝無此健男兒

讀史有懷

岳家遺恨崖山肉今日中原百事非莫問南朝舊天子入秋怕讀謝翱詩。

鐵血生來稿

哭秋女士

腥風血雨斷頭台女子多才轉可哀天地無情新鬼哭國魂一縷喚難回

題太平天國戰史

中原志士血空流還我河山願未酬愧煞偉人曾左李同胞賣盡為封侯

한국의 안중근에게 감응하여 지음 (작자 미상)

爲韓國安重根感作 (作者不詳)

精魂能化璧須知腐草總成螢家山一任人量去怕聽旁人說戰爭。

秋氣蕭然獨自哀翻思大藥訪蓬萊焦桐恨只千秋寄短劍心難一寸灰證我。

洞簫期再世照人明鏡是靈臺殘紅狼藉多風雨懊惱當年著意栽。

一掬心香安所之芙蓉采采奇相思魂驚鬼魅文何用指點蚊虻道在斯更漏。

燈殘霜逼冷林深地逈月來遲屏人怕步荒郊外愛聽寒螿為識時。

邱葛迷茫嘆式微河山非舊景依稀心傷故國惟揮酒淚灑新亭欲溼衣畢竟。

乾綱終未息思量心事幾全遺窗前低向芭蕉訴今是無曾昨盡非

感韓人安重根事次道非見懷詩均

記取韓亡壯士規物傷其類動狐悲那堪鬱鬱常居住況復迢迢恨別離鰲擲。

鯨呿何日了龍吟虎跳此才奇飯依荊莪無他願一劍能當十萬師

汾堤吊夢圖爲楚傖作

君自言愁我亦愁荒涼吊古未曾休江山寥落人何在目斷汾河一角秋。

한인 안중근 의거에 감응하여 도비 견회시의 운을 차운함 (까오쉬)
感韓人安重根事次道非見懷詩均 (高旭)

244

四　　　櫟社叢刻

狼孤又橫怒絲氣殼成山微命非陳實與鶉良獨難
秦帝不蹈海歸薛千竹竿

●安重根詩　　季剛

荊軻刺秦王其志欲存燕燕社雖覓墟精爽勤民肝
咨咨千載下嗣商在其番伊人殘國仇奇功託雙丸
截指膚誓盟幾服蹕門關銅柱發朱光遂令虜腹穿
走險詎擇蔭聊以濟煩兔滅國豈不易盡誅良獨難
傳語彊梁者威力不可殫

●一鶴謠　　中央

一鶴孤起欲清雲霄下乎寥廓乃定厥巢(一解)巢○
既定只居未寧只求其友聲聲相應只(一解)同聲○
相應將翱將翔翮翮翁羽五福上堂(一解)堂有階○
去天尺五堂有門不蔽風雨經之營之綢繆桑土予
手將茶兮誰謂茶苦(一解)匪泮之林乃集鶉音相

彼孔雀乃張其屏(一解)維喬之木乃遷鸞谷相彼
黃鳥乃啄我粟(一解)燕涎涎鳥嗚嗚鵠笑鳩舞何
紛拏官耶私耶雨部鼓吹(一解)鶴無語易
其巢聲嘹亮鳴九泉彼蒼蒼兮天何高天不聞兮其
誰號○

●白雲謠　　隆叟

長安城南白雲飛旦旦似粉遊人歸久客長安不歸
去白雲怪客塵滿衣東海倏作桑田變昔恥言歸今
胡赫嗟我豈不思故山路遠愁傳深闈書寄
賦屍屋歌白雲舒卷何自得南行定應達閩北為語
家人休怨嗟新筍出林客到家

●蘇小墓　　孟枚

西泠橋畔綠煙樹夕陽紅淡作薄暮搊情來薦蘇小

안중근시 (황칸)
安重根詩 (黃侃)

水一條

吳淞江口

歌浦淞濱憶舊遊。海天彌望水悠悠。原知無限風波裏，春雨秋潮
一樣愁。

不魯陽

朝日鮮紅暮日黃，顧拌一死與偕亡。可憐俠骨空千古，縱使揮戈

襄朝鮮義士毋重根

李東鈞
改之
九十

恭祝

兒醫結婚辭

女士結婚辭

時維民國紀元　月　號為我

兄暨結婚之期嘉賓滿座喜氣盈門規屬誼締底萬情切葭

女士曁

莘者尤宜如何懷欣喜之忱我

조선 의사 안중근을 애도함 (꾸스)

哀朝鮮義士安重根 (顧實)

淚慰泉明（君任農林總長招余來京余以事未就瑰負故人相知
之雅）

平情功罪足千秋鹽耗遙傳逆收關忌當門寶不關泉驚讌社
體尤芳非亂眼春無主政變寒心死倘休說與九原應一慟倚閭白
髮正添愁（君有老母記在）

鳳葉翻飛似中秋詩常華忽山呪一春孤負南林好楊往眞盛寂
奠遊雲黯車庠迷處所露零鱗瓦運留不須更灑山陽笛望遠懲
高已淚流

馬向何方
避世常躔塵外樹愁潮影己隨時虎嘯草番逞傍酒龍浮蕭條日月
林芳林搖幾春石城煙鎖南朝夢願阜雲含故鄉都成幻欲作忠
機海上鷗

● 『莊』第三苜過三貝子花園先生 原所作　（亞子）

忽復吞聲哭蒼涼到九原斯人如此死吾黨復何言危論天應忌神
妍世所怜來岑今已奮努力殘公孫
不用吾謀悵當年計豈迂握刀懍一割滋臺已難圖小醜空聖檻元
兒倒負顱傷心邦國瘁不獨慟黃壚

● 哭宋先生

一彈無餘恨子秋享令名側身膽故國含笑送半生英氣常如仕江
流竹有弊松濱試迴題懸弔不勝情

● 登掃葉樓有感 四首　（天任）

瀕樓把酒望仙鄉緜邈虹旗蕩入荒滄海靈雰多變幻生涯世事總
微茫夢中花雨啼春鳥天外雲山笑夕陽十丈紅塵飛不減臥刀鐶

● 敬題安重根先生傳　（汪洋）

江村烏倦酒旗斜誰看淸涼一路花雲裏樓臺多勝迹柳迷煙水殘
浮家甕甕琴劍橫秋氣遐瘝戰晚霾黃葉滿山鐙幣寂寥右啼
笑在天涯
高歌曲曲感昏黃怨共江南秋水長入夢河山曾破碎驚心鐵角轉
懷涼情天雪雨愁征馬風雲壯戰場遙望京華燦北斗何人播
葉間蒼蒼

● 寄謝典成

海上經年久時尊顏色不尺書來天涯莽何梅金在洪鑪冶玉磻
昆刀切兩丈附三年祇今怨離別吳說江西社莫唱江南曲別後此
相思天遠海波涼

● 寄懷張亞　（漢章）

雙魚尺素報書遲記否金陵唱竹枝張翰鱸張緒柳可能回首憶
年時

● 題武田源次郎極東外交感慨史

莽蒼蒼此山川大事多從野史傳莫道桑姑笒縈念百年興廢歲
遺編

삼가 안중근선생전에 쓰다 (왕양)
敬題安重根先生傳 (汪洋)

叢鐵　文藝樂府

●祝英臺近　和陳綃嫮蘭乱詞原韻　（善之）

郎便淚沾衣若綆無字祝平安烏鳥戀私情而我竊承歡　春花發
秋月白總情窣每逢佳節閭空倚將穿匤帅中原失鹿猶自天
涯結客裝未停鞭神洲如可復只此報親恩

●一萼紅　有悼　（前人）

錦瑟無端悲緒向誰訴傷時緊莱闌因從咖推數更恩恩悲戚何處
哀秦記邵只付斷雲來去　客留任漫舟月又秋花冒得離思誤
年指芳塵儉徐水淚飆溫柔不似舊因緣心舉他生悲　嗁鶴
立風前拂拂漫漫荒草慘綠無邊碣石天銷蓬來風引渡涼翠當
别西樓憶南蒲遠夢迷江樹淡蕩過世間路幾番劫似江山
羅襟何處濤滂幾多時碧油禪處便顧星三尺委荒烟漲絕繁閭十
里洗水涓涓

●蝶戀花　慈春有感　（前人）

趁罷楊路　燕子呢喃廉外語訴　金春人不解相思蕃葉葉花花邊
春淡燕燕意去檢點東風莫閒郞誤　一笑花嬌先說聽東只
花燼去年叢枕香濃夢飛燕客高東小立偶思當目事燭影搖紅
幻夢莫跡哀饒成空夕陽還羅罐流水落花會戀恒又見東風
惹許明朝又恐風和雨

●浪淘沙　友人談消后移宮寧　（前人）

●金縷曲　題安重根傳　（前人）

劍气橫燕市歡男兒屠龍身手而今誰是一角山河餘涕淚謁取將
軍意氣只消得一九足矣荄露露下空幗魅走貫太陽白晝垂雄　虹
步血千秋史　故宮斜陽裹記當年河伯兒孫日精王子萬里
扶餘來耶迸不外都隨遞水淪密察當後死拼桍此番終快意敎
倭奴省識三韓士有志者且重起

●又

故國今何處渺天涯西風滿目離懷柔恨海過溯高萬丈欲問魂
關無路各贏得伶仃淒愴再向窮途話括計猛回頭一笑辭儔侶結
生死吾借汝　邗機轉腸休遲误荒傷心斜日荒平原臇臆如此
江山如此淚招招國魂消息憑誰語爲此別成終古

●虞美人　金陵懷古　（默君）

秋沈鐵甕鐘山碧形勝非昔敌宮戀弔剩荒涼禾黍離回首倍
神傷六朝金粉春事搖落秦淮月夕陽哀草送江潮繼代興亡　咖

▲樂府

●五游篇　（天任）

下士何足游乃顧上沖天不顧虹與霓但矯雞與鶩翩翩翻六合内徘
徉五雲端蹇我白霓裳振我丹霞冠何衣任露垂題帶隨飄還三光
幻兒耀八龍忽飛翻人方誠冥目身已薆天關坐令閶闔開金闕　咖

七

금루곡·안중근전에 쓰다 (청산즈)

金縷曲·題安重根傳 (程善之)

文苑

八

四海飄零憤天涯洄此身空懸三尺劍虛度卅年春落落平生志勞勞萬里塵遙憐白

髮母倚閭望歸人。

● 詞

● 生查子

▲ 題安重根小傳　　　漢　章

三韓俠少年異世留侯也漫道大功成却共熱沙化華表鶴歸來石上藤蘿謝隻手挽

狂瀾莫補江河下。

● 前調

▲ 漫書

畫簾春恨長禪榻茶烟裊書針在風塵最是知音少尊前感慨深眼底河山小裁答故

人書訛道江南好。

● 臨江仙

생사자·안중근소전에 쓰다 (왕한장)
生查子·題安重根小傳 (漢章)

西廳種豆東廳插兒女頻頻喚啜羹老漢不知時早晚和煙和雨一犁深

二

雨後晚眺五律二首

不窺將半日景物覺全非山色清如洗江瀾暮漸肥歸僧驚渡遠棲燕夾煙飛

隨意留人住征鴻墮夕暉

小立背芳叢人天晚更工柳翻千滴翠花送一滿紅却步留桑蜢科頭有釣翁

看來新雨後落照總無功

（憶）

安重根

計絕秦庭哭韓亡怨未平手終圖慶忌義不忍田橫寧爲國民死不甘奴隸生

一朝雪公憤含笑就犧牲

안중근 (천이랑)

安重根 (陳翼郎)

斜曛飯餘便泥香衾睡日上三竿喚不醒。

健兒行　紀朝鮮志士安重根事　　長沙徐雅衡

健兒膽紅一斗鐵石心霹靂手力搏犀象如屠狗一解

戴天不共君父讎健兒報韓心志同留侯二解

閭里牟籠韓君臣羈勒韓父子韓人雖生不如死健兒益其間恥不人類三解

毒少殺韓人偸活頗稱快健兒涕泣告國民我曹毋被伊公賣伊公一旦死我國殆四解

伊弗補過思盡忠翻然復出遊遼東健兒得間與之從雲山經過無停蹄瀋陽小住胡恩恩疾驅日馳騁

輪衝馳入露境天方蒙初噉慘貫白虹垂象隱約告凶公足欲進心怔忪下車似恐不若逢左右顧

盼轉雙瞳濟濟前致恭拜意疏一夫趨進三鞠躬笑爾懷袖豐隆雙丸連發齊日中公洞

穿左脇貫百官公曰吾命數當終此天亡我非人功鬼域誇神通不圖俊俊生庸中健兒健兒中公洞

龍五解健兒就縛席地坐懷慨而談唾我不忍視家山破國恥不雪時吾過殺身成仁尙何言人毋

我弔當我賀六解嗚呼其亡其亡繫於苞桑韓人從此知自強賴有健兒一人爲之倡七解

買陂塘　賀張子天漢煙波畫舫落成

雨濛濛柳絲絮團成詞境如水風流再見張郎影襯袖綠波搖曳情所寄便拍浪高歌一寫生平意新

裝何似祇酒譜茶經釣筒漁具幾卷舊書史花時節坐我短蓬曲几古懷其曠然矣江湖隨處盟鷗鷺

都是煙波知己深結契想小隱留名合署元眞子好裁片紙約妙手丹青安排簑笠同入畫圖裏

袁天庚夢白

건아행 (창사 쉬야헝)
健兒行 (長沙徐雅衡)

藝術 二　花笑樓劇評

十

（四）各劇先後次序信乎拈來拌無成見蓋譚氏所演各劇。無一非第一齣戲斷不能以一二三等數目字强爲軒輊以分別其高下也。

（五）聲調是活動的文字是呆板的以余之極呆板的文字寫譚氏極活動的聲調其中盧難免扞格之不入疵瑕之可議况譚氏聲調之詞之腔脣提摸不定變化無窮見總論第六項然則爲之染翰搖筆以從其後者不亦難乎此應能爲讀者所諒也

（六）余於譚氏聲調雖好研討而所得實至微薄是編所論大致皆一般研究譚腔者之公論余既嗜譚調復喜綴文獲間緒餘敢辭記錄或者竟得備愛聽譚劇諸君一種參考之小資料乎幸更進而敎之

（已完）

好　詩

贈朝鮮刺客

汪笑儂

寶行暗殺談何易不報國仇非國民自我相覷殷介鑒間誰敢謂秦無人螳能奮斧摧天柱口口揮戈逐日輪更望英雄爭繼起都將熱血濺東隣。

亞洲演出劇非常絕世雄才此下塲小蘻荆軻徒媲駡四夫豫讓但佯狂蜉蝣大樹。

今能撼蠑蟻長隄末易防博浪當年錐不利副車誤中笑張良。

조선 자객에게 바침 (왕샤오눙)
贈朝鮮刺客 (汪笑儂)

詠史

酈食其

淮陰百戰定河北廣野片言已下齊落落書生三寸舌論功肯比武人低
不解田橫歷下兵淮陰安得下齊城一文一武皆功狗彼自封王此自烹

韓信

書生掉舌下臨淄將軍暗出師雖是用兵不厭詐攻人無備總非宜
弄齊掌上似彈丸遣酈生暗縱韓烹我腐儒何足惜假王且不再登壇

安重根

誓報國仇不顧身從容就義韓遺民可憐箕子分封地留有孤忠話舊因
忠肝義膽苦支持大事去矣安用之試取邦人作比例荊卿七首子房椎

朱榮泉

안중근 (주롱취안)
安重根 (朱榮泉)

●韓國魂

痛言

（嶺）

（王樹汕廬撰）

（未完）

韓國名人傳記

●李舜臣（續）

（仙桃支雲濤）

●悼大韓義士安重根示汕廬

（林景澍）

（未完）

●挽韓義士安重根先生

（周霭光）

文藝

時評

▲新年後

●官吏掩飾何益

（壬子）

（記者）

대한 의사 안중근을 애도하며 산려에 보이다 (린징주) 悼大韓義士安重根示汕廬 (林景澍)
/ 한국 의사 안중근 선생을 애도함 (조우지광) 挽韓義士安重根先生 (周霭光)

254

池都草堂筆記　安重根　胡蘊山

也。昔司馬子長。列貨殖傳。儒者以艷當貴
。羞貧賤。詆之。然觀猗頓用鹽鹽起。烏倮氏以喜牧致富
以鐵冶聞。下至販脂也。而雍伯千金。賣漿也。無鹽氏以貸
金成名。下至販脂也。而雍伯千金。賣漿也
。而張氏千萬。洒削也。而郅氏鼎食。冒脯
也。而濁氏連騎。由是言之。上則富國。下
則富家。貨殖之事。蓋可忽乎哉。以今者中
外通商。優勝劣敗。中國貧弱極矣。商業倫
不振興。何時而能富且強耶。然則我公提倡
商業。非獨救利人之貧瘠。亦治天下之要政
也。公善政蠱蠱。非止一端。邑人士。或勒
諸貞泯。或播為詩歌。皆縷陳其事實以頌公
矣。茲故不贅。

高麗安重根。曾留學美洲。智深勇沈。歸國
。憤日本佔其領土。伊藤助虐。思欲得而甘
心。以報國破家亡之恨。其刺伊藤也。尾之
數千里。一擊而殪之。被逮後。竊囹圄數月
。鞫訊數次。問刺之何故。曰。報國讎。又
問既刺中。何不逃。曰。將被執。何不自戕
。身為復軍一中將。安有逃理。一息尚存
。當留此身為國之用。豈肯效匹夫自經於
溝瀆。且吾正欲使日本之強暴。表白於天下
耳。其母傳語曰。汝其死於芳潔。無玷吾門
風。重根聞之感極而泣。最後判決。處以死
刑。其同行三人。監禁二年三年有差。臨刑
之日。顏色不變。觀者黃白種人。皆為之起
敬。韓國有此母子。韓不亡矣。予曾作秋風

가을바람 등나무를 꺾다 (후원산)

秋風斷藤曲 (胡蘊山)

斷藤曲。以詠其事。曲曰。扶桑烈日炎威驕。酷暑撐空火繖高。照見東方箕子國。海潮爲涸地爲焦。篰中草木偏愛煖、烘開櫻花大如盆。王侯將相擅繁華。鳴玉鏘金紅葉館。紅葉紅葩映紅雲。妖姬侑酒醉元勳。栢枝舞罷天魔舞。攪亂心情苦不分。終日昏昏醉未醒。孤行獨詡工馳騁。萬軍護衛向冰天。猿鴉哀鳴莫自省。書瞳貌視誇豪雄。天地黯慘生秋風。藤蘿纏紐虬枝結。白龍堆上駐青驄。突有書生拔劍起。劍光閃爍月光裏。敢辭崎嶇霜雪寒。嘅繁追隨數千里。悲歌詎數高漸離。副車堪噭博浪錐。智深勇沈審時動。一瞖覓中天痘之。漫說老藤根堅固。牽枝置葉相依附。劍光斫處血光紅。點點飛濺丹楓樹。藤弓寸斷恨暫消。拚將此身殉蓬蒿。天若有情天應泣。豈眞性命輕鴻毛。回頭轉盼昂藏侶。七尺鬚眉奮高舉。嘗膽臥薪報國讎。恢復山河奠檀組。吁嗟乎大賢虎變誰能知。一怒直教炎威移。枯藤委泥凄風吹。何如千春烈士芳名垂。熊香海師。亦有此題。足以激發忠憤。今檢舊篋。稿已遺佚。惜哉。

陝西革命大祭通啟　錄新聞報

沸空鐃吹。喧喧革命之聲。鐃地岱茫。起起作招魂之祭。阿迥獄復。亂重人類。風捲雲馳。城圍戰合。中原銅馬。騰迅足以西來。半夜城烏。飛啄人而下瞰。斯時幽燕陷落。河朔分崩。舉三十萬之秦兵。還撄衆怒。有

가을바람 등나무를 꺾다 (후원산)

秋風斷藤曲 (胡蘊山)

詩六首

張磊

一四

十八年春匪陷魚台縣有感

曹州久亂地，到處良鴻鳴，黎首不堪看，滿目盡榛荊：催租
地起，忽報失名城，民鼠匪如虎，未見魂已慈，少壯皆逃散，
老弱溝壑癗，父不顧其子，弟難救其兄，禾熟不敢穫，田荒乏
牛耕，倘有孑黥者，遇匪先歡迎，良民遭慘死，蕘民反妄行，
捫門引道路，與非結同盟，狠狼互為奸，良民作肉羹，燒殺與
喊架，日暮道路橫，槍聲隆隆起，天地千愁并，亡者長已矣，
存者根亦傾，貧富不足論，人道半犧牲，綠野絕人跡，不聞雞
犬聲，哀哉我同胞，何時睹太平。

讀朝鮮烈士安重根傳

東亞三韓地，王朝五百秋，王位依然在，王國不復留，可欽安
氏子，矢志報韓仇，恨海思精衛，孤飛似水鷗，豫讓炭枉吞，
包胥淚漫流，斷指誓天地，借錐笑留侯，一擊驚天下，孃伊黑
龍洲，堂堂光日月，凜凜溢義風，奇功欣成就，不作下邳遊，
烈烈高荊軻，泣豈效楚囚！縲絏非其罪，強權嚴搜求，成仁兼
取義，含笑上斷頭，魂歸宇廟暗，血酒鬼神愁，縱使身可死，
豈教心或休，寄語我同胞，莫忘國恥憂。

飛機在魯西擲炸彈

飛機來魯西，宵漢響征誅。聲勢飛來壯。山河翼去低。
雄關空鳥道。高墨渡雲梯。炮火從天降。軍驚萬馬嘶。

讀淮陰侯傳

兩利漁翁取。三分鼎足成。良言聽蒯徹，奇計過陳平。
宜卜飛龍兆。何來走狗烹。酒徒原不義。千古惜韓彭。

조선 열사 안중근전을 읽고 (장레이)
讀朝鮮烈士安重根傳 (張磊)

剩水殘山，
益付與豺狼斜照一

（六）遙望遼東半島，
憤火中燒，
看不見國旗飄飄，
聽不見國歌嘹嘹，
只剩得哀嚎叫！
漫天彌雨烟硝，
逼地屍山血沼！
那黑灰，埋葬精華多小？

（七）江河浩蕩崗巒高，

亡國哀曲

（二） 弔朝鮮。

鴨綠江頭，
鴨綠江聲古國？！
昔日朝鮮古國非舊？！
豈底事江山有敔邊？
榮枯盡似堤邊柳？
否！否！否！古悲愁！
流江不潮江盡頭，
鴨綠潮江頭，
亡國潮首吼！
不鳴鴨潮吼！
曾記當年，
亡國日八月念九！

日韓合併發表時候，
太陽旗到處飛揚，
太極旗無地藏收。
劇可憐，王侯宅第歸新主，
請看他，文武衣冠盡楚囚！

中華自古多英豪，
路見不平倘拔刀！
何堪故土，
一任豺狼咆哮！
報國難！
忍惜頭顱一擲拋！
赴國難，
恥死在美人懷抱！
人奴百歲生猶死，
鬼雄千古人憑弔！

侯
曜

覆說說什麼廊廟富貴，
說什麼廊廟恩仇，
安得九州鐵鑄他人，
如今朝鮮代得國讎肉！
昔日祖宗作俑，
今日子孫遺臭。
今不已本咽江盡頭，
訴不已鴨綠江聲悲與亡，
恰似江水的的滾滾萬古長流！

壯哉馬將軍

（二）

白山赤！

侯
曜

黑水殘！
壯哉馬將軍！
誓——殺身急報軍仇！！
醒民執刃在身！
振國魂孤軍絕域尚何懼！
氣吞河嶽，
勇撼乾坤！
曾記江橋血戰，
天昏地暗苦戰，
彈盡糧絕，
援軍有無？？
不問！！
寸心振軍臂一只存肉吞肉！？
三軍奮勇，
殺敵報國殘敵殺敵如雲殺敵殲仇！
不殺敵救國土損！

苦戰，
三面包圍兼顧，
孤軍面受敵，
砲已炸，
槍已鈍，
力已盡，
氣已竭！
揮五內悲憤焚燒！
滬合和議正紛紛！
看不見黃帝子孫！
不見衣冠袞袞！
崑崙頂上，
不揚怨天江山頭，
且從子招集愛國健兒向敵人前進！前
進！

망국애곡 - 조선을 애도함 (호우야오)

亡國哀曲 - 弔朝鮮 (侯曜)

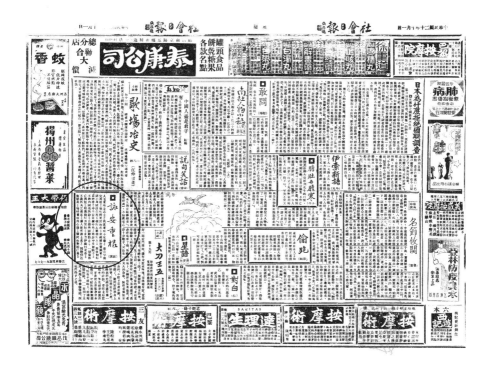

안중근을 노래함 (왕아오시)

詠安重根 (敖溪)

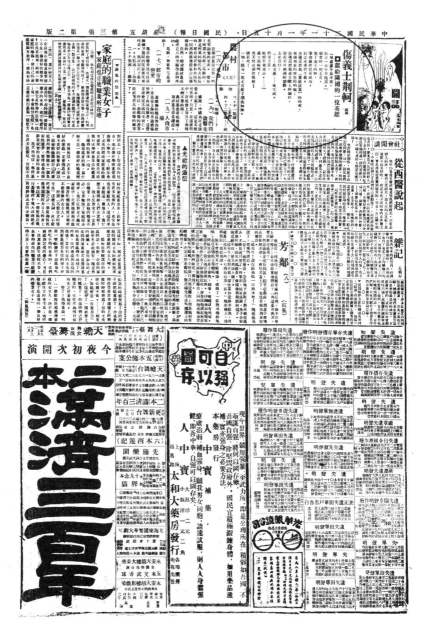

의사 형가를 슬퍼함 - 이웃 나라 영웅에게 바침 (야오수펑)

傷義士荊軻 - 獻給隣國的一位英雄 (蘇鳳)

把世界一切強權摧殘，
讓三民主義好好的實現！
風啊！祝你努力的前幹！

明，
不看過去的舊歷史，各代都不分權和能！大權到手便
行令，生殺予奪隨便行，不是狡兔死而良犬烹，便是敵國
敗而謀臣亡，結果激動天下大公憤，朝作皇帝暮國傾；代
代都是如此起，代代也都這樣亡！要挽這樂就須權能分，
權能分清政簡刑也清！政不苛民民不怨，國自富足家自
豐！

（未完）

朔風小感

劉景堯

朔風呵！你又發威了！
現在是發威的佳期有暴動的必要嗎？
啊！現在是腳盆與我們拚命的戰期；你願加入戰團的
刮腳軍的臉，迷腳軍的眼嗎？
我希望你刮散敵人的火彈，吹斷腳軍的戰線，
我歡迎你將勝利奪回，民族的平等立現眼前！
我更希望你猛力發怒，惡恨恨的賊吶！
發怒刮散腳軍的陣營；吶喊繳清腳軍的槍械，
發揮你的餘勇；

朔風小感　勸孝　悼英魂

勸孝

王育麐

烏鴉啊烏鴉！可愛你的家，真是絕好的染自由花；你
能反哺，報你父母的恩；可恨人呀！不如烏鴉！
同胞啊同胞！相愛莫相嘲，孝友要學古時的薛包；且
看飛鳥，烏鴉猶能盡孝；快回頭呀！我的同胞！

悼英魂

商生才

紀念朝鮮志士
安重根與尹奉吉先生

易水寒透骨，秋風起蕭涼，
怒髮衝冠蓋！白虹貫太陽；
長別燕公子，不復還故鄉，
壯士懷匕首，千里刺秦王；
圖盡尖刀現，闔闔繞畫堂，
功成在片刻，待臣如蜂忙，
忽得暴主命，豪傑刀下亡！
※　　　※　　　※
空負英雄志！鮮血染沙場。
※　　　※　　　※

九一

꽃다운 혼을 애도함 (상성차이)
悼英魂 (商生才)

哀哉高衡難！端站秦庭階，目睹良友死，不禁號陶哭；

暴主劉其睛，宮中命敲筑，胸懷雪恨心，忍羞而含辱。

一旦赴秦庭，鉛塊手中握，兩目雖已盲，雙耳開鼻息，

對準暴主心，靈力猛拚擊，不但願未隨！復染刀頭血！

※

英脚聯盟後，倭奴逞猖狂，併吞朝鮮國，伊藤奔走忙；

偉哉安重根！隻身遊西洋，開風歸徑速，祖國己滅亡！

撒離紅顏妻！哭別白髮娘，哈埠刺伊藤，連發二三槍，

兒賊鳴呼死，血驅倒路勞，壯士今雖沒，英名萬古揚！

※

追憶尹奉吉，忽忽己三年，攜妹至新民，用罄囊中鏒；

兩手復空空！自感行路難！隻身赴某校，端立教室前，

英氣何侃侃，洋洋數千言，歷述脚盆鬼，兒暴又忍饞，

一談亡國恨！兩次淚如泉！同學憐其苦，慷贈百餘元。

※

臨別上車行，壯士復唏噓！時滴英雄淚，淚濕身上衣，

黃海向東流，日久自轉西，與君暫分手，後會有定期！

我擊皆青年，自是好男兒！努力求進步！莫待悔後遲！

承君慷相贈，此心天地知！俟我報恩日，祖國復辭時。

※

※

漚戰暫少停，適逢四念九，笑閱求死兵，痛飲絕命酒，

※

此時尹奉吉，臺下顯身手！連發彈二枚，倭奴齊仰首，

※

烟塵滿天飛，黃沙遍地走，壯士死猶生，萬古垂不朽！

※

朝鮮國雖亡，尚有獨立黨，前撲而後機！堪令人贊賞，

※

滿蒙轉瞬空！上海成戰場，志士何其多？豪氣復淙淙！

※

一片救國聲，任你呼破嗓！平民死萬千！當局不抵抗！

※

東北非我有！難民苦哀號！哀哉我中華！不堪思己往！

※

大家齊奮起！隻隻擊白刃，當局不可靠，全賴衆同胞，

負槍與實彈，鞭騎夜渡遠，堅決平倭志！緊握殺賊刀！

渴飲長江水，黃河作馬槽，氣藏三島動，威震海山搖！

飛渡朝鮮峽，足踢扶桑島。

民國二十一年六月二十日作於廣平縣蔣莊集

紹青圖書館

九二

262

꽃다운 혼을 애도함 (상성차이)

悼英魂 (商生才)

▼弔安重根

哈爾濱余前遊地也當時曾弔安重根先生剌日相伊藤
處幷記以詩過者漢江地圖已變色矣昨夜忽又夢弔安
先生感慨之餘篇成一件聊而記之如下

滿洲已步朝鮮後淚滿懷弔重根空說決心長抵抗
深慚無語慰忠魂倭奴依舊爲流寇箕子至今有孝孫
只爲未誅李完用可憐殺不盡伊藤

▼眼見

眼見臨洮牧馬過哥輸今日究如何孤臣蘇武猶持節
大部魯陽覺戰戈西蜀無心保廬慕新亭何淚泣山河
可憐倭寇殺聲裏尙聽紹與天子歌

▼詠王爺石

余故鄉巴山巴水之間有一王希石橫梗江師爲舟人所

苦窮相將膠拜儕如聲敬王者然羡者余行經此地曾爲
詩以詠之姦道憶如下

▼詠犬

塈然一物不成人豈自僭王管萬民水族羣中無此怪
石頭城外執稱臣滿天風浪爲誰起獨黔江山是主人
任駒不生充硬漢斧錘到日怎藏身

為貪廚下官頭香替主奔馳不憚忙故作鷹求俯愛
朝朝搖尾索殘湯每逢窮漢大開口却向貴人爭吠搪
當日汪汪將客吠而今迎賓又汪汪

▼詠黠鼠

一間猛虎到山隈林林黠鼠安在哉若着同墓遺毒于
依然暗地炫雄才食民因與使君似射石最防飛將來
自己而皮皆不願笑它杠自學退魁

안중근을 애도함 (왕아오시)

弔安重根 (王敖溪)

안중근을 애도함 (왕아오시)
弔安重根 (王敖溪)

朝鮮人　　草萊

吉卜西人，波希米亞人，
我們都是沒有戶籍的人。
飄泊，飄泊，窮的飄泊，
這世界沒有我們的家，
也沒有我們的墓穴。
我們就是傍身在滄海裏，
誰來同情我們，可憐我們。
「上帝嗎？」上帝不是我們的！
它的甘露，滴不到我們的頭上，
它的光明，是照着殺人的匪徒，
進行着對無抵抗者的殘殺，
匪就們努力油打奴隸的皮肉，
死絕的悲聲，慘痛的哭泣，
是他們最悅耳的音樂，
在他們耳朵裏，也許，
勝過彼多芬的光曲，
奴隸身上赤條條的血痕，
是他們藏在心底的歡悅的虹；
他們閒鑄着奴隸的四肢，
安擺在高山的危崖，

露出一個頭，眼睛俯瞰山底的野花，
刺刀劈下去，項頸裏冒出一縷鮮血，
頭殼自然地落下，
彷彿戈熟的瓜茄。

他們口嘯着，蹈着奴隸的腰，
雙手高舉，發出勝利的簫笑，
意思是：「他們是侵害無抵抗者的
英豪。」

朝鮮人！朝鮮人啊！
鴨綠江上的悲濤，何時怒孔？
釜山一般高的恥辱，何時洗雪？
李完用的恥辱，已經變成泥土了，
安重根的眼睛是永遠睜開着的，
他希望你們卽剫起來，
蹈着他的血跡，爭取韓國的獨立。

祖國的弟兄們都起來了，
民族解放的呼號，
如海嘯，如奔濤，
隨處展開着苦鬥的血潮，
起來！朝鮮人！
斬斷你們的鐐銬！
一個大聲音，已在頭上喊叫；
「朝鮮人！你們的時代來了！」

一律的黃色軍服，整齊，活潑，我正懷疑這些人是那兒來的，傍邊已有人搭話了。

「那兒去？勇士們！」

果然，他們散落地站在巖石上，先後脫去制服，草鞋，留得一條短褲，就在自己站的地方縱身跳進水裏去了。像蝦，像魚，更像青蛙。

我們知道這是短期在此地受訓的軍官大隊的一部分學員。

——他們真精神，真可愛！

只君幾乎是一位義務的拉隊員，當他們練習着跳水時，不惜批破了嗓子喊：

「再來一個打倒日本！」

都去了，江水給攪起一陣波濤，投擲崖石上激起更大的回響。

他們每夜一般地在水裏起伏沉，將蒼翠的世界彌沒了嗎，我們不再鑒賞山水的秀麗，所有的心博都被這幅力的畫面帶去了。

覺說他們訓練結束後，不久就到前線去。我高興這消息，一個奇怪的想念，我覺得他們身體鍊成不壞的金身，他們不用武器，拳頭也可以打死幾個敵人似的。

要趕着時間回桂林，只好不捨地離去。

右城一日間遊覽的記憶，淡得只有一點影子；然而碧雲峯下的波濤，却至今還和我心的脈搏起伏着，我忘不了。

조선인 (차오라이)
朝鮮人 (草萊)

我的良人在獄中

楊格夫人作
劉黑子譯

東京國際新聞社記者廖姆斯，楊格(James R. Young)被日本政府擅捕入獄，他的夫人瑪約麗女士(Marjorie Young)特作此詩，以懷念他。（譯者）

問我為什麼每天老寫，
「我愛您，親愛的」
直到深夜。

花束的禮品寄到，
遠近的電報，
途來朋友的慰情，
可愛的是他的心。

每夜我坐待天明，
希望這將是
獄門開放的一天，
為什麼要把他在關監牢，
而且不願把他釋放，
不論有任何的擔保。

他們仍然沒有說明理由，
因為我的意思很是明朗。

也許在他們詭異的語言裏，
沒有「愛」的字樣，
我只希望他們能看懂那些日記，

檢查員拿走我的日記，

他們叫他交腰巢在地板上，
辯論審訊，
直到太陽退下法廳，
全個世界都已沉靜。

我的身在繞擠的街上行走，
它驕傲點頭。
我的心好像一片磁石，
但是它的思想卻是鉛繩織成。

我可憐的心釘在血管中，
我覺得血在我的血管裏流湧，
因為他們已把我的真人逮捕，
而且把他關在獄中。

我忽然安穩睡眠，
當他縮在水門汀上的時候，
我忽然能快樂沐浴，
當他正在遊戲的時光。

人人都叫那是監獄，
我們三歲的小孩卻在驚呼：
爹爹所在的是個什麼地方：

縱使我有百萬財富，
我有古代巫師的法惕，
我也不能叫他出獄，
直到他的愛情靜明。

（譯自密勒氏評論報）
一九四〇年三月八日於
東京

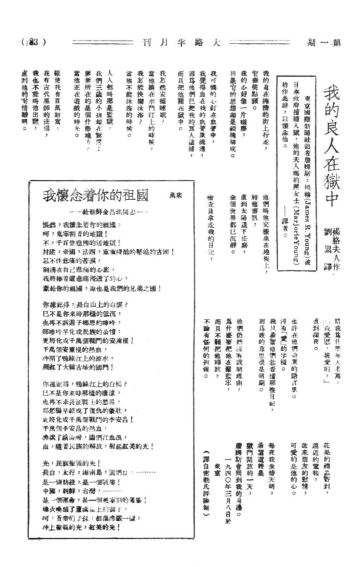

我懷念着你的祖國　　萬衆
——給朝鮮金昌滿同志——

悵戚，我懷念着你的祖國，
呵，鬼蜮割着的地獄！
不，千百倍悲慘的活地獄！
封建，帝國，法西，重重綫酷的壓道的古國！
忍不住悲痛的苦淚，
銅溝在自己悲痛的心底，
我將捧着這痛滲透了的心，
獻給你的祖國，原也是我們的兄弟之國！

你總記得，長白山上的白雲？
已不是你來時那樣的低沉，
也再不訴遊子總懇的呻吟，
那時吟早化成民族的公憤，
更將化成千萬個戰鬥的安廬樓？
千萬個安重根的熱血，
沖開了鴨綠江上的源水，
顯紅了大韓古城的國門！

你總記得，鴨綠江上的白楊？
已不是你來時那樣的淒涼，
也再不牽送征戰士的悲愴，
那愁陽早結成了復仇的豪壯，
來將化成千萬個戰鬥的李安昌，
千萬個全昌的熱血，
沸淚了顧海灣，圖們江血濺，
血，隨着民族的解放，射起紅莫的光！

光，民族瘋貌的光！
長白，太行，湄南處，圖們在……
是一條防線，是一個戰塲！
中國，朝鮮，台灣，……
是一個運命，是一個被宰割的羔羊！
烽火映醒了蘆滿池上的獅子，
呵，黃帝的子孫，都像湧鐵一樣，
冲上穩戰的光，紅莫的光！

나는 당신의 조국을 생각합니다 (완중)
我懷念着你的祖國 (萬衆)

266

茶餘酒後

吊安重根　智蔚

舍身報國仇，肝膽足千秋，孽子甘降
虜，壽可斷頭，大椎酬憤浪，義士起神
州，地下應含笑，復興侍籌謀。
註：第六句指韓國志士在瀋細織光
復軍。

鰭，慕容無覓處，雙淚濕征衣。

口占　步韻

璅市賣覽滿俗塵，海天遙望總傷神，
南洋四季如長夏，那有梅花客故人，毛毛
細雨泥經塵，獨上江樓白卅神，越水吳山
千萬里，最關心是亂離人，天青雨滿地無
塵，詩與悠悠酒亂神，今古行吟同一例，
牛鬼蛇神牛驟人，百煉千聲泛世塵，雕蟲
小道技非神，白慚敗國無形響，不羡才人
慕偉人。

大木　智蔚

巖宝經霜久，蟠然質自堅，濃陰恆覆
地，高影欲春天，鈞骨凌風勁，虯枝繞翠
妍，可憑棟樑任，盤錯遠山巔。

畫意　智蔚

長虹橫繁乍晴天，尺幅黑雲景傲然，
隔岸垂楊初送雨，曲溪流水帶瀰烟，翩翩
倦鳥歸林泚，點點青山滴翠妍，如此清幽
閒靜地，瀟遙原不亞神仙。

蔚藍天　前人

靜逸蔚藍天，山青水色妍，鶯梭喬木
徑，漁唱晚霞邊，碧海翻銀浪，紅雲呎紫
烟，消閒拈韻筆，神志為恬然。

憑海　前人

凝曉倚迴欄，身閑心不閑，無窮衝逆
浪，有箏詠狂瀾，孤鶩迷烟渚，重雲蔽晚
山，紆懷蔣韻語，百感集豪端。

月下　前人

一椷茶烟靜，校書筆有牙（木穷），和
風乾硯水，古木護簷牙，伴月依依樹，烘
窗郁郁花，重霄光燦爛，照徹幾人家？

盡意　智蔚

燒殘搞道義，孟母情三遷，紡綫穿經
界不誤時，早已盡悉，如須贊述，令鶴至今
傳，一幅鳴機課，圖夜竟藹然。

白菊花　前人

不與凡花伍，清腴俗可人，傲霜因有
骨，比雪却無塵，守素情偏遠，含芳味足
勤，靈散鵰屍稀，滄海十年根，家山一夢
珍，英雄多本色，秋老更精神。

月夜　步韻

孤餘漫漫夜，清光拂素燎，風流花影

讀鳴機夜課圖書後　詠詩

鄒人對於接生一科，素有研究，手術快捷
，從不誤時，在吧執業，已十有餘年，各
界友好，早已熟悉，如須贊述，同僑婦女
，如有喜事者，可用電話通知，自當遵命
前往也。
前因時局波動，外間有人傳聞鄒人已離回
國者，並非事實，順此聲明。

李平俠西法接生

Acoucheuses
LIE PING HIAP
Patekoan 67, Batavia
電話吧城五百七十八號

19

안중근을 애도함 (즈위)
吊安重根 (智蔚)

후기

지난 2021년 세 번째 안식년을 지냈다. 직전에 「량치차오(梁啓超) 시문 중의 안중근 형상 연구」라는 제목의 논문을 썼다. 안식년 기간 엔 주제를 조금 확대하여 '안중근을 제재로 한 중국 시'에 관해 연구 를 하고자 계획했다. 감사하게도 마침 연구재단 사업에 선정되었다. 자료를 수집하고 분석해서 논문을 쓰고 보니 내용이 많아서 세 편이 되었다. 본서 제1부 '탐구'의 기초가 되었다.

논문을 쓰기 위해 텍스트가 되는 시가들을 오래 전부터 여러 경로 로 수집했다. 특히 박사과정 재학 중이던 주원량(朱文亮) 교수가 중 국 자료 수집에 큰 도움을 주었다. 감사드린다. 모두 70수 정도를 수집했고, 그중 분석 텍스트로 삼을만한 50수를 선정해서 세밀히 번역·해설했다. 본서 제2부에 해당한다.

안중근 제재 중국 시가 연구논문과 번역·해설 그리고 당시 매체 에 실린 원문 영인까지 정리해 두었다가 우연히 우리 학교 국문과 정민 선생님께 보여드리게 되었다. 감사하게도 출판을 주선해 주셨 다. 영 안 풀리던 해석도 도와주셨다. 1981년 대학 1학년 때 두 해 위의 형을 만나 지금껏 도움만 받고 있다.

불경기에 흔쾌히 출판을 맡아주신 보고사의 김흥국 대표님과 박 현정 편집장님 그리고 이소희 선생님께 감사드린다. 최고의 출판사와 인연을 맺은 것만으로도 기쁜 마음이다. 다만 시 번역 곳곳에 오류가 있을 것으로 생각한다. 부끄럽지만 조그마한 학문적 공헌이라도 할 수 있으면 좋겠다는 마음으로 세상에 내놓는다. 안중근 의사를 존경하는 충심도 담았다. 연구자들과 독자 여러분들의 가르침이 있기를 바란다.

2025년 4월 일
최형욱 삼가 씀

참고문헌

金柄珉·李存光, 『中國現代文學與韓國資料叢書』 5, 延吉, 延邊大學出版社, 2014.

朴殷植, 『安重根傳』, 1912. (윤병석 역편, 『安重根傳記全集』, 서울, 국가보훈처, 1999에 수록)

梁啓超, 『飮氷室合集』, 北京, 北京中華書局, 1936. (影印本)

玉 史, 『만고의사 안중근전』, 1917. (윤병석 역편, 『安重根傳記全集』에 수록)

鄭 淯, 『安重根傳』, 1918. (윤병석 역편, 『安重根傳記全集』에 수록)

鄭 沅, 『安重根』, 1917. (윤병석 역편, 『安重根傳記全集』에 수록)

孫科志, 『民國時期關於安重根·李奉昌·尹奉吉詩歌彙編』, 上海, 復旦大學出版社, 2024.

김광일, 「의리의 탄생: 『史記』 「刺客·豫讓」 다시 읽기」, 『中國學報』 96, 한국중국학회, 2021.

오만종, 「荊軻 형상에 대한 小考: 초기 문헌 기록과 후대 시가를 중심으로」, 『中國人文科學』 61, 중국인문학회, 2015.

윤병석, 「安重根 의사 傳記의 종합적 검토」, 『한국근현대사연구』 9, 한국근현대사학회, 1998.

이태진, 「안중근과 양계초: 근대 동아시아의 두 개의 등불」, 『진단학보』 126, 진단학회, 2016.

최형욱, 「梁啓超의 秋風斷藤曲 탐구」, 『동아시아문화연구』 49, 한양대 동아시아문화연구소, 2011.

_____, 「梁啓超의 朝鮮哀詞五律24首 探究」, 『한국언어문화』 49, 한국언어문화학회, 2012.

_____, 「량치차오의 『中國之武士道』 저술을 통한 이상적 국민성의 기획」, 『中國語文學論集』 115, 중국어문학연구회, 2019.

최형욱, 「安重根 義士를 題材로 한 중국 詩歌 연구Ⅰ: 시가 개관과 안중근 애도·찬양 내용을 중심으로」, 『중국문화연구』 58, 중국문화연구학회, 2022.

_____, 「안중근 의사를 제재로 한 중국 시가 연구Ⅱ: 특수한 타자 및 제삼자적 인식과 감정을 중심으로」, 『中國語文學論集』 137, 중국어문학연구회, 2022.

_____, 「안중근 관련 중국 시가 중의 인물 형상 연구」, 『東洋學』 93, 동양학연구원, 2023.

최혜주, 「메이지 시대의 한일관계 인식과 일선동조론」, 『한국민족운동사연구』, 37, 한국민족운동사학회, 2003.

徐 丹, 「近代中國人對安重根事件的認識」, 『民國研究』 29, 南京大學中華民國國史研究中心, 2016.

崔峰龍·許盈, 「近三十年來中國史學界對安重根研究綜述」, 『大連大學學報』 36(4), 大連大學, 2005.

宋成有, 「中國人士所見安重根義擧的視覺和反應」, 『大連近代史研究』 7, 大連市近代史研究所, 2010.

蘇全有, 「安重根在中國的百年記憶評析」, 『河南理工大學學報』 18(3), 河南理工大學, 2017.

최형욱(崔亨旭)

한양대학교 중문과 교수

1962년 서울 출생. 한양대 중문과 졸업, 타이완 국립정치대 중문과 석사, 연세대 중문과 박사. 경동대 전임강사, 미국 UC버클리 중국학센터 방문학자, 한양대 동아시아문화연구소 소장, 한국중어중문학회 부회장 등 역임.

중국 고전산문 연구에서 출발하여, 주로 근대 전환기 고전문학으로부터 현대문학으로의 변화에 관심을 기울여왔다. 중국문학 연구 외에도 이 시기 한국과 중국 문사철 전반의 관련성에 주목하고 여러 논저 및 역서를 발표했다.

중국인이 노래한 안중근

2025년 5월 15일 초판 1쇄 펴냄

지은이 최형욱
펴낸이 김흥국
펴낸곳 보고사

책임편집 이소희
표지디자인 김규범

등록 1990년 12월 13일 제6-0429호
주소 경기도 파주시 회동길 337-15 보고사
전화 031-955-9797
팩스 02-922-6990
메일 bogosabooks@naver.com
http://www.bogosabooks.co.kr

ISBN 979-11-6587-856-6   93820
ⓒ 최형욱, 2025

정가 20,000원